十二國記
丕緒之鳥
小野不由美
Ono Fuyumi
繪者◆山田章博
Yamada Akihiro
譯者◆王蘊潔

十二國記
丕緒之鳥

目錄

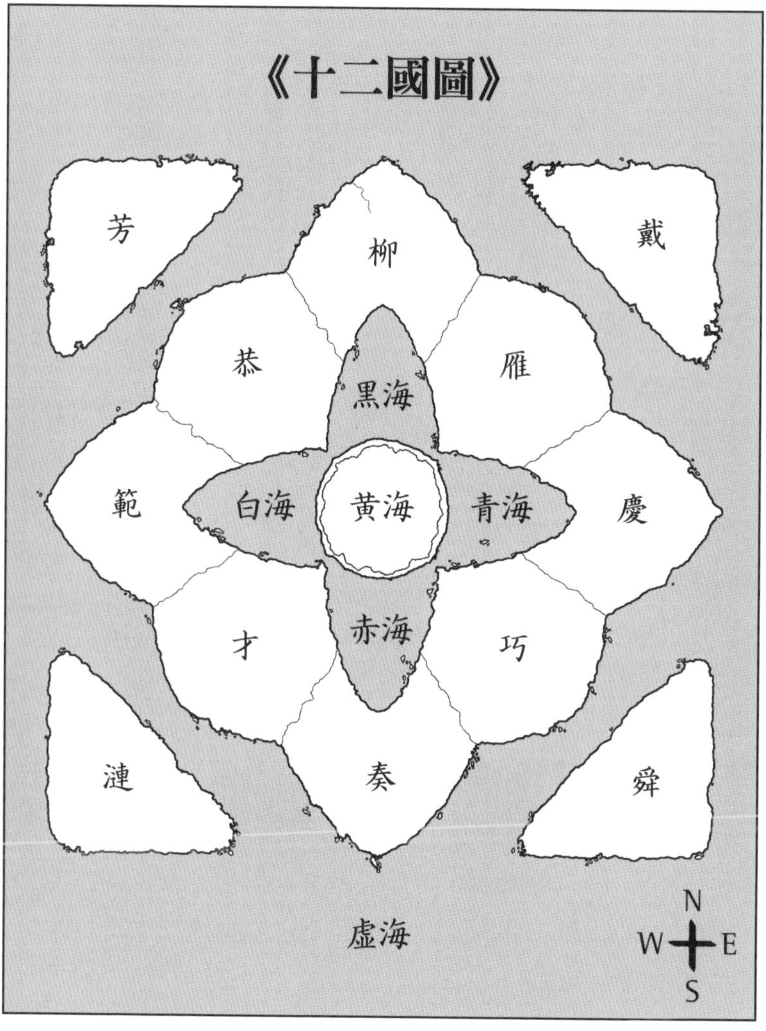
《十二國圖》
芳
柳
戴
恭
雁
黑海
範
白海
黃海
青海
慶
赤海
才
巧
漣
奏
舜
虛海
N
W
E
S

丕緒之鳥

1

那座山是貫穿天地之間的擎天之柱，聳立的山峰幾乎接近垂直，宛如筆尖向上而立的毛筆，緊緊連在一起，形成一片巨大的山脈，山頂高聳入雲。尖峰林立在雲的下方，山尖微微起伏後，直直落向山麓，山麓是一片寬闊的斜坡，那裡是階梯狀的城市——這就是位在世界的東方，慶國的首都堯天。

整座山是一座王宮，山頂上是王和高官所住的燕朝。燕朝和堯天之間的確有著天壤之別，而且透明的海水完全隔絕了天上和下界。即使在下界仰頭看，也無法知道那裡有海水，因為打向山頂的海浪看起來如同纏繞在山頂的白雲。雲層下方的群峰之間是低階官吏居住的治朝，泛白的岩層和巨大的山脈相連，岩層上林立著無數府第和官邸。

夏官府位在西南方向，堂屋圍繞在四方形院子周圍，高低錯落，縱橫相連，形成一片廣大的府第。射鳥氏的府署就在其中。慶國國曆予青七年的七月底，丕緒受新上任的射鳥氏召喚，從官邸來到此地。

前來迎接的下官將丕緒帶至府署深處的堂屋，堂屋前方是向中空伸展的寬敞露臺，雕刻的石欄杆外是千尋之崖，露臺角落的楊柳古樹垂著宛如一頭蓬髮的枝葉拂著欄杆。在欄杆上駐足的鳥兒伸著細長的脖子望向谷底，若有所思地一動也不動。

——牠在看什麼？丕緒不禁納悶。

鳥兒看起來不像是睡著了，難道牠在看下界？無所事事的丕緒所站的位置無法看到下界，但那隻鳥應該可以看到下界的風景，可以看到被酷暑和壅塞所困的堯天街道，以及環繞街道的荒廢山野。

——應該只看到一片荒廢吧。

丕緒這麼想道，但總覺得那隻鳥似乎正注視著那片荒廢，難道是因為牠的身影看起來像在煩憂嗎？

奇妙的是，鳥兒的身影讓丕緒想起一個女人。雖然她長得並不像鷺，但那個女人也經常像這樣眺望山谷的風景，只不過女人身上完全感受不到絲毫憂愁，因為她對下界不屑一顧。

——荒廢殆盡的下界看了也無趣。

女人總是這麼笑著說，然後把梨子往下丟。她滿不在乎地說，她對下界和荒廢都毫無興趣，也不想看殘酷的景象。

但是，為什麼看到那隻鳥，會想到她呢——丕緒這麼想著，打量著那隻鳥，聽到了急促的腳步聲。鳥似乎被腳步聲嚇到，拍翅飛走了。回頭一看，一個乾瘦的男人走進堂屋。雖然丕緒今天是第一次見到他，但想必他就是新任射鳥氏遂良。丕緒立刻跪地行禮，迎接對方。

「讓你久等了，見到你真是太好了。」
男人張開雙手，表示歡迎之意。他年約五十出頭，又黑又瘦的臉上擠出滿面笑容。
「你就是羅氏的丕緒吧？啊呀啊呀，請起身，這邊請。」
他示意丕緒起身後，指著旁邊的方桌說道，自己在椅子上坐下後，也請丕緒入座。丕緒不由得感到奇怪，方桌兩側的兩張椅子照理說分別是主人和客人的座位，但丕緒當然不是客人。
「坐下吧，不必客氣──原本早就想和你見面，但各種雜務繁忙，好不容易才終於能夠安排出時間，本來想登門造訪，卻暫時抽不出身，只能請你上門。雖然時間倉促，但你還抽空前來，真是抱歉啊。」
遂良禮數周到，幾乎像在逢迎奉承。羅氏歸射鳥氏所管，一旦有事，射鳥氏找羅氏前來理所當然，丕緒也沒有拒絕的權利，根本不需要為召他前來道歉，更無需為丕緒的上門道謝。
「坐下吧──送上來。」
遂良轉頭看向身後的下官，下官正捧著酒器。聽到遂良的叫聲，立刻把酒器放在方桌上。這也是超越慣例的待遇。
遂良再度請丕緒入座，舉杯敬酒後探出身體說：
「聽說你擔任羅氏一職非常多年，在悧王時代就已經是羅氏？」

丕緒點頭回答。

「是喔。」遂良嘀咕了一聲，仔細打量著丕緒：「你看起來比我年輕，但顯然比我年長很多——我是前年才成為官吏加入仙籍，我知道一旦加入仙籍，就可以長生不老，但還是不太能適應？你的實際年齡是幾歲？」

「這個嘛——已經不記得了。」

這的確是事實。丕緒在悧王時代成為官吏，加入仙籍。他只記得當時是悧王登基十年左右，所以他成為官吏至今已經有一百數十年了。

「原來已經久得記不住了，太了不起了，難怪眾人稱你為『羅氏中的羅氏』，我聽說了不少關於你的傳聞。先王——予王登基時，予王曾經親自賞言於你。」

丕緒淡然而笑。傳聞總是越傳越變調。

遂良似乎誤會了丕緒的笑，雙手一拍後搓了起來，笑容可掬地說：「是嘛是嘛，所以請你務必充分發揮你的才華。」

遂良說完，再度把臉湊了過來，壓低聲音說：

「——新王將在近日登基。」

丕緒看著遂良的眼睛，遂良點了頭。

「終於擊敗了偽王。」

「……果然是偽王嗎？」

丕緒問。

丕緒出生、長大的這個國家——慶國目前並沒有統治國家的王，先王在位不久就崩殂，其妹舒榮便自立為王，但王宮內紛紛耳語，舒榮是假冒為王的偽王。

一國之王由身為宰相的宰輔挑選，宰輔本性為麒麟，聽取天意，挑選有天命者坐上王位，無論是任何人，若未得麒麟選定，都不得坐上王位，沒有天命的王就是偽王。

舒榮是真王，還是只是區區偽王——全天下只有宰輔知道，但當時宰輔並不在慶國。予王崩殂前，宰輔的身體就日漸虛弱，予王崩殂後，回到了麒麟的生國蓬山。宰輔尚未回到慶國，舒榮就自立為王，要求進入王宮，但國官無從認定舒榮是否為新王，眾議之後，拒絕她入王宮。

丕緒並不瞭解這些詳情，雖然他是住在王宮內的基層國官，但丕緒的地位無法參與國家大事。羅氏原本就是幾乎和國政無關的官吏，雖然隸屬於掌管軍事的夏官，但負責和軍事、戰爭毫不相關的射儀事宜。射儀就是在慶典或迎接賓客等祭禮時舉行的射弓儀式，丕緒的工作是根據射鳥氏的指示，製作成為射儀標靶的陶鵲。無論從身分或職務而言，都不可能得知國家大事。那些都是王宮高層——真的是雲端的事，所以他只是透過傳出來的傳聞略知一二。

一旦具備天命而得麒麟所選為王者登上王位，王宮深處會出現各種祥瑞之兆，但祥瑞之兆並未出現——因此必定為偽王。雲端上的高官做出了如此判斷。當舒榮要求進入王宮時，斷然加以拒絕，並關閉了王宮。舒榮勃然大怒，在慶國北方安營紮寨，指責官吏將王宮私物化，不讓身為一國之王的自己進入宮城。
「聽說宰輔和主上在一起。」
宰輔似乎在舒榮的陣營——聽到這個傳聞時，王宮頓時陷入了恐慌。如果舒榮是新王，將正當的王趕出王宮的官吏必須扛起責任。一旦新王正式進入王宮，眾官必定遭到嚴厲處罰，亂了方寸的官吏紛紛逃出王宮，投靠舒榮的陣營。遂良之前的射鳥氏也是因此消失的官吏之一。
「的確有這種傳聞，消息傳開後，各州人馬如雪崩般投入舒榮的麾下，但最後發現果然是偽王，那個傳聞顯然有誤。我等相信上天，並未輕舉妄動，終於得到了上天的眷顧。」
遂良深有感慨地說，但丕緒懷疑他當初是否真的有這樣的覺悟。丕緒曾經聽說舒榮是偽王，也聽說正當的王正在與之奮戰，但既然舒榮被拒絕進入王宮，如果舒榮是新王就傷腦筋了——這恐怕是留在王宮內高官的真心話。
「——只不過聽說又是女王。」
遂良撇著嘴說道。
「女王……嗎？又是女王？」
「好像是。」遂良痛苦地回答。這也難怪，這個國家向來沒有女王運，至少連續三代都是無能的女王。
「即使是女王，既然承天命為王，終究是正當的王——新王很快將和宰輔共同進入王宮，屆時將舉行登基大典，請務必緊急籌備大射的相關事宜。」

國家舉行重大祭祀吉禮時舉行的射儀稱為大射，射儀就是將陶製鳥形標靶丟向空中，舉弓箭射向標靶的儀式。標靶為陶鵲，在宴席中舉行燕射時，只是比賽射中的陶鵲數量，相互樂在其中的儀式，但大射的規模不同，目的當然也不同。在大射時，如果沒有射中標靶，就會被視為不吉利，所以弓箭非射中標靶不可。雖然要求射手有高超的技術，但製作的陶鵲也必須容易被射中。不僅如此，陶鵲本身要有鑑賞之趣，能夠循著優美而複雜的路線飛向空中，一旦被射中，必須發出動聽的聲音碎裂，製作技術精益求精，最後甚至可以運用碎裂時的聲音演奏出一首樂曲——丕緒之前曾經製作過會奏樂的陶鵲，為了能夠正確將陶鵲拋向空中，還製作了像小山般的投鵲機，射手都是赫赫有名的高手，只要依次射中投鵲機投擲的陶鵲，碎裂的聲音就會連成一首樂曲。為了奏出不輸給大樂隊演奏的雅樂，當時邀集了三百名射手。五彩繽紛的陶鵲在王宮庭院內飛舞，當射中飛舞的陶鵲時，就像巨大的花在空中綻放，發出宛如磬——用石頭和玉製作的樂器——般的音色，奏出飽滿的樂曲。為了追求音程準確，不得不放棄芳香，為了彌補不足的芳香，周圍放置了六千盆枳殼——這都已是陳年往事了。

「再舉辦一場可以流傳後世的射儀——如何？」

遂良說完，細細窺視著丕緒的臉。

「你是否也躍躍欲試？」

「這……我不太有把握。」

「在我面前不必謙虛——這是新王登基後最初的射儀，賞心悅目的射儀，必定會讓主上龍心大悅。一旦主上龍心大悅，夏官也臉上有光，除了言語的稱讚，還可能有所犒賞。到時候所有夏官都會感激你，你也必定感到驕傲。」

原來這才是真正的目的。丕緒在心中失笑。如果新王也像予王一樣親自賜言稱讚，參與射儀的所有官吏未來都將前途無量——遂良是為了這個目的，才盛情款待自己。

「是否已有可贏得稱讚的腹案？」

丕緒問道，遂良立刻閉了嘴。他訝異地皺著眉頭，看著丕緒的臉。

「——腹案？」

「必須由射鳥氏指示製作怎樣的陶鵲，當然，陶鵲由冬官負責製作。」

籌備射儀是射鳥氏的工作，必須思考舉行怎樣的射儀，並命令羅氏準備陶鵲。羅氏指揮冬官府的冬匠——尤其是專門製作陶鵲的工匠羅人實際動手製作。

「聽說你會包辦從企畫到所有的一切事宜。」

「絕無此事。」

「不可能啊，聽說前任射鳥氏連大射和燕射都分不清楚。」

這倒是事實。不光是前任射鳥氏，除了丕緒最初追隨的射鳥氏以外，歷任射鳥氏全都如此。因為「羅氏中的羅氏」會操辦一切，所以他們只要坐在座位上觀禮即可。

雖然沒有油水，卻是輕鬆的差事——遂良應該也是如此聽說後，接下了這個職務。

官吏有兩種，一是不斷累積功績步步高升，也有靠著高官的大力提拔而空降官位。遂良絕對是後者。

「如果射鳥氏太無能，只能由我輔佐，之前並非沒有這種情況。」

丕緒用諷刺的語氣說道，遂良露出一絲不悅，但立刻堆起了笑容。

「因為我才接任射鳥氏一職不久，我當然知道自己的職責，也很希望自己很快就能獨當一面，但無法獨立籌備這次大射，萬一太勉強而造成什麼閃失，可就後患無窮，所以這次還是交由你全權負責吧。」

「我也很希望鼎力相助，但我擔任羅氏一職多年，才思早已枯竭，正打算另換他職，或是告老還鄉呢。」

「不，這……」

遂良手足無措地嘀咕道，接著立刻拍著大腿探出身體說：

「那就製作得到予王稱讚的那個陶鵲？只要稍微變更一下設計，弄得更漂亮一點就行了。」

「這怎麼行！」

丕緒苦笑起來。雖然遂良似乎對「那個陶鵲」情有獨鍾，但如果新王像予王一樣賜予讚詞，遂良很可能將失去剛得到的官位。不瞭解真相也是一種幸福。

「為什麼？可以增加數量，改變顏色……」

丕緒冷冷地搖著頭。

「陶鵲由冬匠負責製作，如今已經沒有冬匠能夠製作那個陶鵲了。」
「那只要做同樣的就好，當時應該留下了紀錄或是圖樣。」
「這我就不清楚了，即使保留下來，也無法保證目前的冬匠有能力製作，更何況時間緊迫。」
按照慣例，新王在蓬山接受天敕，正式登基之後舉行大射，差不多只有一個月左右的時間。
「羅氏的工作就是妥善加以指導，設法完成啊。」
遂良終於露出不悅的表情。
「絕對不能在剛登基不久的新王面前表演粗糙的射儀，務必要準備可以博取新王歡心的陶鵲。」

2

射鳥氏怒不可遏地走出堂屋，聽著他遠去的腳步聲消失，丕緒才轉身離開。他在下官困惑的眼神注視下走出堂屋，發現夏日的太陽已經西斜。他沒有回到自身的府署，而是沿著東西貫穿治朝的大緯走向西側。
治朝面向南方，中央最深處聳立一道鐽平斜坡而建的巨大朝門，稱為路門，是通往雲端——天上的燕朝唯一的門戶。只有屈指可數的人可以經過路門前往天上，即使是在王宮工作的國官也不例外。雖然治朝和堯天之間的距離也如天地之差，但兩者都離天上的世界很遙遠。

丕緒看了一眼路門，繼續沿著大緯西行前往冬官府。冬官府以府第為中心，有無數大小不一的工舍圍繞，丕緒走在複雜交錯的工舍之間。雖然他對這裡知之甚詳，但已經有好一陣子沒有造訪，周圍高牆內傳來的聲音和氣味令他感到懷念。他細細感受著鐵錘聲、鑄鐵的氣味，走進了盡頭的那道門。

工舍是屬於冬官府的府署，成為府署中心的匠舍基本上由院子周圍的四間堂屋構成，旁邊就是規模大小不一的工舍。通常工舍比匠舍的規模大很多，因此，冬官府的府署通常也稱為工舍，但丕緒造訪的這間匠舍更少了西側的堂屋。院子西側與斷崖相鄰，前方是兩座巨大山峰之間的峽谷。

泛白的山峰擋住了左右的視野，像牆壁般擋在前方。山峰上方是餘暉映照的天空，下方是遙遠朦朧的山巒。太陽正漸漸沉落在一片淡藍色連綿的山脈後方。以前可以看到下方的堯天街道，如今被一片鬱鬱蒼蒼的樹林擋住了。院子腳下的整片斜坡都種滿了梨樹。

那是蕭蘭種的梨樹。她說不想看到下界，所以不厭其煩地從這個院子把梨子丟下去。幸運發芽扎根的梨樹苗長成了大樹，結出的果實又掉落在斜坡上，如今山谷底的斜坡上是一片滿滿的梨樹。一到春天，就會綻放出白色梨花，純白的梨花雲懸在山間，美不勝收。

丕緒回想起經常瞇眼欣賞梨花雲的蕭蘭，不可思議的是，丕緒又再度聯想到剛才在射鳥氏的露臺上看到的那隻鳥的身影。雖然兩者完全沒有任何相似之處。

他站在那裡陷入了沉思，身後傳來驚訝的聲音。

「丕緒大人——」

從北側堂屋走出來的年輕人一臉燦爛笑容跑了過來。

「丕緒大人，好久不見了。」

「真的久違了，最近還好嗎？」

「是。」年輕人點了點頭，他是這個匠舍的主人，專門製作陶鵲的工匠羅人之長。羅人手下有數十名工手在其管轄下的工舍工作，工手之長稱為師父，羅人是羅人府的師父。這位擅長細膩工藝、舉止溫文儒雅的年輕人名叫青江。

「請進，請進，進來坐。」

青江拉著丕緒的手，一臉好像快哭出來的表情。事實上，丕緒已經有將近一年沒有出現在羅人府，以前曾經有一段時間，他幾乎整天都住在這裡。如今，丕緒不僅遠離羅人府，甚至很少走出官邸。王位無王，當然不可能舉行射儀，所以他也不去羅氏的府署，整天足不出戶。今年春天，青江派人邀他來欣賞梨花雲，他也婉言謝絕了。他知道自己足不出戶，令青江擔心不已，才借賞梨花之名派人前來邀他，也知道自己的拒絕會令青江受傷，只不過他實在提不起興致。

踏進久違的堂屋，發現這裡和以前沒有任何改變。狹小的空間內放著桌子和架子，紛雜的工具和紀錄、圖樣堆積如山。一年前就是這樣，更早之前——蕭蘭還是羅人的時候也是這樣。從丕緒成為羅氏初次踏進這裡以來，完全沒有絲毫的改變。

丕緒深有感慨地巡視著室內，青江紅著臉說：

「還是像以前一樣亂……」

「這也難怪，我從來沒看過這裡整理乾淨的樣子。」

「對不起。」青江小聲嘟噥著，收起了攤在那裡的紀錄和圖樣。散在桌上的那些是青江的作品嗎？每一樣看起來都像是古老的陶鵲。青江似乎察覺了丕緒的視線，窘迫地低下了頭。

「那個……我做了一些古老的陶鵲，當作是學習。」

「原來是這樣。」丕緒小聲說道。因為丕緒沒有下達任何指示，所以青江無事可做。

「用功學習是好事，但恐怕得暫時放棄了。」

青江興奮地抬起頭。

「所以要製作陶鵲了嗎？」

「不得不做，聽說近期會舉行大射。」

青江滿臉驚訝，丕緒把剛才射鳥氏找他的事告訴了青江。青江聽著聽著，神情漸漸沮喪起來。

「——時間不夠充裕，雖然這樣聽起來好像在催促你，但你隨便做點東西出來。」

「怎麼可以隨便……」

「沒關係，只要不會飛得太難看，碎裂的樣子也不至於不像樣就可以了。現在沒有時間發揮匠心，只要儀式能夠順利完成就好。」

「但是……這是新王登基後的第一次大射。」

丕緒淡淡地笑了笑。

「反正很快又會換了。」

「丕緒大人！」青江語帶責備地叫了一聲。

「因為這次又是女王。」

女王的治世可想而知，在王位上做了幾年的夢，不久之後，就開始對這種夢感到厭倦，進而走向自我毀滅。予王治世短短六年，之前的比王治世也只有二十三年，比王之前的薄王治世十六年。在慶國連續三代女王期間，王位空缺的時間比有王在王位上的時間更長。

「即使發揮匠心也無濟於事，只要外表亮眼，看起來有喜慶的感覺就好。」

青江難過地垂下雙眼看著腳下。

「……大人請別這麼說，希望可以再讓我們見識一下像上次那麼精采的射儀。」

「我完全沒有任何靈感，況且時間所剩不多了，只能重新利用以前的陶鵲，再稍微變點花樣，增加一些圖案，看起來和以前不一樣就好。」

青江很受傷地垂下了頭。

「……我先去拿圖樣，您稍候片刻。」

青江走出堂屋的背影很落寞。青江是蕭蘭的徒弟，蕭蘭銷聲匿跡後，他由工手升為羅人，但丕緒差不多也在那個時候不再設計陶鵲。陶鵲雖然只用於射儀，但如果平時不發揮巧思累積，就無法在緊急的儀式設計出理想的陶鵲。自從青江成為羅人之後，丕緒沒有做過任何陶鵲，青江一直認為那是自己的過錯，因為自己能力不足，所以丕緒提不起勁製作陶鵲。

丕緒坐在青江的座位上。桌上放著舊圖樣和試製品。整齊疊起的紀錄上有一隻青色的陶鵲，那是羅人府傳下來的古物，青江可能用來當作鎮紙使用。別具匠心的四方形陶板中央畫了一隻長尾鳥，那正是喜鵲。為什麼會挑選這麼平凡的鳥？丕緒暗想道，發現陶鵲上有裂縫。仔細一看，鵲尾上有好幾道折斷的龜裂，顯然是斷裂後又重新拼回去的。

「……真是好手藝。」

應該是青江拼的。難怪蕭蘭一直很賞識他，他的手藝的確值得賞識。

丕緒拿起陶鵲。陶鵲很厚實，輕盈的陶鵲雖然飛得高，但因為飛在空中的速度比較快，所以不容易射中，因此需要有一定的分量，底部微微內凹，可以增加在空中的停留時間——這是陶鵲最初期的形狀。

無數羅氏在此基礎上不斷發揮創意和巧思。起初只追求能夠準確射中，注重形狀和重量，希望減緩飛在空中的速度，增加停留在空中的時間。不久之後，開始追求外形的美觀，原本只是圓形或方形的陶板，漸漸開始出現了各種形狀，不僅畫上了精美的圖案，還鑲嵌金銀寶玉。漸漸地對飛在空中的方式也有所講究，在素材和加工上不斷改進，讓陶鵲碎裂的方式更完美。如今的陶鵲並不一定是陶製品，但仍然按照古代的方式稱為陶鵲。

只不過——在遙遠的古代，射的是真鳥。當時在射儀上放出喜鵲等各種不同的鳥，由射手射鳥。但王的宰相宰輔討厭殺生，所以雖然射儀是攸關未來的吉禮，但宰輔通常都不出席射儀。如此一來，就稱不上是吉禮——可能是基於這種想法，所以不知道哪一個國家從哪一個朝代開始，開始用陶板代替真鳥，並根據射落的陶鵲數量，在王宮的庭院內將真鳥放生。

沒有人知道為什麼要射喜鵲。可能因為喜鵲的啼叫聲被視為喜慶的前兆。也許重點並不在射落，而是在於射儀結束後，將和射落數量相同的喜鵲放生。只要射落很多陶鵲，王宮內就會充滿被視為喜慶前兆的聲音。

一定要能夠射中，而且要把陶鵲射裂——歷任射鳥氏和羅氏不斷發揮巧思和創意，射儀的目的漸漸變成了射中陶鵲，並將之射裂。在丕緒製作的眾多陶鵲中，奏樂陶鵲成為最佳傑作。

回想起來，那是丕緒參與過最熱鬧的射儀。當時的射鳥氏是祖賢，悧王的治世也已經進入末期——只是當時並沒有人知道這件事。

當丕緒的精巧手藝獲得賞識而成為羅人，射鳥氏祖賢已經是經驗豐富的老爺。祖賢向丕緒傳授了所有必要的知識，和性情溫厚、而且還保持著一份無邪的祖賢一起商討射儀事宜，是一件無比快樂的事。只要有某個巧思獲得成功，必定會產生新的期望。他和祖賢一起頻繁前往羅人府，再加上當時已經是羅人的蕭蘭，三個人經常同食共寢，不斷挑戰和嘗試。祖賢被稱為射鳥氏中的射鳥氏，不久之後，丕緒也被稱為羅氏中的羅氏。奏樂陶鵲博取了悧王的歡心，特地從雲端上來到射鳥氏府，當面稱讚和犒賞了丕緒等人。對住在治朝的低階官吏來說，這無疑是至上的榮譽。如果這種日子能夠持續，不知道該有多好。

——然而，悧王折節。丕緒當時正思考著下一次要讓陶鵲奏出什麼音樂，也想讓陶鵲帶有香氣，一旦射中，就可以感受到馥郁的香氣，沒想到悧王的治世漸漸開始走下坡。之後那次大射是在三年後，慶祝悧王在位六十周年，但當時的悧王已經逐漸變成了暴君。

丕緒不知道悧王發生了什麼事。有人說是因為太子遭到暗殺，導致悧王和親信之間產生了極大的裂痕。最後並沒有查出到底是誰暗殺了太子，可能因此導致悧王疑神疑鬼，也經常苛責官吏。這種情況很快就從雲上波及到丕緒的周圍，悧王凡事都測試官吏，提出一些不可能的難題，有時候甚至要求用過度的方式證明忠誠，對射鳥氏也不例外。慶祝六十年在位時，悧王親自要求比上次的射儀更加精采，言外之意，如果不如上一次，必將嚴懲。

丕緒至今回想起當時的事，仍然感到無法呼吸。對丕緒和其他人來說，在陶鵲上發揮各種巧思不再是樂趣，而是變成一種義務。尤其射鳥氏的長官司士是一個急功近利的人，經常出言干涉。司士不顧現場情況的指示變成了一種壓力，再加上必須比上一次射儀更出色的義務感，讓那一次的射儀格外辛苦。

但射儀本身算是成功了，悧王比上一次更加心滿意足，但祖賢和丕緒都無法滿足。陶鵲雖然成功地碎裂了，但他們並不認為那是吉兆。舉行射儀時，丕緒周圍那些熟悉的官吏都不見了，在失信的悧王面前射落的陶鵲有一種冷清的感覺。無論碎裂時綻放的花多麼優美，能夠奏出多麼完美的樂曲，散發出多麼宜人的芳香，都只是備感空虛。

即使如此——正因為如此，祖賢積極專心投入新創意的構思。

「這次要設計一個讓悧王心情大好的陶鵲，怎麼樣？」

祖賢問跨坐在院子內椅子上的丕緒，他臉上的表情好像是小孩子想要惡作劇。

「那倒是沒問題，問題在於如何才能讓悧王心情大好？」

丕緒問。祖賢仰天說道：

「這個嘛，不能只是熱鬧和華麗而已，必須能夠讓人雀躍，但並不是興奮，而是感到溫暖，會發出會心的笑容，必須是具有這種效果的雀躍，會情不自禁地露出笑容，巡視周圍，發現高官臉上也帶著同樣的笑容。當確認彼此的笑容後，就會產生親近感，內心感到祥和——你覺得如何？」

丕緒苦笑起來。

「這種說法聽起來好像很具體，卻讓人抓不到頭緒。」

「抓不到頭緒嗎？就好像看到忍不住發出會心笑容的景色時，不是都會有這種感覺嗎？看到彼此臉上的笑容時，覺得彼此心靈相通——」

「我完全能夠瞭解這種感覺，問題在於如何具體表現出來。」

「具體表現嗎？」祖賢偏著頭，「具體表現喔。」他又把頭偏向另一側。

「首先，必須排除雅樂。」

雅樂也稱為雅聲，是「雅正之樂」的簡稱，是彰顯國家聲威的祭祀和典禮所用的古典音樂，樂器也僅限於古樂器，配以歌詞時，也不是配以歌謠，而是類似祝詞。樂曲本身注重的也不是主題，而是更重理論，與其說是音樂，更像是具有咒力的音符排列。雖然莊嚴隆重，卻缺乏樂曲本身的樂趣。

「所以要用俗曲嗎？」

「對！」祖賢跳了起來。「就是俗曲，而且不是在酒宴上演奏的豔曲，而是更輕快的……」

「像是童謠般？」

「童謠，很不錯，或者是工作時所唱的歌。大家在河邊洗衣服時，不是經常齊聲合唱嗎？可以從這種歌曲中取一段，再從其他歌曲中取一段，你覺得怎麼樣？」

丕緒帶著苦笑看著雙眼發亮的祖賢，然後轉頭看向蕭蘭。她坐在院子角落的石頭上，丟著梨子，聽著祖賢和丕緒的對話，臉上的笑容就像是看著令人束手無策的幼童。

「試試也無妨。」

蕭蘭說完，丟出最後一顆梨子。因為她發揮耐心持續丟梨子，所以山谷底已經漸漸長出一小片梨樹林。

「但是俗曲比雅樂更難，雅樂的音和調都是根據理論決定的，俗曲就沒那麼簡單了。」

「蕭蘭，妳應該有辦法做到。」

祖賢拉著蕭蘭的手央求道，蕭蘭苦笑著看向丕緒，丕緒忍著笑，嘆了一口氣。

「只能實際擊碎陶鵲，調整每一個音，也只能靠耳朵調整旋律，再根據耳朵所確認的旋律投擲陶鵲，應該又要使用投鵲機了。」

「從這裡取一段，再從那裡也取一段。」

祖賢得意地斷言道，丕緒點了點頭。

「所以需要好幾臺投鵲機，按不同的曲目製作投鵲機，射手射陶鵲的地點也要用複數的記號，決定正確的位置。」

「啊喲，真是大費周章，這次恐怕又要動員所有的冬官了。」

蕭蘭也嘆著氣，但眼中難掩笑意。用心挑選素材、設計投鵲機、製作陶鵲——每次都需要請其他冬匠幫忙，最後通常都是整個冬官府都一起投入，但奇怪的是，冬匠並不會面露難色。蕭蘭也一樣，面對困難的挑戰，冬匠往往更有幹勁。祖賢和丕緒提出的都是史無前例的高難度要求，雖然他們嘴上會抱怨，卻很樂意提供協助。

丕緒也一樣。當別人強制要求他製作的陶鵲必須超越上一次的目標時，對他而言是一種痛苦，但當有人提出「那就來做這個」，積極投入高難度的難題時，反而令他感到振奮。正因為上次製作得很痛苦，所以這次更能夠樂在其中。

青江也差不多在那個時候進入羅人府當工手，雖然當時只是初出茅廬的工手，但青江快樂地專心投入手工作業中。

——但是，某一天，祖賢被突然闖入的士兵帶走了。

丕緒至今仍然搞不清楚到底發生了什麼事。雖然知道他是因為謀反罪遭到逮捕，但祖賢對悧王絕對沒有任何反意，可能是誤會——或是因為他人的誣陷遭到株連，但其中的過程太複雜，丕緒根本無從得知。丕緒大聲吶喊，祖賢不可能謀反，卻沒有人聽到他的吶喊，他也根本不知道該去哪裡申訴。射鳥氏的長官司士擔心遭到牽連，所以對丕緒避不見面，更高階的長官太衛和大司馬都住在雲端，即使丕緒想要申訴，也不知該如何前往面會。他曾經寫了訴狀，卻石沉大海，甚至不知道訴狀是否送到了高官手中。

反正天上決定了世界的一切——他忘了是誰這麼安慰他，丕緒和蕭蘭周圍的人都說，他們應該為自己沒有受到牽連感到高興，但想必是祖賢挺身保護他們，所以丕緒和蕭蘭並沒有遭到懷疑，也沒有遭到任何審訊調查。然而，這反而令丕緒感到痛苦。司士終於答應面會時，卻是告訴他最壞的消息。祖賢沒有親人，所以請丕緒去領取遺體。

丕緒已經沒有力氣感到憤慨，眼淚也早已流乾。他按照指示去刑場取回了祖賢的首級，抱著回家的路上，丕緒產生了一個確信。

——喜鵲啼叫報喜，但射落喜鵲絕非吉兆。

陶鵲被射中後碎裂掉落，觀眾為此感到高興是錯誤之舉。射陶鵲也是錯誤之舉。不可以瞄準陶鵲，不可以射碎，但射儀本來就是射陶鵲的儀式，雖然不可以射落陶鵲，但王運用權勢，以禮儀的方式強行要求射落陶鵲。那不是吉兆，而是凶兆，王一旦運用權力不當，就會變成凶事，射儀正是確認這一點的儀式。丕緒如此想道。

「拿掉香味。」

安葬了祖賢後的某一天，丕緒前往工舍對蕭蘭說。「啊呀。」蕭蘭瞪大了眼睛，為難地看著自己的手。

「當然沒問題——只是好不容易進入這個階段了。」

小盤子內有好幾顆銀色小球，裡面裝著祖賢要求的香油。祖賢對味道也很挑剔，並非只要求宜人的香氣，而是指名要令心情雀躍的香氣。雀躍——同時感到滿足。他主張調製這種香氣，向冬官木人請教，頻繁出入工舍調配香油，並悉心研究了封存香油的球體大小，讓香油擴散時，能夠散發出宜人香氣。直到祖賢去世之後，才終於完成。

「沒有香氣更理想，同時也要改變陶鵲碎裂的聲音，要改成更陰沉的聲音，奏出的音樂也不再是熱鬧的樂曲，甚至乾脆使用大葬時的雅樂。」

蕭蘭委婉地苦笑著，嘆了一口氣。

「所以就是一切重來。」

蕭蘭再度看向小盤子，露出依依不捨——或者說是哀傷的眼神。

「但是，無論如何，都不可能用大葬時的雅樂，那就不再是吉禮了。」

「那就用俗曲，但不要用開朗的樂曲，音節也要減少，選用聽起來淒涼的樂曲。」

「是嗎？」蕭蘭用沒有感情的聲音嘟噥道，並沒有提出異議。雖然最後去除了香氣，並改成聽起來很淒涼的俗曲，卻沒有機會在悧王面前表演。悧王在位六十八年就駕崩了。

之後王位無王的時代，丕緒仍然持續製作陶鵲。因為青江的一句話，讓他覺得陶鵲是百姓的象徵。

「為什麼是喜鵲呢？」

青江的手很靈巧，而且聰明絕頂。祖賢去世後，蕭蘭把青江帶在身邊悉心指導，似乎藉此彌補失去祖賢的損失。

「因為喜鵲的啼叫聲被認為是報喜。」

丕緒向他說明，青江偏著頭說：

「不是還有其他吉利的鳥嗎？為什麼不是更漂亮的鳥，或是更珍奇的鳥？太奇怪了。」

的確有道理。蕭蘭停下手，雙眼發亮，似乎對這個話題很感興趣。

「聽你這麼說，好像的確有道理，照理說，鳳凰和鸞鳥也可以啊。」

怎麼可能把鳳凰和鸞鳥射下來？丕緒苦笑著，但仔細思考後，的確覺得很不可思議。

喜鵲並不是珍奇的鳥，而是在廬和耕地經常可以見到的平凡鳥類，有著像烏鴉般的黑頭和黑翅膀，只有翅膀根部和腹部是白色，還有長長的尾巴。和身長差不多的長尾巴也是黑色，線條優美的翅膀和長尾巴很優美，但色彩並不鮮豔，也沒有引人注目的花色，啼叫聲也不見得特別動聽。喜鵲和麻雀、烏鴉一樣隨處可見，初春的時候會在地面啄食，到了秋天，就會啄食樹果。通常都會見到牠們在地上行走和蹦跳，很少看到牠們在空中飛翔的身影。

——和百姓一樣。丕緒突然閃過這個念頭。

隨處可見、極其普通的百姓，身穿樸素的衣服，一輩子幾乎都在農地耕耘。既沒有特別的才華，也沒有引人注目的出色容貌。只能腳踏實地磨練技藝，或是刻苦用功讀書，最多只能成為像丕緒和其他人一樣的低階官吏，根本不可能衝上雲端。即使如此，仍然沒有絲毫的怨恨，而是恪守本分過日子——如此而已。

喜鵲絕對就是百姓的象徵。當他們心滿意足而笑，歡天喜地而歌，對王而言的確是吉兆，百姓的喜悅代表王的治世有道，百姓歡快歌唱，王的治世就會持續。

射落陶鵲是錯誤之舉這個想法絕對沒有錯。王用掌握的權力射向百姓，百姓中箭而落，射落百姓而喜是錯誤的行為。必須將計就計，用這種錯誤的行為確認權力的可怕——必須這麼做。

他想要製作讓射落的射手產生罪惡感的陶鵲，讓觀禮者感到心痛。

但是——

「——我把目前所有的紀錄都找出來了。」

突如其來的說話聲打斷了丕緒的思考，回頭一看，青江抱著厚厚的紀錄走了回來。

「幸好丕緒大人製作的所有陶鵲都留下了圖樣。」

「是嗎？」丕緒嘆著氣，「那就從中挑選適合的。」

青江垂頭喪氣地問：

「……您對我的手藝這麼沒有信心嗎？」

「我說了，並不是這個意思。」

青江默默搖著頭。

「不是這個意思。」丕緒再度在嘴裡嘀咕，突然感覺到手掌上很沉重，發現自己仍然握著那個陶鵲。

丕緒打算從現成的圖樣中挑選適合的陶鵲，但沒想到困難度超乎他的想像。雖然留下了當時的圖樣，但當時是由蕭蘭動手製作，製作過程由蕭蘭和其他冬匠進行了微幅的調整，無論材質和精細的手工，都是由負責細節的冬匠在多次嘗試後完成的，只能靠冬匠用眼和手才知道如何進行調整。雖然由工手實際製作，但師父必須在作業現場親臨指導，親口、親手指示如何進行調整。也就是說，如果沒有實際參與作業的冬匠在場，一切都必須從頭做起。而且——更糟糕的是，慶國從悧王時代末期開始，時局就陷入動蕩不安。如同蕭蘭消失了一樣，許多冬匠都失去了蹤影，記得這些細節的冬匠人數相當有限，根本不可能在短時間內重現以前的陶鵲，大部分工序都必須從頭開始挑戰——也就是說，和製作全新的陶鵲所花費的勞力無異，而且如果不需要受到過去紀錄的束縛，也許反而更快。

雖然丕緒體認到這件事，卻意興闌珊。在他舉棋不定地翻閱過去的圖樣期間，新王已經正式登基。根據過去的規矩，新王進入王宮時，所有官吏都要去雲端迎接，但丕緒所站的位置根本看不到新王的身影。既看不到她的長相，更不瞭解她的為人，只是從雲上傳來的消息得知，新王是來自異境的女孩，不諳世事，不懂常識，而且惶恐不安。

又是這種女王嗎？丕緒越發提不起勁了。

歷任王中，薄王對權力漠不關心，鎮日沉溺於奢華。得到了至高無上的地位後，為能夠享受至高無上的奢華欣喜若狂，從未去過民間。比王只對權力有興趣，為自己只要動一動手指，就可以隨心所欲地擺布百官和人民感到喜不自勝。予王對兩者都沒有興趣，整天深居王宮內不出，拒絕權力，也拒絕百姓，終於願意出現在朝廷時，已是脫離常軌的暴君。

在予王之後的新王進入王宮後不久，射鳥氏遂良再度召見丕緒，他和上次一樣親切客套，極力巴結丕緒。

「怎麼樣？有沒有想出良好的方案？」

「沒有。」丕緒簡短回答，遂良為難地皺起眉頭，但立刻擠出笑容。

「不知道該說是幸運還是不幸，射儀的日程延後，登基大典時將不舉行大射。」

「不舉行？」

丕緒訝異地問，遂良皺起眉頭。

「拜託你別問原因，因為我也完全不瞭解狀況。可能是新王的意思──或者是各位高官的意見，總之，也沒有向我們說明詳細的理由。」

「原來如此。」丕緒點了點頭。

「郊祀時才會舉行第一次大射，雖然在登基大典時無法舉行大射令人遺憾，但我們也因此有了更充裕的時間。」

祭天祈求國泰民安的郊祀都在冬至舉行，尤其是登基後的第一次郊祀，無論對國家、對王而言，都是極其重要的儀式。第一次郊祀當然會舉行大射──這是絕對不可能更改的儀式。離冬至只剩兩個多月，即使從頭開始設計，時間上也勉強能夠趕上。

「這關係到所有夏官的未來，此事由你全權負責，請務必製作出夏官臉上有光的陶鵲。」

3

無論如何，都非製作陶鵲不可了，沒有時間胡思亂想。

丕緒無可奈何地坐在桌前。羅人府內有一間堂屋是屬於他的房間，並不大的房間內放了兩張桌子、兩張床榻，以前曾經和祖賢一起住在這裡。如今，其中的一桌一榻早就用於堆放東西，屬於丕緒的一桌一榻整理得井然有序，但因為久未來此的緣故，所以到處積滿灰塵。他擦拭了桌上的灰塵，很不甘願地攤開畫紙，磨了墨，拿起了毛筆——然後就停了下來。此刻的丕緒毫無頭緒。

他想要畫點什麼，卻只是一片空白。

丕緒經常說自己才思已經枯竭，但原本以為只是缺乏創作的意願而已。如今的他的確已經沒有當年那種這個也想做，那個也想要挑戰的渴望，但他沒有想到，竟然會毫無頭緒。

難道是因為疏於職務多年的關係嗎？丕緒想到了這個可能，努力回想自己以前的創作過程，但連這件事也變得模糊，無法順利回想起來。

下一步該怎麼辦？以前他也經常遇到瓶頸。只是遇到類似情況時，腦海中仍然會浮現各種片斷，只是他不願意從中挑選。因為即使勉強從中做出選擇，也往往無法持續下去——他一直以為創作遇到瓶頸只是這種情況，第一次經歷腦海中完全沒有任何頭緒——甚至連片斷都沒有，只剩下一片空白的情況。

他不禁感到愕然，接著不由得焦急起來。舉行大射之際，需要相當數量的陶鵲，工手必須不眠不休製作半個多月，才能夠完成這些數量。在製作之前，必須經過多次試驗、改良，完成試射後進行調整，做出第一個陶鵲。如果要製做一個全新的陶鵲，必須馬上著手進行，否則恐怕就無法完成。眼下無論如何都必須擠出一點想法，但他腦筋完全空白。

——原來如此。丕緒恍然大悟，自己的創作生命已經結束。

他並不知道是什麼時候結束。是在蕭蘭消失的時候——還是予王賜予賞言的時候？也可能是更早之前。在失去祖賢，認定陶鵲是百姓的象徵之後，丕緒好像著了魔似地積極製作陶鵲，但也許這份熱情一開始就並不是「想要製作陶鵲」。

沒錯，丕緒那時候已經無法從製作陶鵲中感受到喜悅。

——可以做得更漂亮些。

蕭蘭每次聽到他的指示，都忍不住苦笑著對他這麼說。丕緒每次都向她重申，看到陶鵲被擊碎掉落而感到喜悅是錯誤之舉。

「陶鵲被射中掉落很殘酷，妳看一下現實。」

丕緒指著花窗外的山谷說道。巨大山峰之間的峽谷，雖然被茂密的梨樹遮住了，但谷底仍然是王不屑一顧，卻用權力踐踏蹂躪的下界。

「無能的王粗糙施政，導致國土荒廢，民眾深受不為百姓謀福的政策折磨，個個都陷入飢餓和窮困。王只要動一根手指，既可以拯救百姓，也可以將百姓推入窮困的深淵，甚至可以奪走百姓的生命，必須讓王瞭解這一點。」

蕭蘭驚訝地嘆著氣。

「王能夠瞭解嗎？我覺得如果看了陶鵲能夠領悟到這一點的人，即使不看也能瞭解。」

「也許吧。」

蕭蘭的話很有道理，但丕緒不知道除此以外還能怎麼做。

「要為完全無法令人產生感恩之心的王製作陶鵲嗎？即使王和親信在射禮上歡喜一場，又有什麼意義？」

「但這是我們的工作。」

蕭蘭理所當然地回答後，淡然地繼續工作。丕緒見狀感到心浮氣躁，尤其看到蕭蘭彷彿樂在其中、心滿意足的樣子，更感到火冒三丈。

「我們雖然是國官，卻是微不足道的低階官吏，無法參與國家大事，以我們的職務也無法對國政表達任何意見，但我們的官位是國家賜予的，我們肩負著百姓的生活，至少應該藉由自己的職務為百姓做一點事——怎麼可以不這麼做呢？」

蕭蘭沒有抬頭，輕笑一聲說：

「為百姓做事嗎？」

「那我問妳，妳認為怎樣才算是稱職的羅氏和羅人？」

「不管稱不稱職，」蕭蘭很不以為然地笑了笑，「人都一樣，默默做好自己本分的工作，所以，即使挑剔的羅氏提出難題，也都會努力完成。」

「如果妳不願正視，無法改變任何事。」

「即使不願正視，也還是會看見啊——也許王也一樣，即使勉強王去看她不願正視的事，她也只會閉上眼睛。」

「——就像你不願正視下界，所以用梨樹遮住嗎？」

丕緒語帶挖苦地說道，蕭蘭聳了聳肩。

「因為看到荒廢殆盡的下界也是徒勞，還不如看一些美好的事物？特地去說一些討厭的事，讓彼此心情都不愉快不是很愚蠢嗎？」

「所以呢？所以妳整天把自己關在工舍內，每天都在桌前低頭工作嗎？妳只能在這個封閉的地方感到快樂吧？」

「當然。」蕭蘭放聲笑了起來，「但並不是只有這裡能讓我快樂，而是我的快樂在這裡，做這些手藝很開心啊，有時候成功，有時候失敗——都讓我樂在其中。」

蕭蘭說完，拿起銼刀，開始磨手上的銀製品。

「不胡思亂想，只專注於自己製作的作品很快樂……」

蕭蘭自言自語地說完，竊竊笑了起來。

「也許百姓也是如此。雖然你覺得那些百姓很可憐，但也許對那些百姓的太太來說，她們也許並不在意王，只要今天的菜做得很好吃，今天的天氣很好，洗好的衣服都乾了，這種事也許更能夠讓她們開心過日子。」

蕭蘭說完後，也許感受到丕緒的不快，慌忙坐直身體，一臉嚴肅地說：

「當然，我會欣然遵守羅氏的吩咐。」

蕭蘭完全無意正視現實。丕緒心想。她對百姓和國家都沒有興趣，比起百姓的悲慘，她努力在自己周遭尋找微小的喜悅。祖賢被處死後，她曾經哭啞了嗓子，但對她而言，只是為親近的人死去感到傷心而已。丕緒一直為祖賢的死耿耿於懷，但蕭蘭說：「雖然很遺憾，但過去的事就讓它過去吧」，很快就走出了悲傷。

因為蕭蘭的態度如此，所以羅人府的工手也都抱持這種態度。雖然他們不積極主動，但因為是羅氏丕緒的命令，所以都認真完成。沒有人能夠理解丕緒的想法，丕緒感到孤獨不已。接替祖賢的職務的幾位射鳥氏似乎認為一切交給丕緒處理就好，所以無論丕緒製作什麼，他們都沒有太大的興趣，他們只對結果有興趣，只關心是否能夠取悅雲端上的人，丕緒的工作也讓歷任的射鳥氏感到滿意。

丕緒製作的陶鵲總是令人滿意。雖然有時候會遭到挑剔，說陶鵲「不夠華麗」，但更常稱讚他的陶鵲莊嚴而美麗。這些稱讚未必都是真心話，因為是赫赫有名的「羅氏中的羅氏」製作的，所以他們認為應該加以稱讚。即使丕緒明知道這些事，聽到他們面帶笑容地稱讚「太出色」時，丕緒仍然深受打擊。沒有人能夠理解他的意圖，最諷刺的是，反而是一名只是士兵的射手在儀式結束後告訴丕緒，說他深受震撼，內心感到悲傷和難過。原來身分越低，越能夠體會——地位越高，就完全無法瞭解。丕緒的意圖完全無法傳達到必須傳達的地方。

丕緒專心投入陶鵲的製作。兩任女王登基，然後又崩殂。更多的時候，王位上並沒有王，所以也不會舉行大射，但丕緒並沒有停止創作。終於有一天——終於有王瞭解了丕緒的意圖。

那是予王的登基大典。

那個陶鵲有著優美的翅膀和尾巴，投鵲機不是將之拋向空中，而是推向空中。陶鵲優美地舞向空中，宛如從高空飛落的鳥。射手射中時，五彩的碎片四散，兩個翅膀和尾巴斷裂，在空中掙扎掉落。碎裂時發出的聲音宛如慘叫聲，餘音裊裊。如同在空中痛苦掙扎的翅膀掉落地面時，發出令人心痛的清脆聲音，在碎裂的同時變成無數紅色的玻璃碎片四散。射儀結束時，王宮的庭院內被閃亮的玻璃碎片染成一片紅色。

王和高官都在承天殿內觀禮，承天殿前方的庭院內沒有任何聲音。聽到鴉雀無聲的凝重沉默，丕緒知道終於有人體會了自己的意圖。射儀之後，予王召見他，雖然隔著簾子，但親自賜言。

「太可怕了。」予王一開口就如此說道：「為什麼要給我看如此不吉利的東西？我不想看如此殘酷的東西。」

丕緒無言以對。正因為殘酷，所以他希望予王親眼看到。失去百姓是殘酷的事。他希望透過射儀，讓王瞭解自己手上的責任。

「主上很受傷。」

宰輔也對丕緒說道。丕緒當然希望予王受傷，希望她從這份痛楚中瞭解百姓痛苦。受傷越深，越難以忘記，他希望予王體會這是殘酷的事，把這份深刻的痛楚烙在心上。

如果不願正視殘酷，殘酷就不會結束，也無法體會殘酷。

予王雖然感到難過，卻無法感受到丕緒的意圖——丕緒感到不知所措，更不知道該如何是好。丕緒突然失去了製作陶鵲的意願，予王登基大典後的郊祀並沒有舉行大射。射鳥氏也不知其中的原因，丕緒猜想是予王說她並不想看。即使如此，他仍然沒有停止製作陶鵲。至少在那個時候，他還沒有完全停止。

那次之後，丕緒頻繁前往市井，近距離觀察百姓的生活，不時前往戰場和刑場。他想要藉由親眼目睹殘酷的景象得到某些靈感，試圖努力讓委靡不振的自己振作起來。

每次他把從市井的收穫帶回羅人府時，蕭蘭總是面帶苦笑地收下。接下來有好幾年的時間，丕緒不斷製作不知道該獻給誰的陶鵲——丕緒自己也不知道該製作什麼，只是完成之後就丟在一旁。直到有一天，丕緒回到工舍後，發現蕭蘭不見蹤影。

那天烏雲密布，下界的稻穗還未成熟，前一天晚上卻已經降了霜。到底是怎麼回事？他聽著百姓不安地看著天上發問，結束了短暫的旅行，回到堯天，上了治朝。如今，丕緒已經回想不起來那一次去了哪裡、得到了什麼靈感，但他確實有所收穫，心情振奮地前往冬官府——然後發現一整排工舍格外寂靜。

好像有肉眼無法看見的巨大力量撲向周圍，他感受著不安的動靜走進羅人府，發現蕭蘭不見蹤影。蕭蘭的堂屋和平時沒什麼兩樣，桌子上堆放了很多東西，工具丟在中間，好像只是暫時離開一下。然而，在走進堂屋的剎那，丕緒在那裡感受到宛如凍結般的空洞。雖然沒有缺少任何東西，但那個房間已經空了。他茫然地尋找到底缺少了什麼，青江衝了進來。

「丕緒大人——我看到您進來。」

青江臉色發白。

「蕭蘭呢？」

「她不在，一大早就沒有看到她。我四處尋找，全都找不到，我也正在納悶到底是怎麼回事。但是——」

青江渾身發著抖。

「不光是師父而已，許多工舍的工匠都消失了，而且——都是女人。」

丕緒愣住了。

「……都是女人？」

「對。榔人的師父在拂曉前被士兵帶走了，將作的女工手也同樣被帶走——丕緒大人，這是怎麼回事？」

丕緒感染了青江的顫抖。他的膝蓋在發抖，無法繼續站在那裡。

「……所以我之前就叫她逃離！」

不知道予王為什麼要下達這道命令。整天深居在宮內的女王在三個月前突然出現在朝廷，命令王宮的女官立刻離開王宮，前往國外，如有不從，必將嚴懲。言下之意，就要處以極刑。起初並沒有人當真。

那時候予王頒布的法令都是如此。雖然每次都大張旗鼓地頒布命令，但目的並不明確，或是缺乏具體性。雖然官吏會公布這些法令，但對於實施缺乏熱忱，幾乎都只是公布而已。這項法令也是如此，將所有的女官趕出王宮，甚至驅逐出境根本缺乏現實性。因為宮中有將近半數的官吏是女人，不知道要花費多少時間才能讓人數如此龐大的女人離開王宮，況且一旦驅逐所有女官，國政根本無法運作。

雖然起初沒有人當真，但很快發現女官真的從雲端漸漸消失。大部分人只帶著隨身物品逃離王宮，也有不少人離奇消失，明顯不像是逃走。

「妳最好趕快逃走。」丕緒對蕭蘭說：「雖然難以置信，但主上似乎是認真的，和以前那些形式化的法令不一樣。」

「怎麼可能？」一如往常地坐在桌前的蕭蘭笑了笑，「我從來沒有聽過這麼愚蠢的法令。」

「但事實上，上面的女官真的已經消失了。」

丕緒說，蕭蘭偏著頭納悶說：

「是不是和女官吵架了，假設是這樣，我就不必擔心。因為主上根本不認識我，她可能無法想像治朝也有低階官吏，其中也有女人。既然不知道我的存在，當然也不可能處罰我，不是嗎？」

蕭蘭一笑置之，但丕緒認為她的想法太天真了。事實上，從那天之後，丕緒再也沒有見過她，完全無法得知她和其他女冬匠到底去了哪裡，發生了什麼事。一切都是雲端決定的事，沒有人向天下人說明到底發生了什麼情況。然而，消失的人都再也沒有回來。即使在予王崩殂，新王登基後，仍然杳無音訊。只有這件事是不可動搖的事實。

——所以我之前一再勸她，不能不正視現實。

丕緒始終抱著這種想法。因為蕭蘭不願正視所有殘酷的事，所以對王的認識太天真，對權力不夠謹慎。難道她以為只要避而不見，殘酷的事就不會降臨在自己身上嗎？難道她忘記，祖賢被以莫須有的罪名處死了嗎？

丕緒在感到生氣的同時，更感到悲傷不已。自從蕭蘭消失後，他完全提不起勁製作陶鵲。

丕緒太無力了。他失去了祖賢和蕭蘭，他甚至不知道發生了什麼事，更不知道該責怪誰。只知道他們沒有犯任何罪，自己雖然在王宮內——在王的身邊，卻無法保護他們，也無法預防。

他很想大叫，不可以這麼做，趕快停止。但是，丕緒不知道如何讓王聽到他的聲音，甚至不知道該如何傳達給隨侍在王左右的宰輔和高官。即使他對著天上的雲大喊，他們也不可能聽到。對雲端的人來說，丕緒就像根本不存在，沒有人願意傾聽他的吶喊，甚至不認為有這個必要。射儀是丕緒可以向王傳達意見的唯一方法，正因為如此，丕緒努力想要藉由射儀傳達自己的想法，但最終還是無法傳達——不，事實其實更糟。雖然順利傳達給予王，只是予王沒有接受。

如果予王可以從她說「很可怕」的射儀中瞭解權力的殘酷，不知道該有多好。然而，予王拒絕理解。她不願正視殘酷，也因此無法發現自己的殘酷。

——這個國家完了。

他已經厭倦發聲，也厭倦了思考該表達什麼意見。反正予王根本沒把丕緒放在眼裡。為了生存，必須賺錢維生，所以並未辭去羅氏一職，但他不想再製作陶鵲，也不願再思考陶鵲的事，更不想與國家和官吏有任何關係。即使有什麼想法，他也不知道該如何傳達，況且別人也不願意傾聽。

他覺得一切都沒有意義，做任何事都意興闌珊，所以鎮日足不出戶，在家碌碌無為，也放棄思考。只是虛度時光，這種空虛的歲月累積讓丕緒內心變得空洞。

自己內心已經空無一物——丕緒終於發現這件事，心灰意冷地放下了手上的筆。既然沒有新的想法，只能從以前的作品中挑選，必須和青江討論，哪一個比較適合。

他走出堂屋，院子周圍的走廊上吹著寂寞的夜風，預告著秋天的腳步即將到來。予王的陶鵲應該沒有問題。雖然當時是由蕭蘭製作，但青江帶領工手，指揮實際作業。青江應該記得當時的製作細節，然而，即使再度完成，恐怕只會再度遭到拒絕。即使沒有遭到拒絕，丕緒自己也不想再度製作那個陶鵲，他不想再製作會大叫著「殘酷」的陶鵲。既然如此，製作悧王的陶鵲似乎是正確的決定，但他並不願意。

他不希望製作碎裂得如此華麗的陶鵲。雖然他已經放棄在陶鵲上寄託自己的想法，但無論如何都不願意製作那種在碎裂時，宛如華麗的花般綻放，讓觀賞者歡呼的陶鵲。像予王的陶鵲般，在被射中後變成無數碎片的設計也令他痛苦不已。雖然不碎裂就失去了意義，但如果可以，他希望陶鵲在被射中之後，仍然可以完整如初。

「……這是不可能的事。」

丕緒笑著自言自語。如果不被射落，就失去了意義。雖然無法讓陶鵲完整如初，但他不希望在碎裂的同時奏出音樂，沉重的雅樂和寂寞的俗曲都不行，他甚至不希望奏出任何音律，只希望發出寧靜而單純的聲音，聲音必須讓人忘了歡呼和鼓掌，忍不住豎耳細聽。他希望做出能夠靜靜滲入耳朵裡的音色。

他一路思考，走進隔壁的堂屋，對坐在點著微弱燈火桌前的青江說明了自己的想法，坐在椅子上的青江轉過頭，微微偏著頭問：

「比方說——像是雪的聲音？」

丕緒坐在青江旁邊堆在一起的箱子上苦笑道。

「雪怎麼會有聲音？」

「的確沒有聲音，」青江紅了臉，「所以是水聲嗎？還是風聲？」

不是水聲。丕緒心想。水滴的聲音、流水聲、潺潺流動、微波蕩漾，都和他的想法有差距，但也不是任何風聲。他覺得水聲和風聲都訴說了太多東西。

「是更加寧靜的……沒錯——你說得對，也許就是雪的聲音。」

雖然沒有訴說任何事，卻讓人無法不豎耳細聽——

「雖然雪沒有聲音，但感覺很像是雪的聲音。你竟然能夠理解。」

聽到丕緒這麼說，青江不知所措地笑了笑。

「因為以前師父也曾經說過類似的話……所以我剛才在想，啊，你們在說相同的事。」

丕緒驚訝地問：

「蕭蘭嗎？」

「對，她說最好能夠像雪一樣寧靜的聲音，如果由她製作，就會用這種聲音。」

丕緒說不出話。

——丕緒想起以前從來沒有讓蕭蘭自由發揮的空間。

不僅如此，丕緒甚至從來沒有問過蕭蘭，她想要做怎樣的陶鵲。蕭蘭也從來不曾主動提起此事，只有在丕緒堅持要做殘酷的陶鵲期間，她曾經建議可以做更漂亮的陶鵲，但也從未提及任何具體想法，甚至完全不知道她對製作陶鵲也有自己的想法。

原來是這樣。原來蕭蘭也曾經有同樣的想法。

「……還有呢？」

「啊？」

「她還說了什麼？比方說，她希望如何碎裂？」

聽到丕緒的問話，青江低頭陷入了沉思。

「我記得她曾經說，予王的鳥太令人難過，讓人有心痛的感覺，但碎得太漂亮太歡樂，毫無樂趣可言。」

青江說到這裡，好像突然想到了什麼，猛然抬起了頭。

「對了，我記得她曾經說，可以變成鳥。當鳥被射下後掉落，看了很難過，那就在碎裂之後，再度變成鳥。」

「變成鳥……」

青江一臉懷念的表情點著頭。

「她經常說，既然是鳥，就要讓鳥在天上飛。如果只是在天上飛，就無法成為射儀，但至少要在鳥中箭時，讓人感到惋惜。當鳥中箭，眾人感到遺憾時，讓新的鳥從中誕生。」

「然後飛走……？」

丕緒脫口嘀咕道，青江心滿意足地笑了笑。

「對，她曾經說，如果陶鵲碎裂後，真正的喜鵲從中誕生，不知道該有多好，然後喜鵲就可以飛走。」

「這個主意真不錯。」

陶鵲被拋向空中，當被射中碎裂後，出現真正的喜鵲，在觀眾面前飛走。喜鵲眼中沒有王和王位的威嚴，更不在意百官的權威和意圖，向天空展翅高飛——

「她曾經說，她不希望誕生的鳥落在王宮的庭院，或是再度破碎，遠走高飛才能稱心如意。」

「稱心如意……嗎？」

丕緒點了點頭。雖然蕭蘭以前什麼都沒說，但原來和自己有著相同的心情。不，只是丕緒一直堅持追求自己的想法，沒有傾聽而已。如今當自己失去想法後，才終於發現彼此的交集——

丕緒看向西側的花窗，如今只看到一片黑暗，但白天的時候，應該可以看到山谷的風景。薄雲纏繞在山岩上，一大片梨樹遮住了山下的街道。

「蕭蘭不是經常看著那片風景嗎？」

青江順著丕緒的視線望去，驚訝地張大眼睛。

「……山谷間的？對，是啊。」

「不知道她到底看到了什麼。」

他不禁感到好奇——蕭蘭帶著怎樣的心情看著山谷間。

「她說，她不想看到下界，既然是她親口這麼說，我一直以為就是如此。但是仔細思考後發現，既然不想看下界，只要不看山谷就解決問題了。她經常坐在院子角落的石頭上看向山谷，但那裡不是只能看到下界嗎？」

青江微微偏著頭，似乎也感到意外。

「聽您這麼一說……好像的確是這樣。」

丕緒想起之前看到的那隻鳥。他覺得那隻鳥眼中只看到荒廢，同樣地，也許蕭蘭口口聲聲說：「不想看」，但其實正是看到了那片荒廢呢？

「應該不可能……」丕緒苦笑著說道。

青江問：「什麼不可能？」

「沒有啦……那裡只能看到下界，但她說不想看下界，所以一直丟梨子。雖然花了很長時間，但她果真用這種方式遮蔽了下界的悲慘。」

「遮蔽……了嗎？」

「難道沒有嗎？」

「我不太清楚，」青江仍然偏著頭，「師父的確說過不想看下界，但總是看著下界——沒錯，我想師父的確看著下界，因為她視線的方向，就是堯天的位置。」

「正確地說，是梨樹林吧？尤其當梨花盛開的時候，她總是瞇眼看得出了神。」

「但是，即使是冬天，她也看著相同的方向。冬天的時候，梨樹的樹葉落盡，只能看到下界的景象。」

「那倒是……」

青江起身走向花窗，秋風帶著寂寞的氣息吹了進來。

「師父之所以說不想看到下界，是因為深深瞭解那裡的悲慘。她也曾經說，不想聽到不好的消息，但其實不用我告訴她，她都知道得很清楚。」

「蕭蘭嗎？」

「對——我覺得她對越是不想聽到的聲音，就越會豎耳細聽。同樣的，因為知道，所以就不想看，卻又無法不看。正因為這樣，所以她種那些梨樹，也許並不是為了遮蔽……」

青江看著黑暗中的下界，似乎在思考該如何表達。

「梨花盛開時，師父總是歡天喜地，讚嘆景色太美了。我認為她說的意思，並不是因為那些花遮蔽了悲慘的下界，我猜想是師父覺得在下界看到了那些花。每次看到梨花盛開時，就彷彿看到了有朝一日，也許會變得如此美好的堯天。」

也許吧。丕緒心想。

「我一直以為蕭蘭不願面對現實……」

青江轉過頭露出微笑。

「這點的確沒錯，師父絕對不是正視現實的人，她總是背對現實，只專注於自己的雙手，但我認為這並不代表她拒絕現實。」

丕緒點了點頭……他似乎能夠理解。自己目前這種自我封閉的方式，整天關在官邸內碌碌無為，虛度歲月，才是拒絕現實。雖然蕭蘭也背對世界，只面對自己的世界，但蕭蘭沒有放棄藉由製作陶鵲，藉由自己的雙手尋找快樂。丕緒如今終於瞭解，那正是蕭蘭面對世界的方式。

她總是看著下界。雖然口口聲聲說，不願見到荒廢，但她衷心期盼，有朝一日，下界將開滿鮮花。

「那就來製作蕭蘭心目中的陶鵲。」

青江聞言，臉上的表情有點痛苦——但又很欣喜地點了點頭。

「你盡可能努力回想一下，蕭蘭到底想要做怎樣的陶鵲。」

4

如水般藍色透明的鳥飛向空中。

王和高官都坐在承天殿的簾子後方，從西側樓起飛的鳥有著纖長的翅膀和頎長的尾巴，淡藍色的天空宛如在鳥的身後凝結。鳥在樓閣圍起的廣大庭院內緩緩飛翔一周，突然改變了方向，閃著像玻璃般的光芒，飛向高空。

一排射手站在殿下，其中一人射箭，箭飛上蒼穹，追逐鳥兒，隨即命中。鳥發出清脆的聲音裂開，色彩鮮豔的青色小鳥從中彈出。十隻宛如珐瑯般鮮豔奪目的紺青色小鳥拍動翅膀，閃著光芒，時左時右地飛舞，顏色漸漸變淡。隨著每次拍翅舞動，顏色就越來越淡，漸漸變成透明的碎片。藍色透明的碎片如同花瓣般從空中飄落，落在地面時，發出似有若無的輕微聲音碎裂。透明的碎片散在庭院內，發出淅瀝淅瀝的聲響。

接著是兩隻——這次是如同陽光般金色透明的鳥。兩隻大鳥相互嬉戲般環繞庭院後，一起飛向空中，交錯著緩緩上升。兩名射手射箭，箭射中了鳥，被射中的鳥變成一群金黃色的小鳥。小鳥從高空舞落，鮮豔的翅膀熠熠閃亮，然後從邊緣開始漸漸變成透明的碎片。清澈的金色花瓣從空中舞落，淡紫色的鳥從舞落的金黃色花瓣之間飛起。這次總共有三隻，當這三隻被射中，變成亮麗的藍紫色小鳥時，又有四隻淡紅色的鳥飛上天空。在上空變成一群紅色的小鳥，在空中舞動的同時散開，最後變成透明的淡紅色花瓣舞落在庭院。

五彩繽紛的鳥飛上天際，中箭之後，變成鮮豔的五色小鳥，小鳥在飛翔的同時化為花瓣散落。花瓣碎裂時輕微的聲音交織在一起，場內響起一陣宛如雨夾著雪花飄落地面的聲音。

最後是三十隻銀鳥。中箭之後，變成一群有著潔白翅膀的小鳥。潔白的小鳥反射著陽光在空中舞動，拍動的翅膀漸漸變成乳白色透明花瓣。無數脆弱的白色花瓣舞落，宛如梨花雨從天而降。

丕緒看著最後一片發出宛如斂息般的聲音碎裂。

承天殿前的庭院內鴉雀無聲，片刻之後，觀眾發出的嘆息像漣漪般擴散。在這些嘆息聲變成讚嘆聲之前，丕緒悄悄離開了。

——結束了。

他離開觀看射儀的高樓，走出了舉行儀式的西園。丕緒心滿意足，連他自己都感到納悶。雖然只是美麗的景象而已，卻很符合丕緒的心境。那就是他想要製作的陶鵲，也順利地完成了。僅此而已。

他獨自經過路門，回到了雲下的世界，直直走向羅人府。看到因為擔心射儀而緊張得臉色發白，正在院子內踱步的青江，立刻對他說：「很成功。」

「所以——都很順利？」

青江皺著臉，一副快哭出來的表情跑了過來。

因為這次準備的時間不夠充裕，只能在期限之前完成所有的陶鵲，來不及按照大射時表演的方式實際試射。雖然曾經針對個別陶鵲進行了多次試射，但問題在於擔心飛上天空的陶鵲會碰撞到舞落的小鳥片。小鳥片只是設計成小鳥的外形，因為形狀的關係，看起來像在天空拍翅舞落，所以無法控制飛舞的軌跡，一旦碰撞到升空的陶鵲，就會影響陶鵲的軌跡，射手可能無法射中。

「小鳥片的高度和位置都一如預期，所有的陶鵲如數射中。」

「太好了。」青江鬆了一口氣，蹲了下來。
「……我還在擔心萬一沒有射中，或是在射箭之前，陶鵲就掉落就慘了。」
「起初我也提心吊膽，但很快就知道沒問題，就很放心地欣賞了。太美了——真希望你也能親眼看到。」
「是啊。」青江喜極而泣地點了點頭。
難得一見的景象，真的很希望青江也能夠親眼目睹，但是以羅人的身分，即使身為監督，也無法參加在天上舉行的儀式。
「幸好最後按照你的建議，採用了白色。」
丕緒看向院子外，冬陽正漸漸沉向巨大的峽谷。一年中生命最短暫的太陽滑落的遠方，是剛迎接新王的堯天街道。蕭蘭種植的梨樹樹葉落盡，正陷入沉睡，等待新春的來臨。
「……景象嗎？」
青江說得很小聲，好像在呢喃，所以丕緒並沒有聽清楚，但他知道青江在說什麼。那的確是蕭蘭期望的那片春天的景象，潔白的梨花雲懸在山谷間，風一吹，花瓣齊舞。青江看向谷底，彷彿注視著記憶中的那片景象。
「對。」丕緒點了點頭。
那天晚上，丕緒、青江和工手一起舉杯慶祝時，射鳥氏衝了進來。因為興奮而漲紅臉的遂良說，王要召見丕緒。

丕緒並不想聽到任何評價，他對自己打造的景色感到滿足，別人的評價都是多餘的，但他當然沒有權利拒絕，只能跟著興高采烈的遂良再度前往雲端。經過路門後，在天官的帶領下，前往王正在等待的外殿。丕緒沿途感到心情沉重，這是他第二次前往外殿，上次的失望如今已經沒有任何意義，但仍然在內心湧起苦澀。

外殿是舉行朝議的巨大宮殿，玉臺高聳在中央，周圍圍著簾子。丕緒聽從天官的指示來到王的面前，立刻跪地磕首。簾子內傳來一個聲音，叫他抬起頭，因為是男人的聲音，所以並不是王對他說話。丕緒抬起頭，同一個的聲音要求天官退下，並叫丕緒平身後繼續向前。

丕緒手足無措地站了起來，偌大的宮殿內只剩下丕緒一個人，只有龍椅周圍亮著燈火，丕緒所站的位置無法看到建築物的角落。因為身處巨大的空洞中，他有一種無助的感覺，誠惶誠恐地走向前，再度跪地行禮。

「……你就是羅氏嗎？」

說話的是一個年輕女人的聲音。雖然聲音很近，但因為隔著簾子，所以無法看到主上的身影。

「臣正是。」

「聽說射儀都是由你親自操辦，眾官說你是絕倫超群的羅氏。」

「臣不知有此等評價，臣只是有幸和羅人一起製作了陶鵲。」

「是嗎？」年輕的女王小聲嘀咕，停頓了一下，似乎在思考措詞。

「……很抱歉，特地召你前來，不瞞你說，我不知道該怎麼說，只想說……」

王對著屏息斂氣的丕緒說：

「……美得讓人心痛。」

丕緒內心驚訝不已，忍不住伸長了耳朵，聽到了輕微的嘆息。

「你讓我看到了難以忘懷的景象……感謝你。」

聽到這句真摯的話，丕緒覺得自己的意圖終於傳達給主上了。雖然這次他並未試圖藉由陶鵲表達任何意圖，但新王應該理解製作那些陶鵲的丕緒——還有蕭蘭和青江的心情。

「臣受之有愧。」

丕緒行了一禮後，覺得已經了無遺憾了。終於可以辭職了，自己完成了所有該做的事，其他的就交給青江吧——當他正在想這些事時，再度聽到了新王的聲音。

「期待下一次的射儀。」

丕緒還來不及說「不」，新王繼續說了下去。

「……如果可以，我真想拉起煩人的簾子獨自觀賞。可以舉辦小規模的射儀，只有我——和你。」

新王的聲音率直而誠懇，丕緒的腦海中立刻浮現出夜晚的庭院，月亮或是篝火映照的庭院內沒有其他人，射手也躲在暗處，只有自己佇立在庭院，新王也在一旁，在沒有交談聲，也沒有歡聲的寧靜庭院內，只有一個又一個美麗的陶鵲碎裂。

丕緒透過陶鵲訴說，新王傾聽他的訴說。他覺得新王剛才那句話是表達願意和他交談。

要採用白色的鳥。丕緒心想。即使在夜晚也格外明亮，破裂後的碎片映照了篝火閃著光亮。夜晚的海猶如反射著月光般飄落，所以也要配合海潮的聲音，催人入眠的、似有若無的寧靜海潮聲——

丕緒深深磕頭的同時，腦海中有一隻白色的鳥。那是在海潮中飛舞的最後一隻，只有那隻鳥閃過了射手的箭，直直飛到新王腳下。這位新王應該不會覺得不吉利而拒絕。

「……只要主上吩咐，臣隨時聽命。」

丕緒回答。

——慶國進入了新的王朝。

落照之獄

1

「爸爸，你會殺人嗎？」

聽到背後的問話聲，瑛庚猛然停下腳步。他感覺好像被人從背後用刀子抵住，轉過頭，一個小女孩站在他身後，一雙充滿稚氣的眼睛望著他。

她可能剛從庭院回來，在穿越走廊的途中停下了腳步，雙手捧著玻璃水盤。透明的水盤中裝著清澈的水，水面上浮著一輪潔白的睡蓮。夏末的豔陽被屋簷擋住，在走廊上灑下很深的陰影。女兒胸前的白花宛如發出微微光亮的燈。

「怎麼了？」

瑛庚露出尷尬的笑容，彎下身體對女兒說：

「我不會殺人。」

他撫摸著女兒李理的頭，女兒一雙清澈的眼睛望著他，欲言又止地抬眼看著瑛庚片刻，用力點了點頭。水盤裡的睡蓮搖晃起來。

「要拿去給媽媽嗎？」

瑛庚看著水盤，李理嫣然而笑。那是天真爛漫的笑容。

「要給蒲月哥哥，他今天要從茅州回來。」

「是嗎？」瑛庚也露出微笑，「小心點。」

女兒點了點頭，一臉認真的表情再度往前走。走起路來一副好像在做大事的表情，小心翼翼地不讓水盤裡的水灑出來。

瑛庚情不自禁地望著女兒的背影，她沿著走廊的臺階走去院子，在鋪著白色石板的院子內走了三步左右，走出了屋簷形成的陰影。當她走進白色陽光中，身影彷彿在白光中溶化了。

女兒的輪廓變得朦朧，嬌小的背影變得半透明，好像消失般漸漸遠去。

呼吸間，眼睛終於適應了陽光。被周圍的建築物圍起的小院子灑滿陽光，女兒身穿鮮豔色彩的襦裙，仍然一臉認真，小心翼翼地端著水盤往前走。

瑛庚鬆了一口氣，內心隱隱作痛。因為被陽光迷惑在剎那間看不到女兒的失落感變成又重又硬的疙瘩，留在他的心中。

李理八歲了。住在芝草的那個孩子也八歲。他的名字叫駿良，如今他應該是芝草最有名的孩子。

——因為他被狩獺這個泯滅人性的凶手殺害了。

芝草是世界北方柳國的首都，芝草是一國首都的同時，也是朔州的州都，以及深玄郡、袁衣鄉和蓊縣這三個行政府的所在地。袁衣鄉士師在今年夏初抓到了狩獺。

狩獺在芝草附近的山路上襲擊了一對母子，將母子兩人殺害後，試圖從他們的行李中奪走財物時，聽到慘叫聲趕來的民眾制伏了他，由取締犯罪的士師加以逮捕，但狩獺被認為同時是在芝草附近發生的另外四起命案的嫌犯。由於罪行重大，因此立刻將他押解到深玄郡的郡廳。雖然縣以上的行政府都有審判刑案、審理訴訟的獄訟，但只有郡以上的行政府才有審判被稱為五刑重罪的刑獄，因此，狩獺被送往袁衣鄉所屬的深玄郡秋官府，但狩獺在審理時招供，除了那四起刑案以外，他還犯下了另外十一起刑案，連同導致他落網的那起命案在內，總共有十六起命案，而且都是殺人案，總共造成二十三人死亡。駿良只是這二十三名死者之一。

駿良才八歲，他的父母在芝草經營一家小店，他是一個活潑開朗的孩子——這是周圍人對駿良的評價。如此平凡的孩子，在一年前，被人發現陳屍在離家不遠的小路上。

駿良遭到殺害前不久離開店鋪兼住家，出門去買桃子。附近的攤商看到一個男人把駿良拉進小路，那個男人動作自然地拉著駿良走進小路，很快就獨自走了出來。雖然男人的樣子看起來沒有可疑之處，但攤商看著駿良長大，從來沒有見過那個男人，所以感到很奇怪。不一會兒，剛好路過的附近鄰居發現了駿良的屍體。可憐的孩子被掐死，喉嚨幾乎掐斷了。

沒有人知道把駿良拉進小路的男人是誰，但既然一拉進小路，就毫不猶豫地下了毒手，顯然是為了殺他而把他拉進小路。難以想像到底有什麼理由要殺害八歲的孩子，只是周圍都找不到駿良離家時拿在手上的零錢，金額只有區區十二錢。

怎麼可能為了區區十二錢殺人？但如果不是這個原因，到底為什麼要殺害駿良？

不可能只是為了殺人而殺人，而且就在光天化日之下，在住家附近，在有許多店家的市井內，附近有很多來往的行人。不可思議的命案讓芝草的百姓深感不安。

——然而，駿良就是因為「區區十二錢」遭到了殺害。

狩獺剛好看到駿良拿著錢走出家門，於是跟在身後，把他拉去暗處後殺害，搶走他手上的零錢。狩獺用這十二錢買了一杯酒喝下肚，他的懷裡還有不久之前殺害一對老夫婦所奪取的將近十兩。

深玄郡的秋官在鞫訊鞷清案情後，芝草的百姓無不感到愕然，更對駿良毫無意義的死感到憤怒——瑛庚也不例外。

瑛庚難以理解，柳國百姓的平均月收入約五兩，狩獺口袋裡有相當於月收入兩倍的錢，沒有理由去搶奪區區十二錢，而且狩獺是成年男人，八歲的駿良無論在體格和力氣上都不是他的對手，既然已經把駿良拉到暗處，只要威脅他把錢交出來就好。即使駿良不願意把錢交出，只要搶走錢就好，但狩獺還是殺害了駿良。

對狩獺來說，這種濫殺只是常態，駿良只是他殺死的二十三人之一。

——十六起命案，二十三人。

瑛庚坐在書房的桌前看著堆積如山的卷宗。這些卷宗詳細紀錄了狩獺的所有罪狀。

事件之一發生在芝草旁的一個小廬內。去年底，一對夫妻、年邁的母親和兩個孩子遭到殺害。住在廬裡的人在寒冬期間都會回到里生活，廬基本上是為了耕種時期而存在，但是，這戶人家在里內並沒有房子可以過冬。因為之前小孩子生大病時，他們把國家配給的房子賣掉了，整個廬內只剩下這戶人家過冬。狩獺闖入那戶人家，殺了全家後住在那裡。鄰居擔心那戶人家在冬天期間的生活而前來探視，敲門之後，見到了一個陌生的男人。

那個男人態度親切，說那戶人家去附近的里旅行，自己是那戶人家的親戚，幫忙照看房子——但是，那個鄰居從來沒有聽說那戶人家有什麼親戚，離開的時候感到很納悶，幾天後越想越覺得不對勁，再度登門造訪，陌生男人說，那戶人家還沒有回來。鄰居感到事有蹊蹺，向里府報案，里府的衙役登門時，男人已經不知去向。屋內的一間臥室內堆放著一家人已經結冰的屍體，但唯獨少了丈夫的屍體。衙役在周圍展開搜索，在屋後的水池旁發現了屍體，忍不住怒不可遏。橫架在水池上方的屍體上有多次來回走動的腳印，那個男人殺害全家後，為了前往水池後方的農田，把結冰的屍體當作橋使用。

那個自稱是親戚的男人年約三十左右，中等個子，身材偏瘦，黑髮黑眼，沒有特徵，但在右側太陽穴上有將「均大日尹」這四個字圖案化後所刺的一小塊刺青。那是黥面——也就是在臉上刺青作為刑罰。

當犯下殺人等重罪時，罪犯就會被剃除頭髮，在頭上刺青。刺青在十年後漸漸消失，如果在刺青尚未消失之前再犯重罪，就會在頭上再度刺青。一旦再犯重罪，會在右側太陽穴刺青。刺青都是將四個字圖案化，只要看那四個字，就可以知道是誰、曾經在哪裡接受審判。「均」代表在均州受到審判，「大」代表年分，「日」是指服刑的圜土，「尹」是代表那個男人的字。根據這四個字，立刻查出了男人的身分，此人稱狩獺，姓名為何趣，出生於柳國北方的道州，曾經在道州、宿州和均州三州受到審判，罪狀均為殺人罪。最初的案件是為了搶錢毆打對方，導致對方死亡。在宿州的那起案子也是在搶奪財物扭打時打死對方。在均州犯下的案子一開始就打算置對方於死地，動機還是為了金錢。

瑛庚看著攤在書桌上的紀錄，忍不住頻頻嘆氣。

徒刑是懲罰的同時，也具有教化目的，讓罪犯認識到自己的罪行，但對狩獺而言，徒刑顯然沒有任何意義。他在均州受到審判後，服刑六年，回到市井的半年後再度犯案。之後的兩年期間，總共犯下十六起案子。

深玄郡秋官司法審判了狩獺的這些案子，但像狩獺那種重罪罪犯至少必須一度接受上級行政府的審理，因此狩獺被移送到州司法。狩獺在此再度接受決獄，但州司法為了謹慎起見，將他移送到國府。狩獺接受國家的三次審判，由司法進行審判，司法之下的司刑、典型和司刺合議進行審理，最終由司刑做出判決。

——也就是說，必須由瑛庚做出判決。

2

夏末的太陽漸漸西斜，瑛庚心情憂鬱地看著卷宗，當天色漸暗時，妻子清花拿著燈火走了進來。

「你不休息一下嗎？」

她為書房燭臺點了火，同時問道。

「嗯。」瑛庚心不在焉地應了一聲。

「……果然不會判死刑嗎？」

清花低聲問道。瑛庚驚訝地抬起頭，放下卷宗，看著妻子年輕的臉龐。茜色的燈火映照下，清花白皙的臉龐宛如泛著紅暈般被染紅了，但她的表情很凝重。

「李理告訴我，你說不會殺狩獺。這就是你的結論嗎？」

清花的語氣中帶著責備。瑛庚硬是擠出了笑容。

「這是在說哪件事？李理問我會不會殺人，所以我回答不會。」

「你不要裝糊塗。」

清花冷冷地說道，瑛庚沉默以對。當李理問他時，他當然知道這個問題的意思，這一陣子，芝草的百姓都很關心司法府，其他官府也不例外，就連在官府的官邸工作的下人也都關切司法——狩獺到底是否會被判處死刑。

狩獺最初由深玄郡司法做出了審判，審判結果是大辟——也就是死刑。狩獺雖然被移送到朔州司法，但也同樣被判大辟，但在審理時出現了分歧，所以雖然做出決獄，但認為必須由國府做出判斷的意見占了上風，因此狩獺又被移送到國府司法——也就是瑛庚和其他人的手上。

如果瑛庚做出死刑的決獄，判決就定讞，狩獺將被處以死刑。李理可能聽到在官邸內工作的人討論這件事，所以才會問瑛庚「會不會殺人」。李理還不瞭解殺人和死刑的區別。

「我剛才說並不是針對狩獺的事在回答，此言不假。只不過……一旦做出死刑判決，就像是我在殺人，李理一定會很難過。」

李理是個聰明又善良的孩子，幼小的心靈一定會受到傷害——正當瑛庚這麼思考時，清花語氣強烈地說：

「如果你為李理著想，就應該判處那個豺虎死刑。」

瑛庚驚訝地看著妻子，清花並不是官吏。雖然她的身分是胥，但那只是讓不是官吏的家屬加入仙籍的名目，所以只是徒有其名，目的為了照理瑛庚生活起居，清花本身完全不處理任何政務，之前也從來沒有插嘴干涉瑛庚的工作。

「妳怎麼了？怎麼突然說這些？」

「那個豺虎殺了孩子，在那些遭到殺害的人中，甚至有嬰兒。如果你真心疼愛李理，就請你想一想那些心愛的孩子遭到殺害的父母內心的痛苦。」

「我當然——」

瑛庚還沒說完，清花就打斷了他。

「不，我知道你還在猶豫不決。」

這是事實，所以瑛庚只能沉默。瑛庚的確猶豫不決，或者說舉棋不定。

「你為什麼要猶豫？那個豺虎殺害了多少無辜的人，完全沒有絲毫的慈悲心，需要同情這種人嗎？」

聽到清花這麼說，瑛庚忍不住苦笑了。

「這並不是同情的問題。」

「既然不是同情的問題，為什麼不能判死刑？如果那個豺虎殺害的不是駿良，而是李理——」

「也不是這個問題。」

瑛庚訓誡著年輕的妻子。清花是瑛庚的第二任妻子，外表看起來比瑛庚年輕二十歲，但實際年齡相差將近八十歲。

「那到底是什麼問題？」

清花板著臉問。這一陣子經常看到她這樣的表情。

「……也許妳難以理解，法律不講人情。」

「難道那個豺虎還有什麼理可說嗎？」

「也不是這樣——狩獺的行為當然不可原諒，也根本沒有同情的餘地，我完全能夠瞭解妳和民眾的憤怒，我也痛恨狩獺，但是死刑並不是不可原諒就要處死這麼簡單的事。」

雖然他盡可能心平氣和，但清花的表情越來越生氣，露出銳利的眼神看著瑛庚。

「你又把我當成不明事理的笨蛋。」

清花低沉的聲音冷若冰霜。

「怎麼——」

他原本想說「怎麼可能」，但清花打斷了他。

「你知道這一陣子芝草連續發生幼童失蹤事件嗎？」

「我聽說了傳聞，但那些並不是狩獺犯的案子。」

「我當然知道，」清花尖聲說道：「你到底以為我有多蠢？當時他已經被關在監牢，當然和他沒有關係。我是說，芝草最近持續發生這種可怕的案子。」

「是——」

「你知道春官府的下官官邸，下人全都被殺了嗎？其中一個下人因為挨了主人的罵而懷恨在心，但沒有把怒氣向主人發洩，而是發洩在一起工作的同僚身上。柳國這一陣子經常發生這種事，這個國家到底怎麼了？」

瑛庚沉默以對。最近的確發生了不少難以理解的事件——而且都是凶殘的事件。

「我覺得世道越來越差，一旦輕判像狩獺那樣的豺虎，就等於放縱百姓犯罪。所以不是需要嚴懲嗎？不是要讓所有人知道殺人必須償命這個道理嗎？」

瑛庚心情憂鬱地吐了一口氣。
「但這並無法阻止像狩獺那樣的人犯罪。」
清花有點意外地看著瑛庚。
「死刑並沒有預防犯罪的效果，很遺憾，嚴刑重典無法抑制犯罪行為。」
瑛庚用訓誡的語氣說道，清花撇著嘴說：
「所以，即使李理被人殺害，你也會原諒凶手。」
「我並不是這個意思，我剛才說了，這是兩回事。如果李理發生意外，我不會原諒凶手，但這和司法官如何運用法律是兩回事。」
他忍不住越說越大聲，清花欲言又止，用輕蔑的眼神看著瑛庚。
「因為是兩回事，所以即使李理遭到殺害，你也不會判處凶手死刑，對不對？」
他原本想回答「不是這樣」，但清花已經轉身快步離開書房。天色不知道什麼時候已經完全暗了下來，冷冷的夜風帶來蟲鳴聲。
瑛庚對著妻子已經消失的背影說：
「……並不是這樣。」
他想要告訴清花，法律不容人情，也不允許有任何人情，所以假設李理遭到殺害，瑛庚就必須迴避，這就是司法。然而，即使他這麼說，清花也無法接受，一定會問他，會不會拜託負責審理刑案的司刑判處凶手死刑。瑛庚就會告訴她，無論心裡再怎麼希望凶手被判死刑，也不可能說出口。

瑛庚嘆了一口氣，重新坐回椅子上，把手肘架在書桌上，輕輕按著額頭。

他並沒有把清花當成笨蛋，至少他並不認為妻子是笨蛋，但實際問題是，人情無法更改法律，法律不可以受這些因素的影響。要如何向妻子解釋──瑛庚越想越不知如何是好。

清花絕對不笨，在實際生活中，反而算聰明賢慧的人，但她無法排除人情，只根據事理思考問題。雖然清花主張自己很明事理，但她的很多事理都是以人情為前提，只要瑛庚說，這未必是真正的事理時，她就會反駁說，缺乏人情就無法成為事理。

在清花眼中，瑛庚把缺乏人情、官吏玩弄的那些功利主義當成是事理，是瑛庚搞不清楚狀況，所以認定瑛庚經常用高官的眼光，把沒有一官半職的她當成笨蛋。

清花這一陣子經常為此感到生氣，生氣時，甚至提出要離婚。她提出解除婚姻，歸還仙籍，回歸市井當普通百姓。

瑛庚不知道該如何說服清花。因為職業的關係，他很不擅長把事理擱置一旁，只從人情的角度討論事情。也許是因為這個原因，每次越安慰，反而越惹惱清花。這種情況持續下去，清花早晚會離開──如同第一任妻子惠施當年的離開。惠施最後留下的話正是「我沒有你以為的那麼笨」。

既然兩個妻子都說相同的話，也許代表她們說的才正確。

他鬱鬱寡歡地思考著，視線落在描述凶殘犯罪經過的紀錄。

被害人駿良，八歲，李理今年也八歲。想到這裡，他就感到坐立難安。在走廊上和李理分開後，內心的疙瘩還在，即使他頻頻嘆氣，也無法消除這個疙瘩。

3

那天半夜，有人造訪他的書房。

「您還沒休息嗎？」

說完這句話走進書房的是蒲月。原本以為是清花而緊張不已的瑛庚鬆了一口氣，放鬆了肩膀的力量。這才想起李理曾經提到，蒲月今天要回來。

「你剛回來嗎？李理等了你很久。」

「是。」蒲月笑著說，雙手捧著裝了茶器的茶盤。

「我剛才就到家了，但陪李理玩了一陣子，因為看到您在忙，所以沒有過來打擾。」

「是嗎？」瑛庚笑了笑。雖然李理稱蒲月為「哥哥」，但蒲月並不是瑛庚的兒子，而是孫子。

瑛庚將近五十歲時，從原本的地方府下官被拔擢為州官昇仙。他和第一任妻子惠施生了兩男一女，長子和長女當時已經成人，也都已經成家立業。瑛庚昇仙時，他們雖然可以跟著一起昇仙，但因為都已結婚，所以選擇留在凡間和伴侶共同生活，之後就在凡間年華老去，最後離開了人世。只有當時尚未成年的次子跟隨了瑛庚，不久之後讀完朔州的少學，成為官吏後昇仙，目前在柳國西方的茅州擔任州官。蒲月是次子的兒子，他經常來芝草找祖父瑛庚，和父親一樣進入朔州的少學就讀。蒲月比父親、也比祖父瑛庚更加優秀，順利進入大學，去年從大學畢業擔任國官，最近對工作終於漸漸得心應手，所以請了休假去茅州探視父親。

「要不要休息一下？」

聽到蒲月這麼說，瑛庚點了點頭，走向窗邊的桌子。蒲月把茶器放在桌子上。

「不好意思，讓你費心了。」

聽到瑛庚這麼說，蒲月搖了搖頭。

「因為您這一陣子很辛苦。」

蒲月成為國官後，對瑛庚的態度也和以前不一樣了。蒲月是天官宮卿輔，是掌管王宮制令的宮卿的輔佐官，位階相當於國官中最低階的中士，瑛庚是官司刑，位階是下大夫，屬於高官。

蒲月把熱水倒進茶器。

「姊姊似乎很不高興。」

蒲月稱清花為姊姊。雖然是祖父的妻子，但外表的年紀看起來更像他的姊姊。

「她說你打算原諒狩獺。」

「我並不是這個意思……真難啊。」

蒲月的眼神中帶著問號，瑛庚苦笑著。

「我只是說，不能只用人情來審判狩獺，更何況狩獺的案子還沒有開始審理。雖然最終由我定刑，但在此之後，必須和典刑、司刺充分合議。目前還尚未做出結論，即使內心已有定見，也不可能洩漏啊。」

「……言之有理。」

蒲月雖然點著頭，但眼神中仍然帶著問號。瑛庚搖了搖頭，不再繼續討論這個話題。他向剛回到家的蒲月打聽了茅州和他父親的情況，但沉重的疙瘩一直還在心裡，所以有點心不在焉。

清花要求判處狩獺死刑的意見無可厚非。不光是清花，百姓也都有同感，瑛庚也聽到了民眾的意見。對瑛庚而言，從個人角度而言，當然沒有異議，但站在司法官的立場，不想貿然判處死刑。正因為州司法也有同樣的遲疑，才會把這起刑案送來國府。

問題並不在於狩獺——而是劉王登基一百二十多年，其中有超過一百年停止了死刑。

無論多麼凶殘的罪人都只判處無期徒刑或終生監禁。雖然法律上存在死刑，但並非在判決時的選項。至今為止，始終都是如此。

「主上沒有宣旨嗎？」

聽到蒲月的問話，瑛庚才終於回過神，發現自己不知不覺在蒲月面前陷入了沉思。蒲月困惑地笑了笑。

「主上不是已經決定『不用大辟』嗎？主上這次的意向如何？」

「這個嘛……」瑛庚開了口，然後又閉了嘴，手上拿著已經冷掉的茶。

「如果我問了不該問的事，請原諒，但無論我聽到什麼，都絕對不會外傳。」

蒲月委婉地說，瑛庚嘆了一口氣。蒲月目前只是宮卿輔，但既然是大學畢業後被拔擢為國官，日後必定會成為高官。既然這樣，瑛庚認為他有必要瞭解狩獺的案子，同時他也覺得蒲月應該能夠理解他的想法。

「……聖意並不明確。」

「聖意不明確？」

瑛庚點了點頭。

「當初是主上頒旨停止死刑，只不過既然郡司法、州司法都判以死刑——雖然國府並不是隨之起舞，但也不得不將死刑列入選項。於是透過司法徵詢主上的意向，主上裁示，一切由司法決定。」

蒲月滿臉訝異。

「由司法決定？」

「只是目前無從得知主上指的是司法這個職位的人，還是司法官——也就是司法所領導的我們這些刑獄相關人員，也許是交給秋官處理的意思。因為意思太模糊不清，再加上主上曾說過『不用大辟』這句話，所以我們也不敢妄動，正請求主上宣旨。」

「大司寇、小司寇的意見呢？」

瑛庚搖了搖頭。

「大司寇堅持千萬不可判死刑的立場。」

「如果大司寇不點頭，恐怕無法判死刑？」

「那倒未必，審判並不受外人意見的影響，更何況既然主上裁示交給我們決定，關於本案，司法判斷將成為結論。」

「司法──知音大人的意見呢？」

「正深陷苦惱，小司寇也一樣。」

在刑獄審理罪犯時，關鍵在於視罪犯犯下了什麼罪。只要罪行確鑿，就可以根據刑辟做出明確的刑罰判決。由典刑明確罪犯的罪行，並求處刑罰稱為刑察。

狩獺犯下的主要是殺人罪，大部分都是預謀殺人的賊殺，而且大部分都是為了搶奪財物而犯案，連根本不需要殺害的人也都照殺不誤。死在狩獺手上的大部分人都是無法抵抗的老人、婦孺，為了私利的賊殺、毫無意義的賊殺、對弱者的賊殺，無論哪一項在法律上都是死罪，而且他犯下了多起案子，根本是殊死──也就是死罪情節嚴重，不得有任何赦免，必死無疑的死罪。

刑察一旦決定後，如有減輕罪行的要因，就可以減輕刑罰，但狩獺並無任何酌情減輕的要因，以他的犯案情節，理應被判大辟。

然而，柳國劉王親自決定「不用大辟」，論罪行該被判以大辟者均改判徒刑或監禁，相當於殊死的罪人也判處終生監禁，這已成為理所當然的判斷。

然而，百姓要求判處狩獺死刑。正因為如果狩獺這種罪大惡極的罪犯只判監禁，會引起百姓憤慨，所以郡司法和州司法都做出了死刑的決獄，當百姓得知可以判處死刑，就揚言非判死刑不可。雖然可以引用劉王所說的「不用大辟」，但如此一來，百姓就會對司法心生不滿，憤怒的百姓甚至可能衝到國府。百姓要求判處死刑的聲浪強烈，甚至可能會引起暴動，連司法官也無法忽視。

聽完瑛庚的說明，蒲月困惑地小聲說：

「……這個問題的確很麻煩。」

「就是啊。」瑛庚嘆著氣。雖然他也一籌莫展，但聽到蒲月也有同感，有一種得到救贖的感覺。

「姊姊也強調，這一陣子芝草的治安惡化，百姓強烈要求判處死刑，也是因為對治安的不安。如果不用重典維持秩序，很擔心治安會越來越惡化。」

「是啊……」

近年來，芝草的犯罪數量的確持續增加——不，不光是芝草，整個國家的治安都持續惡化。雖然實際數量並不算太高，但正因為之前治安良好，所以百姓感到極度不安，也會自然而然地聯想到這種情況和劉王推行的教化主義有關，也就是認為之前的刑制太寬鬆了。

然而，瑛庚和其他司法官都知道，柳國的犯罪在數量上並不算高，劉王登基以來，犯罪率明顯下降。即使因為王的意志停止死刑之後，也沒有事實可以證明犯罪增加。尤其在劉王重新採用他國已經逐漸廢止的黥面取代死刑後，犯罪人數明顯減少。

有人認為在罪犯臉上刺青作為刑罰，會妨礙罪犯的更生，至少在奏國廢止之後，其他國家也傾向廢止。雖然有些王朝會重新採用，但基本上都認為黥面有違仁道，因此柳國很久以前也曾經廢止，劉王重新恢復了黥面，只是前兩次都刺在頭頂，只要頭髮長長，就可以遮住刺青。雖然在罪犯身上留下了烙印，但可以遮住，而且因為冬官使用了日久會褪色的沮墨，所以十年左右就會消失。

沮墨最初是黑色，但日子越久，顏色越淺，由黑轉藍，再由藍變青，由青變紫，再變成粉紅色，大約十年左右就會消失——因每個人的肌膚顏色不同，完全消失的時間稍有落差。只要罪犯真心悔過，之後遠離犯罪，就可以恢復無罪之身。

但是，如果一犯再犯，第三次之後，就會刺在無法遮蔽的地方。第三次刺在右側太陽穴，第四次在左側太陽穴，之後依次為右眼下方、左眼下方等不同的位置，只是很少有人超過四次。因為一旦黥面超過四次，稱為刑盡，會被判以徒刑或監禁，直到所有刺青都完全消失為止。只有一個刺青，沮墨會在十年左右消失，但如果在前一個刺青未消，又再度刺上新的刺青，消失的期間就會延長，如果黥面四次，至少要三十年才能消失。雖然和其他刺青的深淺也有關係，但如果所有的刺青顏色都很深，恐怕一輩子都無法消失。通常在消失之前，罪犯的壽命就已經走到終點。

起初有人擔心黥面會導致罪犯受到民眾虐待，妨礙罪犯的更生，沒想到反而促進了罪犯的更生。因為罪犯真心悔改後，都會努力希望刺青早日變淡。民眾看到罪犯的刺青變淡，也感受到當事人的決心和努力。雖然民眾對很深的刺青都會敬而遠之，但在這段期間，國家會提供各種援助，只要刺青變淡，就會受到國家和周圍人的稱讚，當事人也更樂於積極進取。事實上，黥面三次的罪犯再犯率急速下降。

因此，即使是被認為治安惡化的現在，和其他國家相比，柳國的重大刑案少之又少，根本不需要和實施死刑的國家相比較，也可以因此證明死刑並無法遏止犯罪，但百姓經常拿目前的狀況和以前相比較，常說幾年前還不是這種情況，這也的確是事實。

「不光是治安變差，像狩獺那樣的豺虎層出不窮——難道你沒這種感覺嗎？」

聽到蒲月的話，瑛庚忍不住嘆氣。

「我承認的確有這種情況。」

「狩獺已經接受過三次審判，毫無悔改之心，又犯下了十六起刑案。這代表以前的刑罰無法讓像狩獺這種罪犯改過自新。」

「也許吧……」

雖然國家努力協助罪犯更生，但還是有人不願悔改，他們拒絕更生，對國家的援助不屑一顧，再度犯下犯罪行為——瑛庚深切瞭解的確有這種人。

「既然徒刑無法使他悔改，不是需要更嚴厲的刑罰嗎？」

「我並不是對判處狩獺死刑有任何猶豫，問題在於死刑本身。」

蒲月訝異地看著瑛庚。

「一旦判處死刑，就等於實質恢復了死刑。」

蒲月似乎不太瞭解瑛庚的意思。

「正如你所說，國家的治安陷入混亂，正因為如此，我對恢復死刑感到不安。」

「為什麼？」

「……難道你不知道嗎？」

瑛庚反問道，蒲月倒吸了一口氣，露出了害怕的眼神。

沒錯，蒲月心裡也很清楚——不知道為什麼，但柳國近來漸漸荒廢。妖魔跋扈，天候不佳，災害層出不窮。這並不是因為刑罰太輕的緣故，而是因為國家開始荒廢，人心也開始荒廢，所以犯罪才會增加。

不光是犯罪增加，瑛庚最近參與國政時，也經常感受到各種摩擦。以前直線推動的事情如今開始歪斜，原因五花八門，但總而言之，國家再度開始荒廢。在這種情況下，赫赫有名的賢君應該撥亂反正，只不過這一陣子的劉王似乎失去了治國意願。

「……主上到底怎麼了？」

蒲月低聲問道。

「身為天官的你應該知道得更清楚，天官怎麼說？」

「也……不太清楚。主上看起來並不像失去分寸，也沒有失道。」

「但是，主上明顯和以前不同。」

蒲月點了點頭。

「這句話雖然不是我說的，有人說，主上變得無能了——」

此話是對主上大不敬，瑛庚想要斥責蒲月，但同時覺得言之有理。王並沒有變得殘忍，或是走上邪道。雖然史上有很多欺壓百姓的王，但劉王並不像要欺壓百姓，然而，國政的確漸漸偏離了軌道。沒錯——劉王的施政手腕的確衰弱了。

瑛庚嘆著氣。

「我們無從得知主上到底怎麼了，雖然不願意相信，但國家的確開始荒廢。既然如此，人心就會持續動蕩不安，像狩獺那樣的豺虎也會增加。一旦恢復死刑，之後很可能會發生濫用死刑的情況。」

這才是真正令瑛庚感到不安的問題。

一旦有了先例，之後再判死刑就不會有任何猶豫。隨著世道越來越荒廢，像狩獺那樣的罪犯增加，恐怕每次都必須判處死刑。一旦鬆綁，以後輕微的犯罪也會判處死刑，死刑的衝擊力就會相對減少。一旦這種犯罪處以死刑，更重的罪就必須使用更重的刑罰，於是很快就會發生像芳國那樣殘酷的刑罰蔓延的情況。一旦濫用死刑，酷刑增加，國家就會越來越荒廢。

蒲月聽完瑛庚的話，點了點頭。

「對——的確是這樣。」

「而且到時候是荒廢的國家濫用死刑，現在恢復死刑，等於把百姓的生殺大權交到荒廢的國家手上。一旦有了先例，國家就會按照對自己有利的方式濫用死刑。」

正因為如此，所以想要避開死刑。

避開死刑並沒有問題，劉王早已頒旨「不用大辟」——只要引用這句聖旨，判處監禁就可以了事。按照慣例，這是正道。然而，如果這麼做，百姓對司法的信心就會動搖。

瑛庚想起清花冷漠的眼神，如果瑛庚沒有在本案中判處狩獺死刑，清花可能真的會拋下瑛庚離開——百姓也會對司法失望，從某種意義上來說，是足以和濫用死刑匹敵的危機。

「……到底該怎麼辦？」

4

翌日，瑛庚來到司法府。踏進審案的堂室時，典刑如翕、司刺率由都已經到了。兩個人都眉頭深鎖，無精打采。

三個人都到齊後，陪同他們前來的府吏立刻退下前往廂室。掌管刑獄的司法也不在場，刑獄只由負責刑案的司刑、典刑和司刺進行審理，所有會影響他們判斷的因素都被排除在外。
最後的府吏關上堂室的門離開後，室內的人都遲遲沒有開口。瑛庚即使不用開口問，從如翕和率由為難的表情就知道了他們的想法。
「……一直沉默也不是辦法。」
瑛庚無奈之下，只好先開了口。
「先聽聽典刑的意見。」
如翕輕輕吐了一口氣。他外表三十五、六歲，在三個人中，他的外表最年輕，但典刑如翕負責釐清罪犯的罪行，根據刑辟求處刑罰。
「沒有什麼特別要說明的，郡司法和州司法的鞫訊已經釐清，至少州典刑調查得很徹底，我沒有任何需要補充的內容。」
瑛庚再度問道：
「你是否見過狩獺？他是怎樣的人？」
「他是豺虎。」
如翕的回答很簡短，而且語帶不屑。瑛庚猜想他必定對狩獺感到嫌惡不已，所以就沒有繼續追問這件事，轉而問道：
「州典刑的紀錄有不明之處。比方說——在近鄰的盧，不是有一家人遭到殺害嗎？」
在問及狩獺犯下這起命案的動機時，他回答說，因為無處可去。狩獺在之前行凶殺人時被人看見，所以他離開了鬧區，打算在無人的廬熬過冬天，但是他看中的廬內剛好有人居住，於是他就殺了那一家人。這種說法讓人無法釋懷。基本上，寒冷的冬天時，廬內並無人居住。如果覺得有人住在那裡礙事，找其他沒有人的廬就可以解決問題。附近的廬幾乎都空無一人。

瑛庚提到這件事，如翕回答說：

「如果完全沒有人住，就沒有糧食，可能屋內也沒有木柴。他原本只是打算在廬藏身，但看到有人居住的房子，就改變了主意，覺得住那裡更理想。」

「——住那裡更理想嗎？」

瑛庚嘀咕道。

「原來是這樣——狩獺把那家人的屍體留在同一棟房子內，難道他沒有打算換一間房子住嗎？」

「因為季節的關係，屍體也不會發臭，所以他覺得沒必要。」

在一旁默默聽著的率由嘆了口氣，搖著頭。瑛庚能夠理解他的心情，但狩獺就是這種人。他的價值觀極度扭曲，但做法很合理，然而，既然這樣，有一個問題更加令人難以理解。

「關於駿良的命案，為什麼他身懷近十兩，卻為了搶奪區區十二錢殺害駿良？」

「他沒有回答，在接受鞫訊時顧左右而言他。」

「他在隱瞞什麼嗎？如果有所隱瞞，就必須查明真相。」

「不知道，關於殺害行為，他只說萬一駿良叫喊很麻煩，但是對於為什麼搶奪十二錢這件事，他只回答說，沒有特別的原因。」

「是嗎？」瑛庚小聲嘟噥，「州典刑認為駿良的案子是賊殺，你認為呢？」

「……我對此存疑，目前無法瞭解他到底是一開始就為了殺駿良而跟蹤他，還是原本只是想搶那些零錢。如果一開始就打算行凶，就是賊殺，如果只是為了搶錢而跟蹤，為了怕駿良叫喊而殺人，就屬於鬥殺。」

「他自己怎麼說？」

「他說只是為了搶錢而已。」

「但是，如果完全沒有打算行凶，只是害怕駿良叫喊，可以帶他到沒有人的地方再動手啊。」

「應該不太可能——因為狩獺聽到駿良在店門口和他母親說話，所以知道駿良只是去附近的小店買桃子。」

駿良打算出門，母親叫住了他，問他有沒有帶錢。駿良攤給手掌給母親看。

——一個桃子要四錢，三個十二錢，我帶了。

「駿良的家境並不富裕，八歲的駿良沒有零用錢。如果他想要零用錢，就必須幫父母做事賺錢。每次幫父母做事，父母就給他一錢。他存了十天左右，才終於存了十二錢。因為他很想吃桃子。」

如翕用哀悼的語氣說。

「他想吃兩個，給妹妹一個，這就是駿良的願望，所以他幫父母做事，把拿到的錢存起來。」

瑛庚點了點頭，內心的疙瘩再度隱隱作痛。駿良好不容易存了十二錢，母親問他有沒有帶錢出門，駿良應該很自豪地出示了錢。他似乎可以看到年幼的孩子自豪的笑容，也可以看到母親充滿憐愛的眼神。母子的對話充滿溫馨，然而，這番對話卻決定了駿良的命運。

「狩獺聽到了他們母子的這番對話，如果不立刻採取行動，駿良不會經過沒有人的地方，直接去那家小店。所以狩獺跟在駿良身後，把他拉進了第一條小路內。」

「但是周圍的情況不是一目了然嗎？他明知道會被別人看到。既然不希望把事情鬧大，一開始就知道搶錢的時候會動手殺人，不是嗎？」

如翕點了點頭。

「就是這樣，所以州典刑認為是賊殺，但我對此存疑。狩獺在跟蹤駿良時，真的有這麼明確的殺機嗎？我覺得狩獺更加病態，他只是因為想要，所以就想要搶奪，進而實際動手，最後順利搶到了錢，而且殺了人——我覺得應該是這樣。」

「嗯。」瑛庚發出呻吟。如翕的看法很微妙，但也能夠理解他無法斷定狩獺是賊殺的心情。最終必須判斷到底是不是賊殺，到時候無法只憑印象做結論，但今天是第一天審理，不需要一直在這個問題上打轉——瑛庚這麼想道，看向率由。率由看起來六十歲左右，感覺是比瑛庚更加老練的老人，但其實三個人中，他的年紀最輕。

「司刺的意見如何？」

司刺的工作是掌管三赦、三宥和三刺之法，如果寬恕罪犯所犯下罪行的因素，就可以在審理時提出，要求減免罪責。三赦是指可以赦免其罪的三種人，分別是七歲以下的幼弱、八十歲以上的老耄，以及缺乏判斷能力的庸愚。

「首先——狩獺不符合三赦，這點毋庸置疑。」

率由說道，瑛庚和如翕都點了點頭。

「同時，他犯下的所有刑案都不符合三宥。」

三宥是指不識、過失和遺忘。不識是指並不知道該行為是犯罪，或是不瞭解行為的結果會導致犯罪。比方說，從高處往下丟東西，當擊中下方的行人，導致行人死亡時，如果並不知道下面有行人，就是不識。過失就是指失誤，指原本並不想丟東西，但失手掉落的情況，或是原本想要避開行人，卻失手擊中行人。遺忘就是忘記，雖然知道丟東西下去會打中人，但忘了下面有人的情況稱為遺忘。狩獺當然不符合所有這些情況。

瑛庚嘆著氣。

「問題在於三刺……」

率由點了點頭。

三刺是指徵詢眾臣、徵詢眾吏和徵詢萬民的意見。一旦有人提出應該寬恕其罪，就要以此提出減免其罪。率由基於職務，徵詢六官的建議，傾聽官吏的意見，並瞭解百姓的聲音。

「完全沒有人要求寬恕其罪，百姓皆曰該處以死刑，要求非處以死刑不可。眾吏也幾乎持相同意見，但也有人對死刑持保留意見。六官幾乎都要求謹慎處之，雖然大部分人都受到主上意向的影響，但有不少人擔憂，一旦處以死刑，將導致日後濫用死刑。」

「果然有這種想法……很慶幸六官提出了謹慎處之的意見。」

「既然有人提出謹慎處之的意見，就不能說沒有三刺，但百姓的怒氣很強烈，很多人揚言非死刑不可，甚至有人說，如果司刑不判死刑，乾脆把狩獺交給他們。」

「是喔。」瑛庚嘀咕道，果然必須擔心如果不判死刑，可能會發生暴動的情況。平息暴動並非難事，卻無法平息民眾對司法的憤怒、對國家的憤怒，如果強行鎮壓，會破壞百姓對司法的信賴，百姓更會喪失對國家的信賴。

「死者的家屬呢？」

瑛庚問道，有時候犯罪被害人或家屬會提出原諒罪犯的要求，通常都是罪犯真心悔悟，向被害人道歉，甚至彌補自己的罪過，認為罪犯有悛改可能時，才會發生這種情況，在三刺中具有極大的效力。

「沒有人提出赦免的要求，狩獺沒有和任何死者家屬聯絡，反而收到了死者家屬希望判處狩獺死刑的強烈要求，也有人每天都來國府報到。」

瑛庚並不覺得意外。

「……我能夠想像家屬內心的憤怒，他們會覺得凶手死有餘辜。」

「沒錯，有人要求並非斬首而已，而是要像芳國一樣使用極刑。狩獺犯下十六起殺人命案，造成二十三人死亡，因此要處以凌遲之刑，割二十三刀。」

凌遲是指以刀剮罪犯的身體致死的刑罰。有的在以刀剮身體致死後梟首示眾，也有的在將死之際腰斬或斬首致死。不同的國家、不同時代的凌遲刑並不相同，但有時候也會事先決定剮幾刀，因此瑛庚之前也曾經聽說，有人建議根據死者人數對狩獺處以凌遲刑。最近芝草甚至有人調查他國的酷刑，研究到底哪一項死刑適合用在狩獺身上。

如翁語帶憤慨地說：

「說要處以凌遲刑的人，知道凌遲刑是多麼殘酷的刑罰嗎？那是讓人活活被千刀萬剮而死，會徒增莫大的痛苦，而且痛苦會持續很久。為了讓痛苦持續，故意避開要害。他國的王中，甚至曾經為了讓罪犯的痛苦延長，讓罪人加入仙籍，如今也有人提出要用這種方式對待狩獺。」

「但是，狩獺正是用凌遲的方式殺害了被害人。」

聽到率由這麼說，如翁陷入了沉默——沒錯，狩獺的確把一對夫婦凌遲至死。為了逼迫他們拿出隱藏的財產，狩獺當著妻子的面，把丈夫千刀萬剮，把他的手指一根一根割下來，然後又割下耳朵、鼻子，削下他的肉、肚子，當丈夫疼痛至死後，他又用相同的方式凌遲了妻子。那對夫妻一開始就告訴他，家中沒有錢財，事實上也的確沒有。那對夫妻變賣所有的土地，讓想要讀少學的兒子住進私塾的宿舍，賣土地的錢早就付了學費。那對夫妻白白受苦，白白送死。

「他凌遲了無辜的百姓，為什麼覺得處以凌遲刑太殘酷？狩獺本身沒有資格說殘酷這兩個字，我們也不能輕易說太殘酷這種話，必定會有人罵，把狩獺處以凌遲刑太殘酷，難道他凌遲那對無辜的夫妻就不殘酷了嗎？」

瑛庚和如翕只能沉默以對。

「我不知道該如何說服百姓。」

「但是，」如翕開了口，「狩獺希望被判處死刑……」

瑛庚訝異地看著如翕，如翕露出無奈的眼神看著瑛庚，又看了看率由。

「他說，與其被關一輩子，不如死了更痛快。如果是這樣，死刑對他來說就不是懲罰，監禁才是懲罰他。」

率由有點不知所措。

「有什麼理由可以證明，他並非嘴上說說而已？即使狩獺真心這麼想，實際帶到刑場，死到臨頭時，也可能會哀求饒他一命。」

「那是……沒錯啦。」

「即使直到最後都沒有求饒，也可能是狩獺虛張聲勢。我不認為狩獺不怕死，沒有人對自己的死亡和痛苦不感到害怕，無論再怎麼自暴自棄，內心深處都會感到恐懼。正因為內心深處有這種恐懼，才會自暴自棄。」

如翕想了一下，然後搖了搖頭。

「也許是他在虛張聲勢，但狩獺並沒有自暴自棄。我說不太清楚，狩獺似乎覺得被判處死刑，他就是勝者。」

瑛庚聽不懂這句話的意思，率由似乎也一樣，只有曾經見過狩獺的如翕思考著該如何表達。三個人都陷入沉默時，傳來一陣急促的腳步聲，爭執聲也漸漸靠近。

「大司寇——請留步。」

門外傳來司法知音的聲音。

「目前正在審理，即使是大司寇也——」

知音的話還沒有說完，門就打開了，大司寇怒氣沖沖地站在門口。

「決獄呢？」

「才剛開始審理。」

瑛庚感到驚訝，但還是立刻下跪行拱手禮。

「好，」大司寇淵雅看著瑛庚和其他人，「我有言在先，不可以判死刑——務必要瞭解這一點。」

瑛庚和其他人面面相覷，司法和其他高官在審理之前可能會表達意見，而且司刺也會基於三刺向六官長等高官徵詢意見，但審理過程由典刑、司刺和司刑三個人憑自己的見解進行。

「大司寇，此言踰矩了。」

知音毫不掩飾憤慨地說。司法的結論不得受他人影響，即使是大司寇也不例外。大司寇和冢宰等位高權重者可以對做出的決獄內容提出異議，在諮詢諸官後發回重審，但只能發回重審一次，絕對不可事先干涉決獄內容——唯一的例外，就是有王的宣旨。

想到這裡，瑛庚看向知音。

「該不會是主上的意向？」

如果是這樣，問題就簡單了——他不由得這麼想，但知音搖了搖頭。

「主上說全權交由我決定，可以交由你們三人決定。」

「主上此舉令人難以理解。」淵雅推開知音。「為什麼事到如今感到害怕？也許你們是顧慮到民意，但這能夠成為破壞現有康莊大道的理由嗎？」

淵雅說完，巡視著瑛庚和其他人。

「——用刑乃以期無刑。刑的目的並不是為了懲罰，而是為了能夠避免使用刑罰，亦可稱為刑措不用，即把刑罰放置而不用，亦為天下太平，犯罪的罷民減少，不需要使用刑罰，不用說，這是國家的理想，至今為止，柳國一直向這個理想邁進，沒有理由放棄這種理想。」

「是這樣嗎？」

率由反駁道。

「既然這樣，為什麼會有像狩獺這種豺虎出現？這不是代表我們該重新檢討刑制的時期到來了嗎？」
「身為司法官，豈可口出豺虎二字？」
淵雅嚴厲地說道。
「雖然狩獺犯了罪，但他也是柳國國民。豺虎這兩個字，是把難以理解的罪犯貶低為不是人的話，一旦認為他不是人，就無法教化罪犯。」
的確有道理。瑛庚不由得感到羞愧，但率由並沒有退縮。
「為了十二錢不惜殺害八歲男童的傢伙當然不是人。」
「率由！」瑛庚小聲制止道，但率由沒有回頭看瑛庚，淵雅用嚴厲的眼神看向率由。
「之所以會出現像狩獺這種難以理解的罪犯，不正是這種把罪犯不當人看待的司法造成的嗎？不把罪犯當人看待，卻要求罪犯悔改，會有人聽從嗎？正因為用這種心態和罪犯接觸，所以罪犯才會一再犯罪。」
「但是──」
「況且，怎麼會有人真的為了區區十二錢殺人？雖然聽說狩獺在州司法的鞫訊中如此回答，但可能是州司法認定他是非人的豺虎，所以狩獺才會一派胡言。把人不當人看待的行為，就會造成新的罪犯。」
率由不再說話。
「無論狩獺殺害那個孩子的行為再怎麼難以理解，他一定有他的理由。只要能夠查明原因，即使像狩獺那樣的罷民，也可以加以拯救，進行教化，可以拉他一把，不是嗎？」

「恕我反駁，狩獺說，他殺人並沒有特別的理由。」

如翕回答，淵雅搖了搖頭。

「那可能只是他嘴上這麼說而已，也許他自己也無法清楚表達，或是他自己也搞不懂自己，所以需要諄諄教誨，循循善誘，和狩獺一起尋找原因，對今後治理百姓、教化罷民有所貢獻，這才是司法的功能。」

如翕沒有吭氣。

「司法的職責並非懲罰罪犯，而是加以教化，促進反省，讓他們重新做人，千萬不可忘記。」

淵雅說完，看著瑛庚和其他人。瑛庚想要開口，站在淵雅背後的知音用眼神制止了他，所以他沒有說話。知音走到淵雅前面說：

「我等已瞭解大司寇的意向。」

淵雅點了點頭。

「絕不可用大辟——知道了嗎？」

淵雅語氣強烈地說完，轉身離開了。知音沒有說話，深深地垂下頭。瑛庚也跟著垂下頭，聽著腳步聲遠去。當腳步聲消失後，知音抬起頭，愁眉不展地說：

「雖然大司寇這麼說，你們一如往常，盡自己的職責，不要受任何人影響。」

「但是……」

「主上親自說，交由司法處理，不需要對大司寇察言觀色。」

率由誠惶誠恐地問：

「主上是否知道，交由我們處理，代表主上必須收回『不用大辟』這句話嗎？」

知音把臉皺成一團。

「……不知道。」

「不知道是指？」

率由問。知音搖了搖頭，示意瑛庚和其他人坐下，自己也無力地坐在長椅上，但那是審判時，傳喚證人和犯人時所坐的位置。知音發現了這件事嗎？

「我親自求見主上，詢問『一切由司法決定』的宣旨之意，但並未得到明確答覆……」

知音請求面會時，劉王似乎表示，該說的話已經說了，沒必要面會，但如此一來，不光是知音，瑛庚他們也不知道該如何做出判決。於是，知音多次要求面會，最後懇求冢宰和宰輔，才終於得以謁見劉王。

「但是，主上只是重申『一切由司法決定』，我問主上，是否代表撤回『不用大辟』的聖旨，主上說，這也由司法決定。如果司法判斷該撤回，就照此去做。」

「這代表死刑也是可以考慮的選項嗎？」

「我已確認此事，包括死刑在內，如果你們做出如此判斷，那就如此，主上不會有異議。」

瑛庚的心情很複雜。這可以視為主上相信司法的判斷，所以交付這等重責大任嗎？還是說主上只是丟開此事不管？事實上，第一次聽到主上說「一切由司法決定」時，瑛庚就起了疑心。他擔心這句話並不是主上考慮再三之後的決定，更不是表明對司法的信賴，而是用委婉的方式表達，對此事毫無興趣。

他情不自禁嘆了一口氣。如翕和率由似乎也有同感，紛紛發出像是呻吟般的聲音。

柳國的劉王是治世一百二十多年的明君，但這一陣子經常出現令臣子不解的行為，有時候看起來似乎對施政失去了興趣。如此的明君——尤其讓柳國成為赫赫有名法治國家的人，竟然出現了無視法律的舉動，做出一些隨心所欲的判斷，要求臣子貫徹一些讓法律失效的法令，臣子每次都提出諫言，但劉王並不一定接受。

知音深深地嘆了一口氣。

「總而言之，主上說，一切由司法決定。你們不需要受到雜音的影響，繼續審理案情，我會支持你們的決獄。」

「但是，如此一來，大司寇就……」

瑛庚說道。

「既然是大司寇，當然能夠針對刑獄發表意見，但你們沒有義務聽從他的意見，更何況主上已經授權，在這起案件上，即使是大司寇，也無法拒絕你們的決獄——當然，在我報告決獄內容後，可能會由大司寇親自說服主上。」

這並非不可能的事。因為大司寇淵雅不是別人，正是劉王的太子，除了公開場合以外，私下也可以直接說服劉王。

「有辦法說服嗎？」

率由小聲問道，知音簡短地回答：「應該很難。」

大司寇淵雅被稱為比劉王更像劉王——這當然是臣子之間在背地裡偷偷叫的綽號。也許是基於對舉世聞名的明君父親的競爭心，淵雅總是想要表現得比王更像王，他堅持不可判死刑也正是基於這種心態。

無論在任何事上，只要劉王做出決定，淵雅就會大力推動，好像自己一開始就有相同的意見。如果臣子對該決定提出疑問，劉王接受了臣子的意見，收回自己的決定，淵雅仍然不願妥協。那個決定已經變成了淵雅的決定，他毫不避諱地聲稱自己站在正義和真理的一方，建議劉王收回成命的臣子、聽從臣子建議的劉王都錯了。他利用太子的特權，進入劉王的寢宮，試圖糾正劉王。

——然而，殘酷的是，淵雅並不如劉王傑出。如果沒有劉王的決定，淵雅無法決定任何事，甚至根本沒有自己的意見。在劉王表達意見之前，只會顧左右而言他，對父王察言觀色。一旦劉王做出決定，他立刻大力遊說，好像一開始就是他的主張。他總是跟隨父王的思考，大力主張，好像原本就是他自己的思考，不僅如此，淵雅總是在父王思考的基礎上變本加厲，增加論據，擴大論點，但都是一些忽略現實的空泛道理，而且總是以結論為優先，了無新意的論據往往牽強，經常本末倒置。他在談論司法的理想時，完全沒有想到已經破壞了成為這些理想基礎的司法獨立性。況且，淵雅並沒有傾聽他人意見，反省自我主張的雅量。因為他根本沒有自我主張，所以這也是理所當然的事。

因此，無論淵雅再怎麼試圖說服父王，都從來沒有成功過。劉王總是苦笑著訓誡自己的兒子，淵雅無法接受父王的意見，暴跳如雷，開始無謂地掙扎，試圖超越父王。

根據以往的經驗，劉王不可能理會淵雅的說服。既然如此——就必須由瑛庚做出決定。

如翕心情複雜地嘆了一口氣。

「……雖然這麼說很不敬，但主上為什麼如此重用太子？」

淵雅一言出口，就堅持到底，完全不接受任何意見，然而，政局隨著時代潮流變化，一成不變的淵雅經常成為在他手下工作的官吏的絆腳石。劉王卻重用淵雅，臣子都在背地裡悄悄議論，如果讓他擔任天官長或春官該有多好，但淵雅偏偏中意地官長和秋官長這些重要的職務，而且也實際擔任了這些職務。

「這就不得而知了，」知音苦笑道：「也許這就是父母心吧，即使是這麼偉大的君王，也無法擺脫親子之情。」

瑛庚不由得感到沮喪，淵雅的存在更讓他心情沉重。瑛庚能夠瞭解司法的理解，也不遺餘力地追求這種理想，然而，狩獺這起案子的問題並不在於此。正因為問題不在這裡，瑛庚和其他人才會如此苦惱。無法理解這一點的大司寇就成為沉重的負擔，然而，劉王對施政喪失了興趣。政局動蕩，國家正走向荒廢——

5

淵雅的闖入讓所有人情緒低落，於是只能結束當天的審理。翌日之後，三個人連日在司法府內審理案情，但始終無法得出結論。

司刺率由漸漸開始主張死刑，典刑如翕則主張監禁。率由因為三刺的關係，見過死者家屬，一開始就對他們深表同情，但率由並沒有強烈主張判處狩獺死刑。因為這個緣故，所以率由只是站在同意判處死刑這個主張的立場而已。相對的，如翕就站在否定死刑的立場，雙方只是扮演分別站在不同立場的角色而已。瑛庚很清楚，他們內心也很猶豫不決。

瑛庚感到納悶的是，為什麼他們三個人都如此舉棋不定。在率由和如翕的論戰中，如翕顯然處於劣勢。瑛庚默默地聽著他們的對話，不得不得出這樣的結論。

率由曾經以百姓的不安為由，主張判處死刑。

「國家的治安惡化，百姓深感不安。為了改善治安，必須以刑止刑。」

以刑止刑——也就是從重量刑，嚴懲罪犯，防止其他犯罪於未然。如翕則用本國和他國的例子證明，從重量刑無法有效遏止犯罪。

率由仍然堅持他的主張。

「即使如此，死刑並沒有導致治安惡化。雖然無法防止犯罪於未然，但百姓需要死刑。只要他們認為像狩獺那種罪犯必處以死刑，不就能夠感到安心嗎？殺人必須償命——這種威嚇力有助於百姓的安寧。」

「我知道應該讓百姓安心，也知道亂世令百姓惶惶不可終日，但是，犯罪之所以會增加是因為國家動亂，人心荒廢的關係。也就是說——雖然我不想提這件事，但國家的確走向荒廢。刑罰無法阻止國家的荒廢，相反地，有百害而無一利。一旦恢復死刑，就等於讓荒廢的國家可以濫用死刑。」

「司法的責任，不就是防止這種情況發生嗎？司法的作用不是讓百姓安居樂業，為了保護百姓而存在嗎？當然必須為了安撫民心動用死刑，為了保護百姓而避免濫用死刑。」

如翕只能沉默。瑛庚他們雖然擔心恢復死刑會導致日後濫用死刑，但司法的功能就是避免這種情況發生，司法並非只是動用刑罰而已。

有一次，如翕以可能誤判為由反駁率由。

「審判難免有誤。」如翕愁眉不展地說：「你能夠說，我們從來不曾有任何差錯嗎？有時候也曾不幸地將無辜的人判為有罪。如果事後得知是冤罪，當事人已經被判死刑而死，就無可挽回了，所以必須維持隨時可以修正的狀態。」

「那我問你。如果是監禁，就允許誤判嗎？以徒刑為例，根本沒有犯罪卻受到審判，被迫服苦役，百姓白白浪費了寶貴人生中的一段時間，又該如何挽回？百姓無法像我們一樣長生不老。」

如翕默然不語。

「百姓的生命只有六十年，即使只是短短三年或一年，也是短暫人生中寶貴的三年或一年，失去的時間無法彌補。當事人的痛苦和家人被人指指點點所承受的痛苦根本無法彌補，原本就不應該有任何誤判。」

「然而，既然不是由上天，而是由人進行審判，就無法完全排除誤判的可能性。談理想很容易，但如果認為只要努力就能夠做到就是超越了本分。」

「可是，」率由仍然試圖反駁，「至少狩獺這起案子不可能誤判。當事人已經認罪，而且有五起命案有人目擊是狩獺動手殺人，也有好幾個證人作證。如果因為擔心誤判而排除死刑，把不可能有誤判情況發生的狩獺判處死刑應該沒有問題吧？」

如翕為難地皺起眉頭。

「目前不是在討論狩獺的問題，而是死刑本身——」

「這是同一件事。既然你說因為有誤判的可能，所以不能動用死刑，就代表在可以完全排除誤判可能性的情況下，就可以動用死刑。天綱中既然存在死刑，就代表死刑不是是非的問題，而是個別刑案的問題。」

瑛庚聽著他們的討論，獨自點著頭。如翕再度處於劣勢。死刑當然是是非問題，但誤判絕對是「非」，兩者當然不可能相提並論。

又有一次，率由以被害人家屬的心情為由主張死刑。

「毫無理由地被豺虎奪走家人的人內心有多麼痛苦。」

「我能瞭解這種痛苦，但即使判處狩獺死刑，也無法讓死者復活，被奪走家人的痛苦也無法癒合。」

「當然，已經發生的事無法改變，即使是天帝的力量，也無法消除已經發生的事件，但正因為如此，他們需要救贖，哪怕是一點點的救贖。雖然無法消除他們失去家人的痛苦，卻可以消除他們因為上天竟然允許狩獺這種人活在世上而感受到的痛苦，只要能夠消除這種痛苦，就確實可以得到救贖——反過來說，明知道判處狩獺死刑，可以消除死者家屬的痛苦卻繼續讓他們承受痛苦，這算是仁道嗎？」

「但是，」如翕繼續表達自己的主張，「刑罰並不是為了代替家屬復仇。」

「那到底是為何而存在？為了教化罷民嗎？狩獺已經被判處三次徒刑，前兩次是鬥殺，第三次是賊殺。第三次在均州審判時，如果根據刑辟判處狩獺死刑，那二十三個人就不會死。」

既然狩獺沒有改過向善，說刑罰是為了教化罷民這種冠冕堂皇的話就缺乏說服力。如翕雖然說，是教化的方法錯誤，目前需要的不是恢復死刑，而是尋找更有效的教化方法，但率由反問他，什麼是更有效的教化方法，如何確認罪犯真心悔過時，他答不上來。釋放狩獺造成了二十三名犧牲者，這個事實太沉重了。

又有一次，如翕提出終身監禁的主張。

「既然擔心再犯的問題，只要讓他終身不得釋放就好。目前只要重罪累犯，在沮墨消失之前，等於實質判處了終身徒刑或監禁。不妨讓所有相當於死刑的人都判終生監禁。」

「讓狩獺這種罪大惡極的人一輩子吃牢飯嗎？這些都是用百姓的稅金在支付，像狩獺這種罪人增加，就會變成龐大的經費，要讓百姓承受這種負擔，就必須讓百姓接受為什麼要讓他們活下去的理由。」

如翕啞口無言，一時不知道該如何回答。

「這才有誤判的可能性吧。既然無法杜絕誤判的可能性，就應該保持可以隨時修正的狀態。雖然會因此增加民眾的負擔，但這也是百姓在保護自己。因為既然發生了誤判，也可能隨時發生在任何一個無辜的百姓身上。」

「所以呢？只要留著不殺，隨時可以更正誤判嗎？那我想請教一下，在怎樣的契機下修正誤判呢？」

「那當然是——當事人的上訴……」

「那我再請教一下，如果狩獺聲稱遭到誤判，司法就會接受，再度在刑獄審理？到時候你會和這次有不同的主張嗎？」

「再度在刑獄審理時，負責的典刑當然也會換人。」

「只要換人，就會改變主張嗎？在審判罪人時，典刑的刑察可以因負責的官吏不同而輕易改變嗎？」

如翕無法回答——如翕當然是帶著堅定的信念進行刑察工作，即使當事人聲稱是誤判而上訴，他也不會輕易改變主張，況且，也不可以輕易改變。雖然說，再度審理時更換典刑聽起來更公正，但更換典刑後，典刑的刑察也發生改變，就代表典刑的刑察缺乏客觀性。當然不可以發生這種情況。

「為了有機會修正誤判，所以就留著不殺聽起來很公正，但如果沒有平反的機會，根本沒有意義。為了平反冤罪，就要傾聽囚徒的申訴，然後在刑獄重新審理，會對司法造成龐大的負擔。如果為了減輕司法的負擔，設立重審的部門，平反誤判的機會就必然會減少——不，根本不允許誤判存在。如果假裝判處終生監禁或徒刑，就有修正誤判的機會，會使刑獄鬆懈。既然擔心會發生誤判，更應該有死刑這個選項，帶著絕對不允許任何誤判的決心投入審理工作。」

如翕只能沉默。

瑛庚甩了甩頭。如翕再度處於劣勢——他也感到很納悶。

瑛庚生活在劉王停止死刑後的世界。對他來說，停止死刑是理所當然的事，刑罰當然也是為了教化罷民。雖然因為狩獺的出現，百姓提出要判以死刑，但他認為不用大辟是理所當然的事，問題在於如何讓百姓接受這個結論。

然而，在實際討論過程中，反而覺得停止死刑處於劣勢，開始對之前為什麼沒有對停止死刑產生質疑感到不可思議。至於是否乾脆趁此機會接受恢復死刑，他也覺得不太對勁，內心深處有一個聲音在說：「絕對要守住這件事。」

瑛庚左右為難，問率由：

「率由，你的真心想法是什麼？」

瑛庚沒有用職務名，而是用名字叫他。率由愣了一下，眨了眨眼睛，然後垂下了雙眼。

「……老實說，我也遲疑不決。如果論狩獺的案子，覺得只能判處死刑，但又覺得這樣真的沒問題嗎？」

率由說完，又苦笑著說。

「其實我暗自期待典刑能夠很堅定地反駁我，絕對不可以這樣。」

如翕無可奈何地嘆了一口氣。

「我努力尋找活路，但還是找不到。雖然無法以理駁倒司刺，但還是覺得不應該判死刑。」

「我原本擔心恢復死刑會導致濫用死刑。」率由說：「但是，我在擁護死刑後，覺得好像不是這個原因。雖然之前是脫口說，既然擔心濫用，司法就應該制止——我覺得事實也應該如此。如果其他官吏擔心還情有可原，我很納悶為什麼我們司法官擔心恢復死刑會導致濫用。」

「的確如此。」瑛庚點著頭。

如翕吐了一口氣。

「像這樣越討論，就越覺得殺人償命好像不只是理論而已。被害人家屬當然會這麼想，但連完全是局外人的百姓也都這麼認為。這是根本的正義——應該說是超越了理論的反射。」

「反射……嗎？」

「對，」如翕點了點頭，「尋求死刑當然不是理論，但否定死刑就真的淪為理論了，總覺得在牽強附會地搬弄理論，缺乏面對現實的真實感。如果硬要說的話，就只能說，死刑很野蠻。就像大部分五刑因為太野蠻而避諱，死刑也應該避諱，恐怕只能這麼說而已。」

「原來如此……」

五刑是指黥、劓、刖、宮和大辟，這是用於殺人罪等重大刑事犯罪的五大刑罰，現在幾乎沒有任何一個國家繼續沿用所有的五大刑罰。五刑太野蠻，違背仁道，必須避諱的認識逐漸成為趨勢。在柳國的「五刑」也只是詞彙而已，代表「相當於以前的五刑」意思。

率由點了點頭。

「削鼻、砍足——如果這算野蠻，死刑當然最野蠻，至少不應該是法治國家應有的行為。」

言之有理。瑛庚在同意的同時，也感受到內心的疙瘩。

然而，狩獺毫不猶豫地把這種野蠻的暴力加諸在無辜的民眾身上。

6

——一直在原地打轉。

瑛庚帶著無力感離開了司法府。隨著審理的進行，夏季已經進入了尾聲，帶著秋意的夕陽映照。他先回到司刑府，和府吏把合議內容送回去後才回到官邸。一走進大門，發現清花坐在被夕陽染紅的門廳等他，門廳的屋簷形成的陰影中，有兩個陌生的男女站在清花背後。

「——等你很久了。」

「怎麼了？」瑛庚問道，看著她身後的兩個人。兩個人看到瑛庚走近，立刻從椅子上站了起來，當場伏身磕頭。

「他們是駿良的父母。」

清花從椅子上站起來說道，瑛庚大驚失色。

「妳怎麼——？」

「你應該聽聽他們說的話。」

說完，清花請他們抬起頭。

「他是司刑，有什麼話請說吧。」

「等一下。」

瑛庚用嚴厲的聲音制止，看著清花。

「我不能聽。」

瑛庚說完，慌忙打算穿越門廳，但清花抓住了他的手。

「為什麼要逃走？請你聽聽他們要說的話。」

「放開我，我做不到。」

「不聽被害人的痛苦，你到底能審判什麼？」

「不要太過分了！」

瑛庚忍不住怒斥道，清花皺著眉頭。

「你認為聽取平民百姓的意見根本沒有價值，所以不願意聽被害人和百姓的意見，只用雲端上的邏輯來審判罪行。」

「不是這樣。」

瑛庚說完，看著那兩個抬起頭，驚慌地愣在那裡的男女。憔悴的身影和充滿絕望的眼神刺痛了瑛庚的心。

「司刺應該已經傾聽了你們的意見，如果還有其他意見要表達，可以對司刺說，現在請兩位離開。」

「只要司刺聽了就足夠了嗎？你的意思是，那不是你管轄的範圍。官吏都這樣，除了自己的分內事，不願多看一眼。」

清花越說越激動，瑛庚怒斥道：

「一旦我私下聽了，審判的獨立性就會遭到質疑。」

刑獄由典刑、司刺和司刑三個人進行，除了這三個人以外，任何人都不得影響決獄，為了防止國家和腐敗的官吏干涉刑獄，絕對必須這麼做。典刑在鞫訊時會向被害人調查，司刺也會基於職務詢問被害人和家屬的意見，司刑不可以單獨和被害人見面，否則，瑛庚的判決就會失去公信力。

更何況這次劉王把決定權交到司法手上。瑛庚的決斷就是國家的決斷，無論如何，都不能讓任何人產生質疑。更何況瑛庚做出的決獄攸關百姓對司法的信心，再加上有大司寇的存在，淵雅堅決反對死刑，如果瑛庚做出死刑判決，淵雅知道他曾經私下和駿良的父母見面，就會用這件事全盤否定瑛庚的決獄。到時候即使遭到全盤否定，瑛庚也無法提出異議。

「這是也是為你們好，你們趕快離開吧。」

瑛庚背對著他們說道，但清花打斷了他。

「不，我不允許這種事情發生。在你願意聽他們說話之前，他們不會離開，他們是我的客人，我會讓他們住在家裡。」

「笨蛋！」

瑛庚斥責道，清花立刻面無血色，但很快因為憤怒而漲紅了臉。瑛庚雖然知道自己說出了最糟糕的話，但他不能把這句話收回。

「妳什麼都搞不清楚。來人，趕快來人。」

有人回答他的叫聲，但動靜的聲音很遙遠。可能清花要求下人都離開了。瑛庚知道一時無法解決，甩開了妻子的手。就在這時，聽到一個女人痛切的聲音。

「請殺了那個豺虎。如果做不到，就請你殺了我。」

瑛庚猛然回頭看著那個女人。

「當那孩子走出家門時，我叫住了他，問他有沒有帶錢，那些錢夠嗎？結果被那個豺虎聽到了。」

——三個十二錢，我帶了。

「那個孩子想盡情地吃桃子。平時我不會讓他浪費錢，駿良說，也想買給妹妹吃。雖然他妹妹還不會說話，但以前給妹妹吃一小片時，妹妹很高興，駿良說，妹妹一定很喜歡。他說因為他們是兄妹，所以妹妹一定像他一樣，也喜歡吃桃子，所以他想讓妹妹自己吃一個桃子。」

女人的眼中充滿深沉的情緒，但是並沒有淚水。

「所以，他幫忙做了很多事，只要幫忙做一件事，我就給他一錢硬幣。一天又一天，他都纏著我問，有沒有什麼事要幫忙，這也想幫忙，那也想幫忙。因為他的樣子實在太可愛了，太惹人憐愛了……那一天，我特別給了他兩錢，對他說，一直幫忙做事很了不起，存了這麼多錢很了不起。因為我知道這麼一來，他就有十二錢了，所以才會給他兩錢。」

瑛庚移開視線。他瞭解女人想要說什麼，但他明知道會被別人說自己殘忍，還是邁開了步伐，男人的聲音對著他的背影說：

「我兒子死了，為什麼那個人可以繼續活著？」

男人的聲音破了音，是因為聲音已經喊啞了，還是因為情緒太激動了？

「我就在附近，卻無法去救我兒子。他一定曾經向我們求救，但我沒有聽到他的叫聲。不知道他當時有多麼痛苦，不知道我兒子當時想什麼，又是怎樣的感覺。為什麼偏偏是我兒子，為什麼他會死？我完全搞不懂，正因為搞不懂，所以無法停止思考。我只知道一件事，我兒子再也無法回來，但那個男人還活著。」

瑛庚很想捂住耳朵，但他做不到。

「我兒子很痛苦，我們也很痛苦，但為什麼那個男人沒有痛苦？我們的痛苦沒有任何意義嗎？對你來說，我們百姓無論多麼痛苦，都不屑一顧嗎？」

瑛庚努力克制自己不要回頭。

那對夫妻被趕來的下人帶回芝草了，清花雖然不同意，但瑛庚命令下人，一定要讓他們離開，同時嚴格命令，不得讓命案相關人員進入官邸，並關上大門，找來府吏守護，避免相同的事再度發生。處理完這些事，他去後院的房間找清花，想要好好勸慰她，但清花不願意打開門。

「不必了，我已經充分瞭解你是怎樣的人，也知道你怎麼看我。」

清花在門內冷冷地說道，之後不再回應任何話。瑛庚只能站在走廊上。

清花或許也會像惠施一樣離開——他覺得這也是無可奈何的事。

如果清花想走，他也無可奈何。但是，清花打算如何生活？瑛庚可以給她生活費，或是為她安排工作，她回到下界後，可以再度領到農田，但清花在王宮生活了二十年，下界發生了很大的變化。這二十年期間，清花的父母離開了人世，兄弟也都已經老了，她的朋友也老了二十歲，她能夠適應嗎？

想到這裡，瑛庚忍不住苦笑起來。

清花離開下界的時間並沒有長到她的兄弟朋友都離開人世，雖然最近疏於聯絡，但在幾年前，他們還頻繁聯絡，也曾經去造訪他們。這段時間的隔閡並非無法填補——和之前惠施的情況並不相同。

惠施離開時，已經遠離下界將近六十年，除了父母以外，她的兄弟也都已經死了，就連他們的孩子都已經不在人世。惠施變成平民百姓後，回到完全沒有朋友的市井，不知道在那裡感受到什麼，又想了什麼？

瑛庚可以想像惠施無依無靠的生活。事實上，在惠施離開之後，瑛庚也一度辭職，放棄仙籍回到下界。他有存款，有國家的保障，所以生活無虞，但至今仍然無法忘記當時那種找不到自己容身之處的感覺。舉目無親，以前認識的朋友，包括他們的兒女，全都已經離開了人世。雖然朋友兒女的兒女或是親戚應該還在人世，但瑛庚並不知道他們住在哪裡。包括他的故鄉在內，他以前住的地方都完全變了樣，根本找不到自己的容身之處。他因為對醜聞負責而放棄仙籍，所以也無法去見擔任州官的次子，更不可能去投靠知心的朋友。他克制自己想要去找他們、和他們說話的想法，只能整天躲在家裡。瑛庚在這個世界完全孤立。

現在回想起來，那段過程很諷刺。在瑛庚整天閉關期間，他遇見了清花，進而再婚。讓瑛庚不得不閉關的原因，正是前妻惠施犯了罪。

惠施離開瑛庚身邊，回到下界之後，瑛庚不知道她過著怎樣的生活。瑛庚曾經提出要援助她的要求，但惠施加以拒絕，消失在市井之中。五年後，再度聽到惠施的消息時，得知惠施打著高官瑛庚的名號招搖撞騙，騙取了大量錢財而遭到逮捕。在鞫訊後立刻知道和瑛庚無關，但瑛庚無法繼續擔任官吏，於是只能引咎辭職，回到下界。

——她到底在想什麼？

瑛庚覺得惠施是善良的女人，完全無法想像她會犯罪。他心痛地覺得，一定是因為太窮困，所以一時鬼迷心竅。惠施在遭到逮捕後，曾經多次寫道歉信給他，瑛庚得知她深刻反省，所以向司刺提出赦免他受害的部分，也以前夫的身分補償被害人。惠施寫了一封充滿文情並茂的信感激他，但服完半年徒刑後就不知去向。一年後，惠施在均州又用相同手法犯罪遭到逮捕，瑛庚才再度得知她的消息。

即使現在回想起來，嘴裡仍然有一種苦澀的感覺。雖然惠施再度寫了道歉信，提出要求赦免，但她一犯再犯，騙財的規模越來越小，瑛庚終於不得不接受有些人無法悔改這個事實。在第四次接到惠施的道歉信時，瑛庚終於忍無可忍，不予理睬。當時，他已經迎娶清花，在下界生活三年後，再度回到了國府。

回到國府後不久，瑛庚用了各種方法調查了惠施的案子，發現惠施的行動超乎他的理解。惠施在郡典刑鞫訊時振振有詞地回答，她的行為是在向把她當笨蛋的瑛庚報仇。她犯案的直接動機是金錢，瑛庚猜想她在下界陷入窮困，但她似乎藉由犯罪行為向瑛庚報仇。惠施為了證明自己並不笨，欺騙了富商和地方官，第一次被判徒刑時，表現出深感悔意的樣子，官吏也相信了她，因此釋放了她。在第二次遭到逮捕鞫訊時發現，惠施根本毫無悔意——雖然難以理解，但她犯了法，躲過刑責是對瑛庚徹頭徹尾的報復。

鞫訊惠施的典刑說，惠施有著異常的報復心，也對前夫充滿敵意，但瑛庚無法理解惠施為什麼如此痛恨自己。惠施持續犯相同的罪，在瑛庚不再理會她之後，似乎仍然過著相同的生活。她的手法相同，但久而久之，不再有人受騙上當，也就失去了她的消息。瑛庚不知道她目前人在哪裡，也不知道她在做什麼。

即使清花回到下界，應該也不會和惠施走上相同的路，但瑛庚無法忘記這段往事。

門內沒有動靜，瑛庚只能嘆著氣，走進了正堂。李理蹲在通往正堂的階梯上，一臉快哭出來的表情。

「李理——」

「……爸爸，你會把媽媽趕出去嗎？」

女兒抱著膝蓋，抬頭看著瑛庚問道。瑛庚蹲在她旁邊，搖了搖頭。

「我不會這麼做。」

「但是媽媽說，爸爸會把媽媽和我趕出去。」

李理怎麼辦？瑛庚想道。他無法阻止清花離開，到時候李理該怎麼辦？清花可能會帶著李理去市井，想到這裡，他忍不住想到了駿良。

下界已經開始荒廢，不可以讓幼小的女兒去有如同狩獺般豺虎肆虐的世界。

「我不會趕妳們走，希望一直陪在妳們身旁。李理，妳想離開嗎？」

李理搖了搖頭。

「李理，妳可不可以保證，絕對不離開這裡？」

——絕對不能落入像狩獺一樣的豺虎手中。

李理一臉認真的表情點了點頭，瑛庚看著她的臉想道。

如果女兒發生意外……

如翕說，殺人償命不是理論，而是一種反射。瑛庚很認同這種看法。無情地殺害這麼幼小、脆弱生命的行為當然不可以原諒，絕對不可原諒，既然犯下了這種罪，就必須做好自己也賠上性命的心理準備。

如果狩獺殺了李理，瑛庚絕對無法原諒狩獺。如果司法原諒了狩獺，瑛庚會親自拿劍殺了他，即使自己因此被問罪也在所不惜。

——只能判處死刑。
想到這裡，他感到不寒而慄，覺得自己踏出了不該踏出的一步。
這種遲疑到底是怎麼回事？瑛庚在思考的同時，撫摸著李理的臉頰。
「妳可不可以去安慰媽媽？」
李理點了點頭，猛然起身後跑向後院。嬌小的背影漸漸遠去，變得更加嬌小。
瑛庚望著女兒幼小的背影。

7

入夜之後，蒲月衝進書房。
「——聽說發生了大事——」
他氣喘吁吁地問。瑛庚點了點頭。
「對不起，真希望我在家，能夠及時制止。」
「你不必道歉……你是從哪裡聽說的？」
「下人告訴我的——原本只聽說司刑家裡出了事，但並不知道是什麼事。」
瑛庚苦笑著說：
「因為是在門廳發生的，還是有下人到處宣揚？沒關係，反正本來就很難管住別人的嘴巴。」
瑛庚說完，看向窗外。涼爽的夜風從黑暗的庭院吹了進來。秋天已經來了。
「萬一傳入司法和小司寇的耳裡怎麼辦？」
「我恐怕無法再繼續審理這起案子。」
瑛庚在回答時，覺得即使這樣也無妨。瑛庚覺得自己難以應付這起案子，但也許除了必須交出這個刑案，甚至可能會喪失司刑一職，瑛庚覺得這樣也不壞。
瑛庚想到這裡，看著蒲月說：
「……可能也會連累你。」
蒲月跪在瑛庚身旁，雙手握住瑛庚的手。
「請您不要為這種事擔心。」
「但是——」
蒲月剛才為國官不久，可能會因此失去好不容易得到的一切。
「……希望你不要責怪清花。」
雖然不知道清花在想什麼，但瑛庚心裡很清楚，她做這一切並不是基於邪惡的想法。事後從周圍人口中得知，清花最近偷偷去芝草，除了駿良的父母以外，還去拜訪了其他死者家屬。可能是聽了他們的話心生同情，雖然她的行為太魯莽，但無法否定她的這份心。
聽到瑛庚這麼說，蒲月點了點頭。

「也許是因為我沒有充分說明，也許應該更清楚地向她說明自己的職責，告訴她現在的想法和猶豫。」

雖然這麼說，但瑛庚不認為自己做了充分的說明。因為清花可能難以理解，他也不奢望清花能夠理解——那並不是拒絕，而是相反，他希望清花可以單純地感到義憤，可以坦率地生氣。

然而，瑛庚這種自私的想法惹惱了清花，可能也因為相同的原因激怒了惠施。既然兩個女人都說相同的話，問題應該在瑛庚身上——瑛庚暗自這麼想道，蒲月靜靜地對他說：

「祖父，我覺得並不是您的錯。」

「……是嗎？」

「是的，這不是您的錯，也不是姊姊的錯，都是狩獺的錯。」

瑛庚難過地失笑了……沒想到在這裡提到狩獺。

「但是，」蒲月搖了搖頭，「姊姊很不安，雖然我不知道她為什麼去見良駿的父母，但我似乎能夠瞭解她的目的。是為了讓狩獺判處死刑——就可以消除內心的不安。」

「我曾經說過，死刑無法遏止犯罪……」

瑛庚說，蒲月搖了搖頭。

「應該不是這個意思。芝草的治安很差，已經在不知不覺中波及到王宮內部。原本就已經感到很不安了，狩獺的存在讓人面對著這個世界上有無可救藥的罪人這個事實，既難以理解，也無法產生共鳴，有人毫不猶豫地踐踏正義。這件事讓姊姊——讓像姊姊一樣的百姓極度不安。」

說完，蒲月無力地笑了起來。

「只要排除狩獺，就可以消除不安，姊姊和廣大民眾就可以繼續相信世道，他們藉由這種方式整頓自己肉眼看到的世界。」

「是喔——清花說的嗎？」

「不，是我這麼認為。我內心中平民百姓的部分這麼認為。」

是嗎？瑛庚在心中嘀咕。

「藉由排除狩獺，整頓世界……」

他突然想起淵雅的話。

「豺虎這兩個字，把難以理解的罪犯貶低為不是人，是排斥他們……」

蒲月訝異地偏著頭。

「這是大司寇說的話。當時我也覺得有道理，現在想起來，也覺得是這樣。我們比我們自己想像的更加膽小，如果不排除無法理解的事物，就無法感到安心……」

不理會惠施的道歉信時，自己內心應該也是相同的狀態。無法繼續和這種人相處——這種想法是想要和難以理解的人、事物斷絕關係，把他們趕到一個眼不見為淨的地方。

回想起來，瑛庚為了惠施求情，希望赦免她，也為了她贖罪，但並沒有去和惠施見面，可能是想要把惠施趕到眼不見為淨的世界。雖然他認為自己也有責任，也基於義氣幫助了她，但當初也許應該和惠施見面，即使難以理解，也要試圖溝通。如果這麼做，惠施可能就不會再犯下同樣的罪。

「人就是這樣的動物。」

蒲月說完，拍了拍瑛庚的手安慰他。

「但是，我也同時是國官，所以知道必須拋開這些私情。雖然我不是秋官，但知道祖父身上背負了什麼。」

瑛庚點了點頭。

「姊姊的事就交給我和李理處理，請您堅持司刑的職責。」

瑛庚默默無語的回握著蒲月的手。

瑛庚聽到了駿良的父母說的話。雖然他並不認為會妨礙到自己的職責，但他認為不得隱瞞，所以翌日就向知音報告了這件事。知音要他聽候裁示，在此期間繼續進行審理工作。三天後，知音召見瑛庚，臉上的表情比之前聽到瑛庚報告這件事時更加凝重。

「主上表示理解，所以並沒有問題。」

瑛庚看著知音。

「我和小司寇討論後，決定向主上報告，並請求主上裁示該如何處理，主上說無妨。」

知音的聲音無精打采，瑛庚也感到沮喪。雖然很慶幸沒有被主上怪罪，但也不由得感到失望。到頭來還是得由自己做出判決，但更失望的是，主上果然已經放棄此案。

「……主上似乎對狩獺的案子毫無興趣。」

「好像是。」知音的聲音比剛才更加低沉。

「大司寇怎麼說？」

「目前還沒有任何表示，照理說，他不可能不知道。」

「考慮到大司寇的事，是不是把我換掉比較妥當？」

「既然主上已下旨，就無此必要。」

知音說完，看著瑛庚。

「我知道你壓力很大，但我希望由你做出審判。你和如翕、率由無論做出任何結論，我都會接受——當初就是因為這個原因，才挑選了你們。」

瑛庚受寵若驚，深深地鞠了一躬，然而，回程的路上，心情漸漸平靜下來，看到一臉擔心的如翕和率由，心情更加黯淡了。

「……主上果然對這起案子不屑一顧。」

當他開口時，並不是提及主上對自己的處置，而是這件事。

國家正走向荒廢——的的確確。

想到這裡，思考就會回到原點。在國家逐漸走向荒廢的這個時期，真的可以恢復死刑嗎？當日後國家更加沉淪時，瑛庚和其他司法真的能夠阻止濫用死刑嗎？

聽到瑛庚這麼說，如翕和率由也陷入了沉思——直到這個時候，三個人仍然舉棋不定。在這種情況下，無法決定自己的意見。考慮到狩獺的行為和家屬的心情，覺得非判死刑不可，但懼怕死刑的怯懦又忍不住抬頭。

瑛庚漸漸覺得這不光是理論而已。殺人就要判死刑不是理論，同樣地，對死刑的猶豫也不是理論。

李理的聲音在他內心響起。

——爸爸，你會殺人嗎？

也許李理問的這句話道出了本質。瑛庚理所當然地認為死刑和殺人當然是兩回事，但發自內心地相信嗎？他覺得自己隨時意識到這件事，無論怎麼掩飾，死刑就是殺人，是假他人的手，結束他人的生命。

大家都理所當然地認為殺人就要償命，也忌諱殺人，這不也是人之常情嗎？大部分百姓希望狩獺被判處死刑，如果司法不判處狩獺死刑，希望交給他們處理，但如果那些百姓和狩獺對峙，到底有多少人真的能夠殺了狩獺？應該只有死者家屬會主動揮劍上前殺了他。如果李理遭到殺害，瑛庚也會毫不猶豫。只有為了復仇，才會超越殺人的忌諱——反過來說，如果不是為了復仇，就無法超越。

也許擔心死刑遭到濫用，認為死刑很野蠻，都是本能的怯懦——都是忌諱殺人的反射。

聽了瑛庚的意見，率由嘆了一口氣。

「也許吧——說起來這真的是私情，但每次主張死刑，我都會想到我的朋友。他是我在擔任地方官時的同僚，目前擔任掌戮。」

瑛庚猛然看著率由。掌戮在司隸的指揮下，對刑徒實際執行刑罰，如果狩獺被判處死刑，就會由掌戮負責執行，由掌戮負責安排。

「既然殺了人，就應該償命——看到狩獺的案子，會不由得這麼想，但總是忍不住想，我的朋友也這麼認為嗎？當然，代表國家執行刑罰和因為個人自私的因素殺人無法相提並論，但既然要判死刑，就代表有人下手奪走狩獺的生命。」

「但是，」如翕語帶安慰地插嘴說：「實際執行死刑時，應該會向夏官借兵。雖然可能不應該這麼說，但士兵很習慣殺人。」

「是嗎？取締罪犯、鎮壓叛亂時，士兵不殺對方，就會被對方殺死，在戰場上的殺人，和親手結束被五花大綁，毫無抵抗地被帶上刑場的罪犯生命，是相同的嗎？」

「但是……刑吏處死罪犯並非殺人，是正義殺的，而不是刑吏，是天帝借刑吏之手執行——只要用這種方式說服，再以重金酬謝，刑吏應該能夠接受。」

「……真的能夠接受嗎？」

如翕低下頭，然後靜靜地搖了搖頭。瑛庚覺得如果是自己，恐怕也無法接受。

如翕自嘲地笑了笑。

「有時候真想乾脆交給家屬……他們應該很樂意代替刑吏執行。」

率由也發出乾笑聲。

「是啊——但這麼一來，就變成了復仇，司法的目的是防止為了復仇而動用私刑，阻止復仇的連鎖。」

說完，率由無力地仰望著天空。

「正因為如此，刑吏才挺身而出……」

「我想問你們兩位，」瑛庚輪流看著他們，「百姓不是希望判處死刑嗎？下官也肯定死刑，但越是高官，越是對死刑感到遲疑，你們認為這是為什麼？」

「因為……」

如翕張了張嘴，然後又閉上了。

「我們實際參與刑獄的人員對此抱著遲疑的態度是理所當然，但就連絕對不會參與的高官也都提出要謹慎處理，仔細想一想，覺得這件事很不可思議。」

率由點了點頭。

「嗯……的確是。」

「會不會是因為認為自己代表了國家？我認為自己代表了國家的一部分，不光是司法，我覺得自己的意志以某種方式反映在國家的政策上，我相信所有參與國政的官吏都覺得自己是國家的一部分。自己的意志就是國家的意志，國家的行為就是自己的行為。正因為如此，國家殺人，也等於自己在殺人。」

——爸爸，你會殺人嗎？

死刑是殺人行為，有人奉國家之命，結束狩獺的生命。建議國家這麼做的，是瑛庚和其他司法官，也是任何瑛庚和其他當司法官的國官——換句話說，他們都是殺人凶手。

「殺人者償命，這應該不是理論。同時，不可以殺人，不想要殺人應該也不是紙上談兵的理論。國家判處罪犯死刑就等於自己殺人，因此，無論如何都想要避免這種情況發生……當然，這只是私情。」

瑛庚內心有一種忌諱殺人的本能性怯懦，百姓內心也有這種怯懦。然而，對百姓來說，國家是上天的一部分，是上天所選的王，和王所選的官吏生活的世界，和百姓隔絕，和他們的意志分離。正因為如此，所以他們毫不猶豫地希望判處狩獺死刑，因為殺死狩獺的不是他們，而是上天的手。

「司法官不可以憑私情論是非，更不可以因為私情影響刑罰。所以對瞭解正義的人而言，不想殺人的想法，和殺人要判死刑的義憤一樣，都是情非得已。我不想殺人，所以也不想勸別人殺人……」

如翕深深地嘆著氣。

「殺人就要判死刑，這不是理論，而是反射。同樣地，死刑就是殺人這種忌諱的感情也不是理論，也是一種反射。兩者都不是理論，而是近乎本能的主觀，但兩者的分量應該相同。」

「……我也覺得。」

「雖然恢復死刑有可能導致濫用死刑，但阻止濫用死刑也是司法的職責。無論是恢復還是停止，都各有道理，光討論這一點，無法做出結論。」

「所以，就看狩獺本身了。」

率由說道，瑛庚和如翕都偏著頭。

「理論完全均衡，既然如此，那就回歸狩獺本身的問題。主上決定『不用大辟』，是為了表達刑罰的目的並非懲罰，而是教化罷民，所以，問題就在於狩獺能不能教化——這就是問題的關鍵。」

「但是，」瑛庚看著如翕，「狩獺有更生的可能嗎？」

如翕很意外地偏著頭。

「我曾經見過狩獺，並不認為他有悔過之心，但是大司寇的話也提醒了我。把罪犯當作豺虎，不當人看待，怎麼可能要求他們悔過？」

瑛庚受到了衝擊。

「目前還不知道狩獺殺害駿良的理由。大司寇說，狩獺一定有他的理由，我也覺得無法完全否定大司寇的話。只要能夠瞭解其中的理由，或許可以教化狩獺。」

瑛庚想了一下，然後點了點頭。

「那就去見狩獺。」

8

兩天後，瑛庚和其他人離開王宮，前往位在芝草西方的軍營。

原本在刑獄鞫訊犯人時，由王宮所屬的外朝司法府傳喚犯人，但萬一狩獺逃走，後果不堪設想，而且如果被百姓知道，很可能在半路劫囚。在和官吏協商之後，決定由瑛庚等人前往監牢。

被處以徒刑的罪犯會送去圜土，但徒刑必須從事土木工程等勞動，所以圜土的所在地並不固定，會不時轉移到必要的場所。相較之下，刑罰尚未確認者和被處於監禁的犯人一起關在軍營內的監牢。

瑛庚等人走向軍營深處，走進士兵重重監視的監牢，來到鞫訊的堂室。建築物本身並不大，幾乎沒有門窗，只有牆壁高處有一條細長的採光窗。昏暗的堂室內用粗大的鐵柵欄隔成兩半，瑛庚等人坐在其中一側的高臺上。不一會兒，監視罪人的掌囚和士兵出現在鐵柵欄的另一側，帶了一個男人走了進來。

——他就是狩獺嗎？

瑛庚感到納悶。狩獺是一個毫無特徵的人，雖然之前聽說他中等個子，身材偏瘦，但做夢都沒有想到只是「如此而已」的男人。他身上沒有任何危險的感覺，眼神無力，也感受不到任何霸氣，看起來似乎很疲倦，無精打采的樣子，但並沒有病態的感覺，至少看起來不像是豺虎，真的是隨處可見的平凡男人。
「這是何趣。」
掌囚說完，讓狩獺坐在固定在地上的椅子上，把手上的枷鎖固定在腳上的鐵環上，鞠了一躬後離開了，只剩下士兵在一旁警戒。他們在鐵柵欄的另一側不發一語，之後也不會開口，臉上的表情也不會有任何變化。他們不可旁聽鞫訊的內容，所以他們必須充耳不聞。
狩獺垂著眼睛，乖乖地被鐵鍊綁著。他懶洋洋地坐在那裡，既沒有虛張聲勢，也沒有反抗。
瑛庚注視狩獺片刻後，打開了訴狀。
「關於你犯下的十六起刑案，有什麼需要申訴的嗎？」
狩獺沒有回答瑛庚的問題，不發一語地看著一旁。
「任何內容都無妨，你對目前自己身處的立場有什麼想說的話嗎？」
瑛庚問道，狩獺仍然沒有回答。瑛庚有點手足無措，問了十六起刑案的動機和犯罪經過，但他也幾乎沒有回答，只有在需要時點頭而已，有時候也會發出「嗯」、「對」之類的聲音，但完全沒有任何像樣的說明。
瑛庚放棄了鞫訊，換率由問話。率由事先提出，想瞭解狩獺的內心世界。率由問了狩獺的父母、家鄉，以及成長過程和想法，狩獺也都懶得回答。他看向一旁，沒有認真回答任何一個問題。

狩獺徹底拒絕瑛庚和其他人，因為被提訊，所以無可奈何地坐在這裡，但根本懶得開口，也不想說任何話為自己乞求活命。他始終沒有正視瑛庚等人，滿不在乎地保持沉默，好像無視他們的存在。

如翕對他的態度忍無可忍，插嘴問道：

「你無意改變這種態度嗎？」

如翕說話的語氣很不耐煩，可能以前見到他時，他也是這樣的態度。狩獺瞥了如翕一眼，撇著嘴笑了笑——態度充滿輕蔑。

「你看起來毫無悔改之心。」

率由也忍無可忍地大聲說道。

「在你殺害的死者中，有幼兒和嬰兒，難道你不感到後悔嗎？」

狩獺沒有看率由一眼，小聲地嘀咕：「沒有啊。」

「你沒有後悔自己做了這麼殘忍的事嗎？」

「……沒有。」

「你沒有寫道歉信給家屬，難道你不想贖罪嗎？」

率由嚴厲地問道，狩獺終於用冷漠的眼神看著率由。

「贖罪？怎麼贖罪？」

「這——」

「即使我道歉，死人也不會復活。只要不復活，那些人的家屬就不可能原諒我，所以光是想贖罪不也是白想嗎？」

率由想要反駁，瑛庚制止了他。

「——也就是說，你知道自己做的事造成了無可挽回的結果，也知道死者家屬為此感到痛苦。」

「……是啊。」

「你是什麼時候意識到這件事？在犯罪之前就知道？還是遭到逮捕之後才意識到？」

「之前就知道。」

「既然知道，為什麼還這麼做？」

狩獺撇著嘴角笑了笑。

「像我這種人渣也必須生存，臉上有刺青，根本找不到工作，也沒有地方可住，為了吃住，只能這麼做啊。」

「……你覺得自己是人渣嗎？」

聽到瑛庚的問題，狩獺冷笑道：

「你們不是這麼想嗎？我根本是人渣，是根本沒有慈悲心的豺虎。」

他語帶嘲諷地說。

「反正你們覺得我很礙眼，你們的美麗世界根本不需要我這種人渣，反而覺得我礙事，是根本不值得活下去的垃圾，所以希望我快死，結束這起案子，不是嗎？」

狩獺說完，一臉無趣地看向從採光窗照進來的光。

「——想殺就殺吧，我也不想一輩子被關在這種地方，不如殺了我更痛快。」

瑛庚內心感到嫌惡不已。這個男人太狡猾了，明知道自己犯下的罪，卻把瑛庚他們說成是加害人，試圖讓自己變成被害人。

「……你記得駿良嗎？去年夏天，你在芝草殺害的小孩，你掐死了他，搶走了十二錢。」

狩獺無言地點了點頭。

「……為什麼殺他？」

「沒什麼理由。」

「怎麼可能沒理由？為什麼要殺小孩子？」

瑛庚語氣嚴厲地問道，狩獺無奈地嘆了一口氣。

「因為覺得萬一他叫喊很麻煩。」

「他只是一個孩子，威脅一下不就足夠了嗎？或是把錢搶走就好。」

「如果一威脅，他嚇得哭出來，不是會有很多人圍過來嗎？即使把錢搶走，萬一他逃走的話，還是會叫人。」

「所以就殺了他再搶錢嗎？只為了區區十二錢？」

狩獺點著頭。

「為什麼？你身上不是有錢嗎？為什麼需要駿良的十二錢？」

「並不是需要。」
「那是為什麼？」
「沒為什麼。」
「不可能真的沒有原因。難道你無法說明為什麼攻擊小孩子嗎？」
狩獺不耐煩地看著瑛庚。
「問這個幹麼？反正你們覺得我毫無悔意，既然要殺我，何必問這麼多？」
「因為有必要問清楚。」
淵雅說，狩獺殺害小孩子一定有他的理由，只要能夠查明原因，就可以瞭解如何拯救像狩獺這種罷民。駿良的父親也大聲叫喊，為什麼要殺自己的兒子。瑛庚必須找到其中的答案。
狩獺懶洋洋地說：
「……硬要說的話，就是我想喝酒。」
「那你可以用自己的錢買酒啊。」
「但又沒那麼想。」
瑛庚不瞭解他的意思，一時說不出話，狩獺又繼續說了下去。
「我剛好經過，知道那小鬼手上有十二錢，因為他和他母親說話時提到。之前我剛好經過一家賣酒的小店，上面寫著一杯酒十二錢。我有點想喝酒，但不想花十二錢，結果走了沒幾步，得知那小鬼剛好有十二錢。」

「所以就？」

「我覺得剛好，剛好是十二錢。」

瑛庚不由得感到愕然，如翕和率由也瞠目結舌。

「……不會只是這樣吧？」

率由不知所措地問道，狩獺不耐煩地回答：

「就是這樣而已……算他運氣不好。」

他滿不在乎地回答，好像事不關己。

這個男人不可能反省。瑛庚感到心灰意冷。狩獺根本沒有認清自己的罪過，也沒有面對自己犯下的罪行，只是逃進「反正我就是人渣」的保護殼中，永遠躲在那裡。任何話都無法勸化這個人，甚至無法傷害到他。

瑛庚感到心情黯淡。瑛庚他們之所以舉棋不定，是因為內心有本能的反射忌諱殺人——然而，這個男人身上並沒有。

狩獺和瑛庚他們之間隔著鐵柵欄，瑛庚他們很難跨越那道牢固的牆，狩獺也無意跨越。瑛庚他們痛恨鐵柵欄另一端的狩獺，狩獺也蔑視、憎恨身在鐵柵欄這一端的瑛庚他們。

——這個世界上也有人死不悔改。

瑛庚羞愧地再度確認了這件事，同時不由得思考，自己到底對這個男人有什麼期待？從狩獺的罪狀、至今為止的行為來看，他根本不願意接受教化。狩獺充滿憤怒和憎恨，也許就像惠施一樣，對狩獺來說，抗拒教化也是他的某種復仇。
從龐大的鞫訊紀錄就可以清楚瞭解這一點，但瑛庚他們為什麼還要親自見到他，確認他是否能夠教化？好像這是最後一根救命稻草。
瑛庚在思考這件事時，率由小聲地說：
「……關於三刺，如之前所說，三宥和三赦都不符合。」
照理說，司法通常不會在當事人面前闡述結論——即使如此。
「司刺找不到任何可以寬恕罪行的理由。」
率由的語氣充滿苦澀，也許他希望當著狩獺的面說這句話，可以傷害狩獺。
如翕點了點頭，他的臉上充滿了和率由相同的苦澀。
「典刑根據罪狀求處殊死。」
「司刺支持這個意見。」
典刑和司刺的意見一致——瑛庚必須做出決斷。
狩獺瞪著他們的眼中充滿輕蔑，對自己的命運即將這樣決定絲毫不感到害怕，他嘲笑般的表情好像在說：「反正你們要殺我」，說來說去，你們還是不可能原諒我，因為我是你們無法理解、也無法產生共鳴的豺虎，活在世上很礙眼，所以要讓我死——我沒說錯吧？
瑛庚深深地嘆了一口氣。
「狩獺的罪行明確，而且外人難以理解，但因為無法原諒，所以就殺了他——可以如此粗暴地使用死刑嗎？我能夠理解家屬的報復感情、百姓的義憤，以及對難以理解的罪犯感到不安的感情，但刑罰不應該運用在這些方面……」

率由有點怯懦地垂下了雙眼。

「雖然主上停止了大辟，但這是將刑措視為國家的理想，如果受到無法原諒的私情影響，在此輕易判處死刑，就會成為前例，等於實質恢復了死刑，從國情來考量，有可能會發展成濫用死刑。雖然司法的職責就是阻止這種情況發生，但如果是因為私情而創造了前例，國情導致濫用死刑，我對於是否能夠順利阻止感到不安。」

瑛庚降低了說話的音量。

「但是，對死刑的這份恐懼，來自內心對於忌諱殺人的怯懦。殺人罪就要判處死刑——這不是理論，而是一種反射，害怕殺人也不是理論，而是反射。」

正因為如此，瑛庚他們才會來和狩獺見面，如果狩獺有更生的可能，就不需要動用死刑。

「兩者都不是理論，而是更接近本能，如果說是私情，真的只是一種私情，但根源性的反射互為表裡，這才是法律的根幹，就是為什麼天綱規定，不可殺人，不可虐民，刑辟中卻有死刑存在的原因。」

如翕不知所措地點了點頭。

「刑辟本身也存在著矛盾，既叫人不可殺人，卻又要求殺人。典刑羅列罪狀，司刺則設法減免其刑，刑辟原本就搖擺不定。回想起來，上天的哲理就是如此，只能在兩者之間搖擺的同時，為每起刑案尋找適當的場所。」
「上天……」
率由嘀咕道，瑛庚點了點頭。
「我們認為停止死刑和恢復死刑各有道理，所以遲遲無法做出決定，但我們也同時得出結論，無論是要求判處死刑的反射，還是畏懼死刑的反射，兩者的分量相同。因此，關鍵在於狩獺本身有沒有教化的可能──」
──然而，但是。
瑛庚在吞吐之際，狩獺突然插了嘴。
「我不可能悔改。」
瑛庚猛然抬起頭，看到了狩獺扭曲的臉。囚犯的臉上露出揶揄般陰沉的笑。
「絕對不可能。」
……是嗎？瑛庚點了點頭。
「真是太遺憾了……」
瑛庚說完，看著典刑和司刺。
「──那只能判處死刑。」
狩獺聽了，捧腹大笑起來，簡直就像是勝利者的笑聲，但也同時摻雜了空虛的挫敗感。絕對無法相容的存在，如果全面否定、抹殺，就可以拒絕難以接受的現實。只能藉由排除狩獺，試圖調整世界的和諧。

瑛庚等人垂頭喪氣，似乎感受著挫敗。一切都染成了紅色。強烈的夕陽不知道什麼時候照進堂內，堂內的一切都烙上了採光窗上鐵柵欄的黑影。

——宛如某種預兆。

瑛庚他們拒絕了狩獺的存在，排除狩獺，努力讓世界上沒有任何不相容——然而，這只是開始而已。國家正走向荒廢，荒廢的國家妖魔層出不窮，世界的龜裂也會不斷出現。為了眼不見為淨，人們將在日後不斷排除各種事物。

無論國家和人，都以這種方式漸漸走向凋零。

瑛庚低著頭站了起來，如翕和率由也跟在他的身後。

他們把放聲大笑的罪人留在鐵柵欄內，不願正視他，低頭邁著沉重的腳步離開。

青條之蘭

＊

雪花飄舞的深夜，一個男人蹲靠在暗銀色的樹旁。他在下巴的位置把蓋著整個頭的破衣拉了起來，深深低著頭，忍受著刺骨的寒風。男人的腳下有一只生鏽的破鍋，裡面放著撿來的木柴，鍋內燒著微弱的柴火，那是唯一的亮光，也同時用來取暖。

男人的周圍垂著暗銀色的樹枝，重重垂枝的線條帶著稜角，枝上沒有樹葉，也沒有細枝，宛如燻黑的白銀。正因為如此，籠罩在男人周圍的樹枝就像是困住他的牢籠。

樹木四周被建築物包圍，但建築物已經半毀，大部分屋頂掉落，牆壁倒塌，根本無法擋風蔽雪。除了男人腳下的柴火以外，不見任何燈火，也感受不到人的動靜。建築物外那片里的情況也大同小異。大部分建築物坍塌，路上到處都是堆積如山的瓦礫，即使勉強保留下來的房子，也幾乎無法維持原來的樣子，既無燈火，也無人煙。里周圍的城牆也一樣，從坍塌的城牆可以看到聳立在墨色夜空下的險峻山巒。

里在這片荒廢中奄奄一息。

邊境附近的小里，險峻的山巒包圍了周圍。這裡本是不適合耕作的斜坡，勉強開墾的梯田也荒廢已久。山上因為大自然的恩惠而形成的樹林也因為疏於照料而漸漸枯死，里附近的果樹枯槁，一群形狀扭曲的深綠色針葉樹聚集在一起。更高的斜坡上，樹葉已經落盡的落葉樹如同屍體般聳立，形成一片樹林。寒風吹過，樹林搖曳，發出輕微的聲響，卻完全感受不到任何生命的聲音和動靜。

山上已經漸漸不屬於人類的領域，宛如遺跡般冷冷清清的里也漸漸淪為廢墟。殘破的里祠內，那個男人在腳下的柴火，成為附近一帶唯一的燈火。

男人蹲在一切都已毀滅的深夜。

柴火發出輕微的劈啪聲，焰火舞動。火光照亮了如同囚禁男人般的樹枝冰冷的質感。

男人默然不語地看著樹枝，原本應該是白色的枝頭到處都出現了黑色鏽斑——里樹也漸漸枯萎。

這也難怪，因為這裡已經沒有向里樹祈求的百姓，如今只剩下僅有的幾戶人家，人口也只剩九人而已，里樹上多餘的樹枝正慢慢脫落。

——恐怕已經為時太晚，無法再重新站起來了。

也許這個里只能走向毀滅。

男人把里樹作為自己的棲身之處，靜靜地等待著。住在這個里的人既不覺得他可疑，也並不在意他。疲憊之極的人們已經無力對外界產生任何興趣，入夜之後，只能相互依偎在一起抵禦饑寒。點亮燈火的油已用盡，也懶得點燃篝火溫暖寒冷的夜晚。人們閉上空洞的雙眼，彷彿接受了緩慢的死亡般睡去。

然而，並不是只有這個里向荒廢沉淪，荒廢殆盡的街道旁的其他里和廬，也都奄奄一息了。

——如果再來一場災禍，就會徹底扼殺所有的生命。

他相信不會發生這種狀況，他正在等待證據的出現。

他拉緊了蓋住頭的破衣，定睛看著腳下的火。

雪片在猶如輓歌般的風聲中飛舞。

1

——雪花無聲無息地飛舞。

時序進入極寒期。拂曉前，氣溫更低。老舊旅店的狹小客房內，他在黑暗中坐了起來，吐出的氣都是白色的。

標仲拖著像鉛塊般沉重的身體離開睡床，爬到放在房間角落的籮筐。他點了燈火，悄悄打開竹編的蓋子。

和蓋子一樣細密編織的竹籮筐外側上了漆，內側墊著棉花和絹布。雖然籮筐很精美，但裡面放著一段原木。粗細為雙手環起之粗，長度為兩掌並排之距。樹皮斑駁，毫無特殊之處，只是中間樹枝斷裂部分形成的樹瘤根部冒出了綠油油的樹葉。這塊原木就這樣埋在木屑的中央。

標仲確認後，暗自鬆了一口氣。他再度取出原木仔細檢查，原木的切口和樹皮雖然已經乾燥，但他輕輕敲了敲，發現原木內還有充足的水分，也沒有開始腐爛，更沒有長苔蘚或黴菌。從瘤的根部冒出的草也沒有任何奇特的變化，像蘭葉般細長的葉子厚實飽滿，密密地長了一小撮。標仲仔細觀察每一片葉子，發現葉子仍然維持鮮豔的綠色，完全沒有枯萎。

——這就是希望。

正因為如此，他住宿在旅店內，只要一醒來，就擔心那些葉子在自己熟睡時枯萎，所以才會一睜開眼，就立刻確認樹葉的狀態。

每次睡上床之前，就很擔心今天晚上就會枯萎。雖然整個人累得像爛泥，卻因為害怕而遲遲無法入睡。即使好不容易睡著，也不停做著早晨醒來後，發現葉子在一夜之間枯萎的惡夢。他經常被惡夢驚醒，打開蓋子確認後，才再度躺回床上睡覺。

所幸今天還沒有枯萎。

太好了。他小聲說完，小心翼翼地撥著木屑，把原木埋回去。用繩子綁在籮筐上，並把木屑撥平，以免埋沒了蘭葉，然後蓋上剛才移開的覆筐，排滿裝了棉花的小袋子，再墊上一塊布，放上用油紙包起的信。檢查了掛在籮筐旁的綬帶，放回筐內，蓋上蓋子，最後繞上皮繩，小心翼翼地綁好。

他在做這些事時，手指凍僵了。昨天晚上裝了水的水桶內，邊緣結了一層薄冰。

標仲避開凍結的邊緣，雙手掬起水洗了臉。他的指尖凍僵了，地上的寒意讓他的膝蓋發痛。即使想要取暖，房間內也沒有火盆。木炭已經缺貨好幾年了，平民百姓即使想買也買不到。

標仲只好用雙手搓著腳。今年最後一個月分即將到來，這個季節竟然連木炭都買不到。雖然已經過了冬至，但寒冷的天氣應該還會持續。立春在新年之後，即使過了立春，還有很長一段時間天氣才會漸漸暖和起來。每年這個季節就會出現大量凍死者。

搓腳片刻後，標仲穿上了裘衣，拿起脫下晾乾的鞋子想要穿上，但腳太腫了，穿不進去。他只能用小刀割開卡住的皮革，用布包起後，再用皮帶纏繞住。這一陣子走太多路，腳趾上都冒著血泡。膝蓋和腰痛得直不起來，背著籮筐的肩膀疼痛，兩隻手長滿了凍瘡。

——即使如此也沒有關係，只要希望還沒有枯萎。

標仲準備就緒，背起籮筐，拿好行李，走出昏暗的客房。

一切始於一棵變色的山毛櫸。

至少標仲是因為十年多前，老家的山毛櫸樹林中的一棵山毛櫸發生了變化，才發現了這件事。

標仲出生於北方的繼州，老家位在更北方，靠近州境的險峻深山裡。他在氣候不佳的寒村內長大，在苦學之後，終於進入繼州的少學，很幸運地在三十五、六歲時成為國官，職位是地官跡人，位階是中士，是國官中最底層的小徇役。

標仲每次回老家西隕，都被鄉親視為飛黃騰達、難得一見的人才。當時，標仲才加入仙籍不久，父母和親戚都還在老家。因為從小熟悉的親朋好友翹首盼望他回家，所以他每到新年都會回家探親，也正是在回鄉探親時，發現里附近的山毛櫸樹林中，有一棵山毛櫸的顏色很奇妙。

山毛櫸的樹葉掉落，在冬天蕭瑟的山上伸展著樹梢。樹林中有一條小河流過，還有一個小型瀑布。小時候，他經常在瀑布腳下釣魚。周圍是低矮的懸崖和山毛櫸樹林，環境宜人。面向瀑布腳下的一棵山毛櫸樹梢好像降了霜般閃閃發亮。

「──怎麼回事？」

標仲仰望著聳立在高處的樹梢，問身旁的老友。

老友名叫包荒。也是在西隕出生，兩人一起進入少學就讀。他比標仲早一年離開少學，在老家所在的節下鄉當官吏。

包荒順著標仲的視線望去，仰望著山毛櫸的枝頭。

「結霜嗎──好像不是，樹枝朝向南方。」

標仲點了點頭。樹枝位在光線良好的地方，所以看起來閃閃發亮。既然如此，就不可能只有那裡結了霜，況且現在已經中午過後，霜不可能仍然留在枝頭。

「看起來好像在發光。」

「嗯。」包荒點了點頭，身輕如燕地攀上懸崖，在不同的位置仰望著樹枝。不一會兒，他抱著樹幹，用繞在腰上的皮帶靈巧地爬上了樹。

標仲看著他，忍不住苦笑起來。

包荒從小就喜歡在山野裡玩耍，他自由自在地在附近的山上奔跑，精通地形和植物生長，知道哪裡長了什麼樹，有哪些草，有哪些動物棲息，如數家珍，簡直就像在自家後院玩耍。他經常不厭其煩地觀察某一棵樹，或是觀察鳥類、昆蟲一整天。包荒在少學畢業後，成為鄉府的山師。山師在夏官手下負責山林的保護工作，那簡直是包荒的天職。

包荒像猴子一樣輕巧地爬上了樹，在粗大樹枝附近觀察著顏色改變的樹枝，但隨即挺直了身體，把皮帶一揮，打落了一根樹枝。標仲在包荒下方的草叢裡找到那截樹枝撿了起來。

細小的樹枝差不多只有手指的長度，樹枝變成了鮮豔的顏色，發出奇妙的光澤，好像是堅硬的石頭般，即使在枯草叢中也可以一眼就發現。標仲撿起時，發現指尖冰冷。樹枝摸起來也很堅硬，的確感覺像石頭。折斷的樹枝根部也很奇怪，不像是纖維斷裂，更像是結晶折斷的感覺。

「——怎麼樣？」

包荒走過來問道，標仲納悶地把樹枝遞給他。包荒接過樹枝，雙眼亮了起來。

「……太有趣了，簡直就像是石頭。」

「上面的樹枝呢？」

「和這個差不多，看起來好像石化了，而且也褪了色。」

「是喔。」標仲嘀咕道。包荒打落的小樹枝是灰白色，但這是山毛櫸樹皮原本的顏色，所以不能稱之為異常。山毛櫸的樹皮原本就是灰白色至暗灰色，樹皮光滑，並沒有裂縫。或許是因為這樣的關係，苔蘚、藻類和黴菌經常附著在樹皮表面。由於山毛櫸的樹皮不會剝落，幼樹時附著的這些附著物形成了不同的圖案，隨著樹木逐漸長大，圖案也漸漸拉長，從白色、灰色、綠色或褐色的紋路。褪色是代表這些紋路脫色嗎？包荒打落的樹枝應該是今年長出來的，仍然保留了原本的顏色。

「枯掉了——怎麼會這樣？我第一次看到這種情況。」

包荒說著，折斷了小樹枝。樹枝發出清脆的聲音折斷了。

「枯枝結冰了嗎？」

「感覺不太像。」

包荒說完，從懷裡拿出手巾包了起來。他可能打算帶回家研究，臉上難掩喜色，興奮的眼神就像小孩子發現了難得一見的昆蟲。標仲覺得他從小到大都沒有改變。

山師管轄的山林是和百姓生活無關的深山，百姓居住的山林歸地官所管轄。外圍的山林雖然和民眾的生活沒有直接關係，然而，一旦發生火災或雪崩，就會對民眾生活環境造成危害。為了防患於未然，山師必須負責管轄人跡罕至的深山和樹林，掌握地勢，如有必要，則加以修繕，以防災害發生。鄉官的山師屬於最低階，掌握鄉內的山野。國家的山師統率九州的山師，州山師統率各郡的山師，各郡的山師統率各鄉的山師，都只是管理下一級山師的職務，只有鄉山師實際進入山野，親自保護山野。正如包荒熟知家鄉的每一座山，他也調查了鄉內的每座山，一旦進入山裡，有時候一、兩個月都不見人影。他在沒有人煙的山上露營，獨自走遍一座又一座山。

「你真的太喜歡山了。」

標仲說，包荒害羞地笑了笑。

就在這時，傳來女人的說話聲。

「啊喲，你們兩個人都在這裡啊。」

抬頭一看，幾個女人從山毛櫸樹林的小徑走下來。標仲的母親和包荒的母親也在其中，所有人都背著竹簍。

「原來你們在這裡。」

「嗯。」兩個人點著頭，幾個女人笑了起來。

「我們來撿樹果，沒什麼好吃的食物招待你們啊。」

女人們說著，包荒探頭向她們的竹簍內張望，笑著說：

「原來是山毛櫸的果實，撿了這麼多，可以煮一盤好菜啊。」

「沒有沒有，今年果實也很少。」

女人說完，又對他們說：

「你們的爸爸會很寂寞，早點下山陪陪他們。」

說完，幾個女人下山離開了。

山毛櫸的果實像蕎麥一樣呈三角形，沒有毒，也沒有澀味，可以生吃，營養豐富，滋味良好。通常都水煮來吃，但這裡的人會把煮熟的果實搗碎後做成餅，或是包成粽子。山中的里缺乏農作物，這也算是美食之一，只可惜山毛櫸很少結果實。雖然不至於完全不結果，但基本上都歉收，通常數年到十年才豐收一次。

「今年也歉收嗎？真是很少豐收的樹啊。」

標仲說，包荒也笑了起來。

「幾乎不曾有過山毛櫸果實吃到飽的記憶。」

通常樹木的豐收或歉收都有固定的周期，但山毛櫸缺乏固定周期。下一次豐收可能在一年後，也可能是十年之後，只是不知道為什麼，豐收和歉收都是全國同步調，從來不曾發生過有的樹豐收，有的樹歉收的情況。

「如果幾年豐收一次，至少可以用來作為糧食。」

「果真如此的話，就會被你我這種人吃光，所以山毛櫸用這種方式保護自己。」

包荒說完笑了起來，標仲偏著頭納悶。

「——這只是我猜的，樹木的果實會有歉收和豐收的周期，應該就是這麼一回事吧。當樹木的果實豐收，靠樹果為生的老鼠等動物也會活下來。於是，翌年就會有大量老鼠吃樹果。當翌年歉收，老鼠就會餓死，數量減少，在下一個豐收年時，就會有很多樹果留下來。」

「原來如此，但為什麼只有山毛櫸的豐歉周期不定呢？通常豐收年不都是定期出現嗎？」

「嗯，山毛櫸在這方面很奇妙。也許其中有什麼原因吧，只不過豐收和歉收的落差太大，所以山毛櫸樹林內都是差不多的樹木。」

「都是差不多的樹木？」

包荒點了點頭，指著周圍的山毛櫸林。

「雖然大小有異，但山毛櫸林內的山毛櫸幾乎都是相同的年齡，這片樹林也差不多是一百年出頭。」
「是喔。」標仲巡視周圍，看到一片大小相似的樹木整齊排列的樹林。
「所以是一百多年前同時生長的嗎？」
「應該是，但山毛櫸的樹根似乎會釋放出導致其他樹木枯萎的毒素，所以密集生長的小樹就會消失，樹木之間的間隔大致相同。因為其他種類的樹木無法生長，所以山毛櫸樹林是幾乎只有山毛櫸的純樹林。」
「也因此山毛櫸樹林很明亮。」包荒說道。因為光線充足，所以樹下的草長得很茂密，種類也很豐富。雖然山毛櫸的果實不豐富，但肥沃的土地上有很多蕈菇，也有許多野獸來這裡吃草，視野良好的山毛櫸樹林是狩獵的絕佳場所。
「豐富又舒暢——我喜歡山毛櫸。」
「原來如此。」標仲看著樹林，這片山毛櫸樹林在一百多年前一下子吐芽。山毛櫸的壽命很長，恐怕未來會繼續生存幾百年。
「……伯母看起來蒼老許多。」
標仲幽幽地說。和樹木相比，人的生命很短暫。
「是啊……你家的那位也是吧。」
包荒點了點頭。標仲和包荒都是有位階的官吏，所以加入了仙籍。雖然父母也可以加入仙籍，但他們的父母都沒有這麼做，通常父母都不會跟著兒女加入仙籍。按照慣例，只有父母和妻兒可以一起加入仙籍，兄弟或親戚則無法加入。如果位階夠高，並不是沒有解決的方法，但並不是所有人都可以成仙，因此必須有一條界線。人通常不喜歡在家人中畫出這種界線。標仲也有哥哥和姊妹，但對標仲的父母來說，和標仲一起昇仙，就等於把兄長和姊妹留在現世。

得到位階就必須告別現世，即使對標仲和包荒這種低階的胥役來說也是如此。總有一天，他們的父母會離開人世，兄弟和兒時的玩伴也都會年華老去，到時候他們回來老家，也會變成一種痛苦。不，標仲還有包荒，如果沒有包荒，他可能早就不再回來探親了。

他們明知道這些事，仍然選擇成為胥役；家人也知道這些事，送他們去當官。所以，很希望能夠對國家有所貢獻——不，必須對國家有所貢獻。因為目前這個國家沒有王。

標仲出生的那一年，王駕崩了。雖然先王凶殘暴虐，所幸邊境的山村並沒有受到災難的影響。然而，當王位岌岌可危，國家就開始荒廢；當王位上無王，荒廢更加嚴重。如今國家荒廢，到處可見貧窮，像西隕這種寒村更是如此。在貧瘠的土地上耕種所能得到的收穫有限，只能去山野採樹果補充，里民就是靠這種方式勉強維生，標仲和包荒的工作關係到他們日後是否能夠繼續生存下去。

「對了，」包荒壓低了聲音，「聽說中央發生了大事。」

「好像是。」標仲回答。標仲雖然是國官，但因為經常在各地走動，所以對中央的情況不是很瞭解，但聽說發生了大事，雲端上的人都驚慌失措。

「這個國家……到底會變成什麼樣？」

標仲無法回答包荒的問題。西隕固然貧窮，所幸周圍是綠意盎然的群山，只要沒有妖魔出現，至少可以維持最低限度的生活，但其他地方極度荒廢。耕地荒蕪，三餐不繼的人紛紛湧向都市賺錢，但並不是所有人都能夠在都市找到工作和食物，於是飢餓、疫病和犯罪變成了常態，再加上妖魔出沒，攻擊密集的人群。

這種時候需要官府的協助，然而，官吏忙著自保，國家也一樣。

標仲少學畢業後就立志成為官吏，竟然出乎意料地被錄用為國官。照理說是出人頭地，其實是因為官吏違背了王的意志而遭到誅殺，導致官位出現了大量空缺。國家越來越荒廢，原本無暇錄用新的官吏，但各府第的預算分配必須根據官吏的人數分配，想要中飽私囊的長官都拚命補足缺額，標仲也因此「出乎意料」地成為官吏。

他因此成為地官跡人，在地官果丞的手下工作。果丞管轄各地生產的珍奇物品，跡人負責蒐集野樹上生長的新草木和鳥獸。雖然實際進入山裡尋找是地方官的工作，但標仲也必須勤於走訪各地，詳細掌握現狀——不，應該只是以這個名義讓他無法留在國府內。

標仲幾乎不在國府，都在各地奔走。因為是官吏，所以有領地，但他沒有看過領地，更沒有親自去過。因為他幾乎不回國府，所以無法經營位在首都州的領地，都由果丞代為管理。果丞負責經營，將稅收換成金錢支付給他——至少名義上是如此。

然而，國府的小衙役都知道，他們雖然得到了國官的地位，但其實只是像府史般用薪水僱用的人員而已。領地的收入全都進了果丞的口袋，果丞只是從中撥出最低限度的薪水，也許進入果丞口袋的那些錢最後流進了更高層官吏的口袋。因為這是真實的情況，所以標仲不在國府比較好，於是一直輾轉至各個地方府。各地的地方府都充斥著這種被中央流放、無處可去的小衙役。

心生怨恨也無法解決任何問題，在這個時代，能夠有一官半職就值得慶幸了。標仲在立志成為國官時，就已經隱約瞭解這些事，仍然立志成為官吏，說穿了就是為了餬口。雖然是最低限度的薪水，但只要成為國官，收入優渥，可以照顧在老家的父母和兄弟的生活。跡人都在邊境走動，所以看到的都是最小限度的荒廢，和中央的紛亂無緣，只要看開了，雖然貧窮，卻也逍遙自在。更何況標仲從小就在山峽的寒村長大，對他而言，在邊境的山野走動並不是痛苦，反而深得他心。

然而，這種情況不知道能夠持續多久？

標仲仰頭看著山毛欅樹林的樹木，然後又看向下方。從他們所在的瀑布邊緣，可以看到深深的山谷，和谷底遠方並不大的里。

無論未來會發生任何事，至少要保護故鄉，要保護住在故鄉那些熟悉的人。

2

標仲沿著旅店狹小的樓梯下了樓，一樓的飯堂只有幾根蠟燭的微弱火光，泥土地的房間內只放了幾張大餐桌，不見任何客人的身影。面向馬路的木板門一大早就打開了，但可能沒有旅人這麼早出門，所以並沒有人來吃早餐。冷清和昏暗的空間只有冰冷的空氣流動。

「早安。」在旅店打雜的少年向他打招呼。他差不多十歲左右，臉上帶著稚氣。

「叔叔，你起得真早。」

標仲點了點頭，坐在少年擦好的桌子旁，點了茶和早餐。

「老闆說，天氣可能會變。」

少年端上熱茶時說道。標仲看向門外，發現雪花飄舞，對面那棟房子歪斜的屋頂後方，微亮的天空中烏雲低垂。看雲的樣子，的確快變天了。

「你要去南方嗎？」

少年問，標仲點了點頭。

「聽說如果要沿著幹道往南，今天恐怕會寸步難行。」

「沒問題的。」

標仲說完，遞了一塊石頭給少年，讓他放進爐子內燒熱。寒冷的季節，放在懷裡的石頭是暖和身體的唯一方法。

「但是……」

「我在趕路，請你趕快把早餐送來。」

用杯子的熱茶暖手時，外面的雪也越下越大。雪花飄落在巷子的地面，被微風吹向四處的車轍和坑洞中。

五十歲左右的旅店老闆端著粥走了過來，他放下粥後問：

「聽說你急著出發？」

標仲點了點頭回答說：「希望在幹道的門打開的同時出發。」

「但是，今天最好晚一點再走——你要去讚容嗎？」

讚容是沿著幹道南下的一座大城。

「如果可以，希望可以走更遠。」

他要沿著幹道南下，走越遠越好。

老闆露出驚訝的表情。

「你——該不會被人追？」

標仲苦笑著搖了搖頭說：

「我只是想盡快趕路。」

老闆端出來的熱粥幾乎燙到他的舌頭。雖然粥裡放了米，但大部分都是小米。種稻米很費工夫，這個國家已經沒有足夠的人手種植可以供應百姓吃的白米。粥裡放了乾菇和切碎的青菜，足以溫暖剛才在收拾行李時已經冰冷的身體，因為旅程的疲勞而沉重倦怠的身體在溫暖之後，似乎稍微輕鬆了些。

「既然你急著趕路，最好搭馬車。走路太困難了，前面的路很險峻，如果再遇上暴風雪，根本沒辦法走。」

「有馬車嗎？」

標仲充滿期待地看著老闆，老闆愣了一下，微微張了張嘴，沉思了片刻。

「啊……不行，八成已經沒馬了。這裡幾乎已經沒馬了。我有一個朋友原本是駕馬車的，不久之前才聽他說，把馬車賣了。」

「是嗎？」標仲嘆了一口氣——這種事很常見。馬可以載運貨物，也可以幫忙農務，是寶貴的財產。然而，這個財產要吃飼料，無法只是擁有而已。很多人沒有餘力餵馬吃飼料，所以只能放棄這項財產。

標仲看著街道的上空。

「應該不會下暴風雪吧？但雪可能會下更大。」

「下雪也很傷腦筋，一旦積了雪，連路也看不清了。」

沿著幹道往前走是一片廣闊的平原，以前那裡曾經是農地，如今已經變成荒蕪的原野。平坦的道路貫穿平坦的原野，如果是宜人的季節，走起來並不是太大的問題，但一旦積了雪，就連路也看不清了。如果下起暴風雪，連方向都搞不清楚，如果不慎迷路，很可能闖入河邊的沼澤地。

「以前堤防曾經潰堤，河水氾濫，因為沒有人手，至今仍然沒有修補。」

「只要不靠近水邊就沒問題吧？」

「是啊，」老闆笑了笑。「這個季節，河水都結冰了，只要積了雪，就是一片原野。因為形成沼澤之後，就一直丟在那裡，即使是熟悉這一帶地形的人也不知道泥沼的區域，連本地人在下雪的時候也不太敢走那裡，外地人更危險。」

「我會十分小心。」

標仲回答，老闆用力搖著頭。

「我勸你還是打消念頭，要不要再稍微觀察一下天氣？即使在趕路，如果凍死在路上就失去了意義，我也會睡不安穩啊。」

標仲沒有回答。即使觀察天氣也一樣，即使下起了暴風雪，他還是必須出發。

「為什麼這麼著急？」

標仲仍然沒有回答。

剛才的少年把燒好的石頭放在火桶裡拿了過來。標仲請他放進厚實的布袋後，放進了懷裡。

「謝謝——這是你兒子嗎？」

標仲問，少年搖了搖頭。老闆把手放在他肩上。

「我看他倒在路邊，就把他帶回來了。原本好像住在隔壁的里，里人全都死了，只剩下他一個人。」

「所以他住在這裡的里家嗎？」

少年再度搖頭。

「這裡沒有里家，」這次又是老闆回答，「房子被妖魔攻擊後毀了，既沒有閭胥，也沒有維持里家的資金。」

「里府不是有預算嗎？」

「怎麼可能？」老闆不屑地笑了笑，「里府根本沒有用，只有在收稅的時候，胥役才會出現，平時根本沒人。」

「原來是這樣。」標仲不再說話。這種情況很常見，沒有足夠的稅收維持里府，即使向百姓收了稅，也被上面的人搜刮走了，里府根本沒有收入。里府的胥役無法生存，只能各奔東西，府第已經失去了功能。但是，一到納稅的季節，上面就會派胥役上門，照理說，這種貧困的里應該可以受到上面的補助，但錢不知道落入了誰的口袋。

「他們手腳很快，只要看到有錢，就會立刻放進口袋，然後就立刻消失無蹤了。」

標仲默默點著頭。這就是百姓對官吏的評價，所以標仲也把可以表示身分的綬帶藏了起來。

「你以後千萬不可以這樣。」老闆拍了拍少年的肩膀。

「所以由你照顧他嗎？」

果真如此的話，在時下很難得一見。老闆點了點頭。

「我的家人也都死了，我們都孤苦無依——他很勤快，所以幫了很大的忙。」

聽到老闆這麼說，少年開心地笑了。標仲感到坐立難安，用布圍起脖子，把鼻子也包了起來，然後背起籮筐，把其他行李綁在肚子上。

「喂，你真的要走嗎？」

老闆伸手想要制止，標仲把餐錢放在他手上。

「叔叔，不行啦。」

少年拉著標仲的手。標仲低頭看著少年一臉擔心地仰望自己的臉，不由得感到難過。如果標仲的外甥還活著，差不多是這個年紀。

「沒問題，謝謝你們的照顧。」

標仲笑了笑，把零錢塞在少年滿是凍瘡的手上。少年想要說什麼，標仲立刻轉過身，不讓他開口。然後來到冷清的馬路上。

——第一次看到變色山毛櫸的兩年後，標仲在新年返鄉時，見到了兩年未見的包荒。

標仲比他先回到老家。前一年因為去了國土的另一端，所以無法回來探親。回到久違的故鄉，和老鄉、老友敘舊的翌日，包荒回來了。一回到家，立刻邀標仲一起去山上。他一臉嚴肅的表情快步走向那片山毛櫸林的瀑布旁。

包荒一到那裡，立刻仰頭看著山毛櫸。那是一棵樹梢變了色的山毛櫸。標仲這才終於想起是兩年前看到的那棵樹。直到前一刻為止，他完全忘了山毛櫸的事。

「原來是那棵樹——還是老樣子。」

「不，面積擴大了。」

包荒說完，立刻沿著樹幹爬了上去。聽包荒這麼說後才發現，樹木變色的情況好像更嚴重了，有一半的樹枝都褪了色，發出像石頭般的光澤，好像積了霜般閃著光。包荒在高處巡視著樹枝，不一會兒，從樹上爬了下來。

「你知道是怎麼回事嗎？」

標仲問，包荒皺起眉頭。

「不知道，去年我也很在意，所以就來看了一下，發現面積擴大了，今年比去年更加擴大了，而且好像並不是只有這裡而已。」

「其他地方也有嗎？」

聽包荒說，繼州北部一帶的山毛櫸樹林中，也不時看到這種褪色的山毛櫸。褪色的部分好像石化般枯萎，如果不及時採取措施，面積就會不斷擴大，必須連同健全的部分把枯枝砍下來，才能阻止繼續擴散。

「是生病了嗎？」

「可能吧，但無論問任何人，都說沒看過這種病變。」

「是嗎？」標仲回答，但並沒有重視這件事。樹木也會生病。雖然包荒對樹木很瞭解，但總有他以前不曾看過的病症，他以為只是這種程度的事。那時候，標仲的父親已經生了病。兩年前還很有精神地迎接標仲回家，那一年體力大不如前。

翌年的新年，父親的身體更差了。那年秋天，標仲接到了父親的訃告。遊走各地的標仲直到十月時，才終於得知父親的死訊。

西隕很貧窮，但得到山上的恩惠，所以荒廢也得以控制在最低限度——原本標仲一直這麼認為，沒想到事態比他意料中更嚴重。慢性的食物不足，里人的營養狀態都很差。尤其是老人和幼童，經常因為一些小病痛而陷入病危。接到消息後，他不顧一切趕回老家，用馬載著能夠張羅到的糧食回了家。

里人都喜出望外，但有幾張熟悉的臉不見了。標仲趕回老家的當天晚上，包荒也趕回來了。標仲原本以為包荒是因為曾經事先通知他父親的死訊和自己要回來，所以才會趕回來，沒想到並不光是因為這個原因。包荒帶著標仲去了山上。那棵山毛櫸倒在瀑布旁。那年新年看到時，樹枝幾乎都變了色，所以標仲猜想那棵樹和衰竭的父親一樣，不久就會枯萎。

但是，並不是只有那棵樹出現異狀，那棵山毛櫸周圍的樹木也都變了色。那還不是落葉的季節，變色的樹枝卻完全沒有一片樹葉。

「疫情擴散了。」

包荒面色凝重地說——顯然是疫病。

連根拔起倒下的那棵樹，整棵都褪色枯萎，好像變成了石頭。樹皮仍然保留了原本的質感，所以感覺很奇妙。樹根和之前看到的樹枝一樣，剖面好像是敲碎的石頭。

包荒挖著樹根的位置，地下已經沒有根了，無論怎麼挖，都只挖到碎石和沙子。不，那似乎是樹根變化後留下的。樹根在地下石化，然後碎裂了。

當時，標仲立刻感受到危險。如果樹木倒下時，附近剛好有人。他並沒有繼續想下去。標仲的腦海中只想到死去的父親，和臉色蒼白的里人。看到倒下的樹木，只想到如果今年剛好是豐收年該有多好。這裡有一大片山毛欅，如果山毛欅的果實豐收，就可以提供很多富有營養的食物。

同時他又想到，一旦疫病開始蔓延，山毛欅一棵一棵倒下，恐怕再也無法期待豐收了。

那年冬天的新年，標仲也帶了糧食回家。山毛欅的變化繼續擴散，里人也都知道有疫病，但臉上的表情都很開朗。因為倒下的山毛欅都賣了高價。

山毛欅原本並不適合作為木材使用。雖然可以長得很高大，但成長速度緩慢，從種子發芽後，即使過了五年，也差不多和小孩子的身高差不多高。差不多要一百年，樹幹才有雙手可以合抱的粗細。木材很堅硬均勻，但木紋彎曲，而且容易腐爛變形，從建材的角度來說，幾乎沒有利用價值，只能勉強用來做雜貨，但要十分注意乾燥，使用上也要特別注意。因此，通常都不作為木材使用，而是作為木炭的材料。然而，得了怪病的山毛欅很耐腐朽，而且很牢固，不容易變形，雖然缺乏彈性，質地也太堅硬，但只要在工具和加工上發揮巧思，就可以成為優質木材，而且木紋具有像石頭般的光澤，感覺十分漂亮，所以賣出了好價錢。

西隕的人都歡天喜地，周圍的山野有很多山毛櫸——原本以為沒有王的時代，上天只會帶來災難，沒想到山野還可以帶來這種恩惠。標仲心想。

只有包荒一個人表情十分凝重。

現在回想起來，包荒當時可能就已經預見到未來的災難了。只是因為他也沒有把握，所以無法在覺得因禍得福，為疫病感到高興的標仲和里人面前提這件事。標仲感受著刺骨的微風，暗自想道。

但是，即使當時聽說了什麼，結果仍然一樣。他這麼想著，沿著幹道快步前進。開門前，原本應該有很多旅人離開旅店，但路上完全沒有人影。不光是因為天候不佳，大家都不出門，而是整個城鎮都一片寂靜，家家戶戶的煙囪也不見炊煙。

標仲昨天晚上抵達的余箭算是中等城鎮，因為在貫穿繼州、滋州南下的大幹道上，照理說，應該很熱鬧，但只有兩家旅店開張營業，其中一家是有廄舍的高級旅店，另一家是連床鋪都沒有的低級旅店。而且，昨晚住宿的那家旅店除了標仲以外，幾乎沒有其他客人。有一些面向大馬路的房子掛上了旅店的招牌，早已人去樓空。雖然有一排看起來以前是店家的建築物，卻幾乎沒有營業。屋頂歪斜，窗戶也破了，只剩下空洞而已。雖然不見倒塌的房屋，但顯然已經荒廢，空氣中飄著肉眼看不到的荒廢和帶著寒意的倦怠。

無論包荒預見了什麼，無論他是否說出口，那時候就已經有了這份荒廢。從先王在位時開始，在空位的時代繼續惡化。

穿越宛如凍結般寂靜無聲的街道，來到門闕前，也不見旅人的身影。一臉疲倦的老人看到標仲，慌忙打開了門。

來到城外，或許是因為沒有了遮蔽的建築物和城牆，風迎面吹來。滿是坑洞和泥濘的道路到處結了冰，豎著霜柱。標仲仰望天空，好不容易微亮的天空布滿了沉重的烏雲。可能真的會有暴風雪。

即使如此，也必須出發。

標仲確認風向後邁開大步。旅程已經走完三分之二，還剩下三分之一——能否及時趕上，只能靠運氣了。

3

離開余箭的同時，雪越來越大，走了將近一個小時，四周染上了一片白色。標仲默默快步走在寒冷的街道上。

無論走了多少路，都不見里和廬。幹道上留下了岔路的痕跡，代表以前那裡曾經有里和廬，然而只見道路，卻不見任何房子。

他曾經在中途遠遠地看到一棵黑色的樹，像大斗笠般低低垂著樹枝——那是里樹。里樹已經變得漆黑，孤零零地出現在一片荒野中。因為周圍沒有人，里樹也枯死了。

原本應該出現在里樹周圍的里祠也不見了，里祠周圍的房子，和房子周圍的圍牆也都不見蹤影，大地的起伏成為這一切所留下的僅有痕跡，被埋沒在冬天寒冷的荒野中。

標仲肅然停下腳步片刻。枯死的里樹代表已經沒有人再去祈禱。一里有二十五戶，二十五戶人家全都死了。不知道是因為災害、內亂，還是飢餓所致，枯死的里樹將連根碎裂折斷——就像病變的山毛櫸折斷的樣子。

標仲起初和大部分百姓一樣，並不重視山毛櫸的異變。因為那時候只有深山的山毛櫸枯死，而且山毛櫸原本就沒有太大的利用價值。即使山毛櫸枯死，也不會對百姓的生活造成任何影響。他以為是這樣。

然而，包荒看到異變時，立刻意識到危機。

「山毛櫸好像慢慢變成了石頭，我以前從來沒有聽過這種病變。」

標仲回答說，這也很正常，應該很快就會改善。

父親死去那一年的冬天，到處可以見到褪色的山毛櫸。兩年後，枯死的山毛櫸開始斷裂、倒下，兩年後，達到了異常的數量，但標仲和其他住在山裡的民眾一樣，並不認為這是災難，反而認為是一件好事。

樹木在充分乾燥後自行倒下，省下了伐木的麻煩。倒下的樹木放在那裡也不會腐爛，可以根據市場的需求運輸，而且可以賣到好價錢。

「簡直是天上掉下來的禮物，百姓也因此得福。原本那麼多山毛櫸樹都派不上任何用場。」

北部地區有很多山毛櫸林，但因為之前無法當作木材運用，所以民眾根本無意砍伐豐富的山毛櫸。

山毛櫸的果實很小，而且還經常歉收，無法當作食物，從種植到開花結果往往需要三十年到五十年，因此，沒有人積極種植山毛櫸防止饑荒，即使種了也無法發揮功能。事實上，百姓因為饑荒難以生存，即使是深山，只要能夠結出果實，就會去撿果實，但這幾年山毛櫸持續歉收，幾乎都無法結出果實。可以燒炭的小樹幾乎都被砍伐了，剩下的都是沒有利用價值的大樹。

沒想到這些大樹突然可以作為木材使用。對缺乏足夠農地的山區百姓來說，無不為上天的恩惠感到欣喜。里人都三五成群地進山，拖著倒地的樹木下山，以此勉強維持生計。標仲反而擔心地方官發現得了怪病的山毛櫸木材可以賣出高價，禁止百姓採伐，試圖自己獨占。

山師管轄的山野並不屬於百姓，而是屬於國家，照理說，百姓無法擅自進山，販售山上的樹木，因此，各地的官吏理所當然可以不允許民眾上山，但問題在於這些地方官藉此中飽私囊。他們利用不正當手段和木材商人勾結，高價出售。出售的利益原本應該納入國庫，但幾乎都被地方官府私吞了。如果納入國庫，這些財富還是會用於百姓的福利，如果被私吞，就沒有任何意義。國家發現這種現象後，積極糾正地方官的專橫行為，但那也只是國官想要從中分一杯羹，無論那些山毛櫸落入誰的手中，利益都會被私吞。

「在安州，市場上的山毛櫸木材都會被沒收，所以這一陣子木材商人都很警惕，說要等出售之後才付錢。對百姓來說，費了很大的力氣把樹木拖下山，辛辛苦苦運到市場卻被沒收，簡直虧大了，但安州的官吏把賣掉木材的錢放進自己的口袋，不花一毛錢就發財了。」

標仲嘆著氣說道，包荒難得露出嚴厲的眼神。

「這種問題都是小事。」

標仲訝異地看著老朋友的臉，包荒似乎很浮躁。性情溫和的他很少這麼情緒激動。

「無論跟誰說，大家都說相同的話，但現在這種問題根本不重要。」

「你怎麼了？」

標仲問道，包荒用悲痛的聲音說：

「照此下去，這些山都會毀了。」

標仲看到他嚴肅的表情，才終於想到，原來如此，包荒很愛山野，看到山野失去原來的面貌，漸漸面目全非，感到痛苦不已。包荒很愛家鄉那片山毛櫸樹林，他經常說，那裡是最舒服的地方。

「我能夠理解你的心情，但現在為這些事擔憂也無濟於事，因為這關係到百姓的生死。」

「所以我才在說啊！」包荒語氣激動地說：「照這樣下去，這些山都會遭到破壞，里和百姓的生活、生命都會被吞噬。」

包荒聲嘶力竭地說道。

「山上的動物靠山毛櫸的果實維生，即使是歉收的年份，仍然有相當數量的動物靠那些果實生存，如今果實全都沒了，會造成什麼後果？」

「什麼後果——」

山毛櫸的果實是山上小動物的絕佳糧食，而且正如包荒以前所說的，山毛櫸樹林周圍都是茂密的草木，各式各樣的灌木和草，是鹿等大型草食動物絕佳的棲息場所，於是，以這些草食動物為食的肉食獸和雜食獸也會聚集在那裡，也就是說，那些野獸靠那片山毛櫸樹林生存。不光是食用山毛櫸果實的那些野獸，還有那些住在山毛櫸樹林中的野獸，以及捕食那些野獸而聚集的野獸，山毛櫸樹林保護了無數生命。

「野獸會下山侵犯人類生活的領域，熊會攻擊人，老鼠會搶食原本就少得可憐的穀物。熊只要獵殺就可以解決問題，但人類有辦法獵捕所有的老鼠嗎？」

標仲張著嘴，說不出話。沒錯，在山毛櫸豐收的翌年，曾經發生過熊攻擊住家的事，因為前一年有很多熊生存下來，翌年因為食物不足而攻擊人類。

「聽你這麼一說……的確曾經聽說老鼠越來越多。」

「是啊，」包荒點了點頭，「但是，山上的老鼠反而減少了，所以並不是老鼠增加，而是在山上無法生存，所以逃到里來覓食，而且……」

包荒露出嚴肅的眼神。

「山毛櫸有助於水土保持。下雨的時候，你有沒有看過雨水順著山毛櫸的樹幹流下來？」

「喔……有啊。有時候想去樹下躲雨，結果反而渾身溼透。」

「對吧？山毛櫸的樹形導致水集中在樹幹上。」

這些雨水滋潤了附在樹皮上的藻類，並將養分帶到根部。山毛櫸會在秋天時變黃、落葉，所以樹根附近有豐富的腐葉土，因此周圍的土壤又黑又肥沃，厚實而柔軟的泥土中蓄積了大量水分，周圍的山地土壤也不會有乾旱現象。

「一旦山毛櫸樹林消失，夏天就會很乾燥。不光如此而已，山毛櫸的樹根會緊抓泥土，巨大的樹根在地下交錯，緊緊抓住山上的泥土。一旦山毛櫸倒下，就無法再抓住山上的泥土。冬天問題還不大——因為有積雪，但是，一旦進入春天，冰雪融化，融化的雪會慢慢滲入地面。」

山毛櫸樹木原本就蓄積了水，下雪之後，冰雪融化再度滲入地下。吸收了大量水分的地面當然變得鬆軟，卻沒有東西可以抓住這些泥土，所以很可能造成坍塌。

「這一帶的山都很險峻，斜坡都很陡。大大小小的里和廬點綴在這些險峻的山間，一旦發生坍塌，會造成什麼後果？」

山將會吞噬里，吞噬住在里的百姓。

「即使情況不至於這麼嚴重，如果春天發生山崩，淹沒了河流和農地，就無法播種。即使拚命搶修，也趕不上播種的季節。這麼一來，就無法指望夏天以後的收穫。而且山上失去山毛櫸樹林後會缺水，夏天一定會很乾。即使好不容易撐到收成期，山上成群的野獸會來搶食這些收成——搞不好真的會發生饑荒。」

也許是因為標仲也在山上工作的關係，他終於瞭解了包荒的危機感。他從小在山裡長大，和包荒這個朋友一起走遍很多山野，再加上工作的關係，所以對山上的環境很熟悉。正因為如此，聽到包荒的說明，立刻能夠感同身受地瞭解。事實上，山上出現了很多小規模的變化，似乎在暗示包荒的預言，雖然這些變化還不至於擾亂人類的世界，然而，一旦發生連鎖效應，不難想像會發生最糟糕的情況。

「但是——萬一發生這種情況，該怎麼辦？」

山毛櫸是因為不明疫病導致枯萎，目前沒有解決之道。

「問題就在這裡。」包荒抱頭煩惱。「這幾年來，我試了所有可能的方法，試圖阻止疫病繼續蔓延，但完全沒有效果。」

「那先砍伐生病的山毛櫸——」

「雖然試過了，但效果並不顯著。砍伐之後燒毀是最好的方法，但這也同樣毀了山毛櫸。況且山毛櫸都是大樹，人類砍伐、燒毀的速度遠遠趕不上疫病擴散的速度。」

「藥呢？」

「無藥可救。雖然試了各種藥劑，即使能夠延緩惡化的速度，也還沒有找到完全根治的藥物。」

「所以無計可施嗎？」

「真的是束手無策，勉強算是有效的方法，就是當山毛櫸枯死後燒掉，立刻種上其他樹木，種上成長速度快、樹根抓地力強的樹木。」

「會長樹果的樹，像是橡樹、栲樹，還有朴樹和樟樹——」

「但是山毛櫸不是會讓其他樹木枯死嗎？而且新種的樹木生長的速度不可能超越疫病擴散的速度。」

「……到底該怎麼辦？」

「拜託你去找，」包荒抓住標仲的手，「這是唯一的方法，去野樹上找可以用來治療的植物。」

標仲看著包荒。標仲是地官跡人，進入山野，從野樹上結出的卵果中尋找新的、有益的動植物正是他的工作。尤其植物不長腳，無法自己移動，果實掉落後，只能在那裡生根、生長。一旦生了根，翌年之後，就會靠自己的力量繁殖，但在繁殖期間，可能會被其他動植物驅逐，所以，如果想要積極尋找有益的植物，就必須有人入山選出生了根的幼苗，並加以繁殖，這正是跡人的工作。

標仲雖然是國官，但沒有資格參與民生有關的施政，只是領國家的俸祿餬口而已，如今，他終於找到可以對國家和百姓有所貢獻的事了，更何況標仲他們的家鄉西隕正位在山毛櫸樹林覆蓋的山麓。

——非做不可。他下定了決心。

只是沒想到，一路走來，竟然耗費了如此漫長的歲月。

標仲吞下了冰冷的後悔，將視線從遠方枯萎發黑的里樹上移開，低頭避開不停下著的雪，拖著沉重的步伐快步前進。

4

沿著和緩的丘陵前進，前方出現了低矮的山巒，只要越過那座山，就是這一帶最大的都市讚容。

余箭附近的道路兩側還有行道樹，顯示這裡是主要幹道，但漸漸走向山區時，那些樹也不見了。不知道是百姓為了生活所迫，砍伐了那些樹，還是因為某些災害而弄倒了樹木。道路筆直通往山區，兩側都是空曠荒涼的平坦土地。這裡就是旅店老闆說的荒地嗎？

當他確認之後，天空突然暗了下來，雪越下越大，沒有樹木的荒野中，風發出猶如地鳴般的聲音呼嘯而來。

很快就看不到前方的山巒了，就連幾步前方的路也看不到了。視野模糊，雪用力吹了過來，他甚至無法抬起頭。即使想要直走，也會被橫向吹來的風推倒，好幾次都掉進了幹道上不可能出現的、積了雪的坑洞，他才知道自己走偏了。每次都費力走回像是道路的地方，但雪越積越厚，他很懷疑自己能否持續找到路。

如果騎馬，就可以在暴風雪之前穿越這一片荒野。即使遇到了暴風雪，也可以停下來休息，靠著馬的體溫，等待風雪漸漸變小。然而，標仲在離開繼州，進入滋州時失去了自己的馬，因為那匹馬累壞了。

終於抵達滋州時，愛馬娃玄倒下了。雖然標仲很想留下來照顧牠，但他沒有充裕的時間，只能付錢請旅店的人幫忙照顧。不知道那匹馬現在怎麼樣了？會不會死了？還是被賣了？因為他讓愛馬累倒了，所以必須為此付出代價。

果然太魯莽了嗎？

雖然每次做決定都很容易，但現實並不是靠決心就能夠輕易改變的。

他在令人窒息的風雪中喘息著，想起那一次也一樣。無論如何都要找到藥。下定這樣的決心很容易，但打算實際行動時，卻不知道該如何尋找可以成為良藥的植物。

雖然他向各地的地方府下令，請他們蒐集在野樹下生長的陌生植物，但是，必須讓植物長大之後，才知道那些植物具有什麼性質。有沒有藥效？如有藥效，該如何取出這種藥效？要水煮？還是乾燥後磨粉？是葉子、根，還是果實有藥效？所有這些問題都無法在一朝一夕之間得出結論，甚至不知道是否真的有可以發揮藥效的草。

一切都只能慢慢摸索，只能把各地送來的無數植物送去繼州節下鄉的包荒府第，然後由包荒和他的胥徒實際培育、測試這些植物的效果。標仲去各地巡訪，把蒐集到的植物打包後送去給包荒，不時前往節下鄉詢問進度，但結果不如人意。原本這件事就很沒有把握。

有將近一年的時間，標仲為此傷透了腦筋，某次去節下鄉的府第時，包荒介紹了一個男人給他認識，說可以協助他一起尋找藥草。

「他是獵木師興慶。」

那個男人四十五、六歲，身材乾瘦，臉色憔悴，有一種咄咄逼人、陰沉的感覺。

「獵木師……」

標仲在內心嘀咕。獵木師是不屬於任何國家的遊民，他們在各地漂流，在野樹上尋找有用的果實，繁殖後販售，以此維持生計。他們和跡人的工作性質很像，所以標仲也經常遇到獵木師，但跡人標仲和獵木師的利害關係相互牴觸。站在跡人的立場，不允許有人擅自占有野樹的果實，更不允許根本不是國民的遊民獨占販賣果實的利益。獵木師也知道跡人的這種想法，所以向來討厭跡人。因為跡人試圖排除他們，影響他們的生計，當然不可能喜歡，說白了，他們根本是敵對關係。

興慶應該也有相同的想法，所以對標仲的態度很冷淡。

「興慶說，最好在繼州徹底尋找。」

包荒說道，他可能沒有察覺標仲和興慶之間的氣氛。

「繼州？為什麼？」

興慶回答了標仲的問題。

「因為這是上天的安排。」

標仲納悶地偏著頭，包荒說：

「據我所知，疫病始於繼州。雖然西隕並不是最初出現病變的地方，但應該是在繼州北部，在各地走動的興慶也同意我的看法。」

標仲點了點頭，他也同意這種看法。

「說起來，這是上天帶給繼州的病，既然這樣，藥就必定在繼州出現。」

「可這麼輕易斷言嗎？事情會這麼順利嗎？」

標仲表達了內心的疑問，興慶回答說：

「沒問題。」

「但是……」標仲還想說下去，興慶打斷了他。

「這種病和其他疫病的性質不一樣，顯然很異常，可以說是超出了天然和自然的範圍。」

標仲也有同感，所以點了點頭。

「樹木也會生病，但這些疫病和會導致褪色的疫病有著根本的不同，就好像熊和妖魔有著根本性的不同一樣。」

「嗯……我能理解。」

「這就像是專門攻擊山毛櫸的妖魔，是人類世界範疇內所沒有的情況，既然這樣，上天一定會給予某種可以對抗的東西。就好像可以狩獵妖魔一樣，疫病也可以狩獵。如果人間沒有狩獵的方法，上天就會賜予。野樹上一定有藥，這件事毋庸置疑。」

興慶說完，指著牆上的纜州地圖。

「既然是從北部開始，所以藥就會出在北部的野樹上。」

「該如何分辨到底是不是藥？」

標仲問。

「我剛才不是說了，是上天的安排嗎？去野樹尋找，如果見到很多，就一定是了。在特定的野樹下有特別多，或是在各地的野樹都可以見到。」

興慶說，不可能只有一株，一定是群生。基本上，野樹下不可能群生，即使有，也不可能太多。如果發現有超乎尋常大量群生的草，就很可能是藥草。

「這是上天賜予的，只要瞭解這一點，進行尋找，就一定可以找到。」

興慶話音剛落，包荒立刻「啊」了一聲。聽到他的叫聲，標仲的腦海中也閃現一個景象。兩個人異口同聲地說：

「是那個！」

標仲和包荒互看著，然後用力點頭。開始找藥草之後，他們都經常在野樹下看到一種草。那種草有點像蘭，通常都是群生，而且只出現在纜州北部的山區。

「哪一個？」

興慶看著屋內一整排幼苗。

「不是，這裡沒有，因為無法帶回來。」

標仲也點了點頭。

「第一次看到是在三年前，剛好是四處的山毛櫸開始出現明顯褪色的時候，不是有一種外形像蘭，名叫白條的藥草嗎？那種植物和白條有點像，在野樹下群生，但奇怪的是，並不會超出野樹之外的範圍。而且下一次看到時，就會都枯死了，我好幾次想採回來，但很快就枯死，根本無法培育。」

興慶拿起行李。

「在哪裡？這附近有嗎？」

「上個月看到的野樹所在的深山，距離這裡大約一天的路程。」

包荒回答，標仲和興慶急忙收拾了行李，前往那棵野樹所在的山中。到了那裡一看，發現那種草全都消失了，只好在附近的山裡巡了三個月左右，終於在其他野樹下發現了新的群生草叢。

一小片綠油油的細葉子。之前曾經在許多地方見過這種草，因為太常看到，所以標仲也留意到了。原來上天曾經多次給予提示。

他們分頭蒐集幼苗。興慶向他傳授了獵木師的做法。標仲之前都連同周圍的泥土一起挖起後，移植到容器內，但獵木師準備了用水苔蘚做的苗床，撥掉泥土後，用苔蘚將幼苗包住。天上賜予的卵果只能在落地後，在原地冒芽，但有時候那裡的泥土並不適合那種幼苗的生長。所以必須先把泥土撥掉，只保留幼苗的根。之後再一株一株種在沒有多餘物質的專用苗床上等待根長出來。苗床的製作方法是獵木師不外傳的祕方。

標仲按照指示蒐集了幼苗，帶回節下鄉的府第，打開一開，才短短的一天一夜，幼苗已經枯死了。即使將勉強活下來的幼苗移植到苗床上，也撐不過三天，所有採到的幼苗全都枯死了。

接下來才是漫長的戰爭。

標仲一次又一次入山尋找野樹，只要發現群生的藥草，立刻通知府第。興慶和包荒就立刻趕到，為了把幼苗帶回去，興慶費盡了苦心。他在挖掘幼苗時下了苦功，在用具和方法上發揮巧思，努力嘗試了各種方法。包荒通常都會留在原地，蹲在野樹下觀察幼苗一整天。他們一起摸索移植的方法，並動員胥徒測試了各種土壤和條件。帶回府第的研究遲遲沒有進展，他們就在野樹旁搭起帳篷，住在那裡研究。

這樣就耗費了兩年的歲月。然而，雖然花了兩年時間，他們還是無法讓幼苗活下來，為數龐大的幼苗在他們手上枯死。同時，在野樹下發現了更多的幼苗。上天執拗地賜予這種幼苗，久而久之，標仲他們越來越確信這就是他們要找到藥草。

在他們浪費了無數幼苗期間，山上不計其數的山毛櫸褪了色。巨大的山毛櫸不斷倒下，形成了可怕的空缺。各地也接連出現小型的山崩，老鼠四竄，飢餓的野獸闖入百姓居住的地區。

標仲也因此失去了妹妹、妹婿和外甥。

——那一年，山上所有的樹木都沒有結出太多果實。隨著秋意漸深，冬天即將來臨時，飢餓難耐的熊攻擊了廬。進入極寒期後，民眾會從廬搬回里生活，但有不少人為了最後的收穫還留在廬內，結果留在廬裡的那些人幾乎全死了。妹妹的屍體失去了下半身，她的丈夫少了半個頭和一隻手，年幼的外甥甚至連屍體都沒找到，只有沾滿血的鞋子留在廬家的入口。察覺到異狀的里人發現了慘狀，連續三天在山上狩獵，最後終於獵殺了那隻熊，但對熊來說，這必定也是一場災難。

——雖然早就料到會發生這種事。

標仲之前就提醒他們要充分注意，各地的府第也再三提醒，但並沒有發生任何作用。

他為自己無法拯救妹妹一家感到無力。雖然成為國官，鄉親都為他感到高興，說他是家鄉的光榮，他卻無法為鄉親做任何事。無法參與國政，對漸漸荒廢的國家也無能為力，甚至無法完成身為跡人的責任——採集野樹上結出果實的藥。為了彌補自己的罪過，標仲不斷送糧食回老家，但無法拯救所有的里人，不可能拯救全國饑寒交迫的百姓。在妹妹死後，母親要求他不要再寄糧食回家。因為如果只有西隕有充足的糧食，會遭到他里的人憎恨。他里的人得知西隕的廬遭到熊的攻擊時竟然說：「活該！」他們說因為骯髒的國官只照顧自己人，只保護西隕，西隕的廬遭到攻擊是上天的懲罰。

標仲無法反駁別人說他只照顧自己人，因為這是事實。

雖然他很想送糧食給近郊的人——節下鄉的人、繼州的人，甚至是這個國家所有的人，但標仲只是徒有國官虛名的小徭役，被用以和府史相同薪水僱用的小官吏而已，能夠照顧的人當然有限。

「所以，原本覺得能幫多少是多少。」

標仲看著母親的來信，忍不住說道，他的眼前是一排幼苗枯死的苗床。

「沒辦法，目前的大環境就是這樣。」

包荒用低沉的聲音說道。包荒的母親這一陣子身體微恙，飢餓導致身體更加虛弱，包荒雖然也不時偷偷送一些有營養的食物回家，但包荒只是一介鄉官，收入並不豐厚，而且時序已經進入極寒期，正是糧食短缺的季節，他們很慶幸標仲寄送了糧食。

「沒必要為此感到丟臉。」沒想到興慶竟然安慰他，「至少西隕得到了幫助，這代表多少有人得到了幫助。只要西隕的人不去搶購，其他里的人就可以買到更多小麥。」

標仲和興慶雖然一起找了兩年的藥草，但他們之間仍然存在某種鴻溝。標仲雖然很感謝興慶努力一起找藥草，但最初感受到的鴻溝好像變成了內心的疙瘩，始終無法拉近和興慶之間的距離。興慶原本就是沉默寡言的人，從他的態度無法瞭解到底是縮短了彼此之間的距離，還是拉得更開了。

「既然別人已經覺得你只照顧自己人，即使你不再寄，那些人的想法也不會改變，所以你繼續寄就好。」

「你這麼覺得嗎？」

標仲問，興慶點了點頭。

「連自己的家鄉都不想救的官吏怎麼可能救百姓，總有一天，其他里的人會瞭解。」

對跡人沒有好感的興慶這番話，令標仲感到高興。標仲點了點頭，和西隕的閭胥討論後，開始寄送更多糧食回家鄉。

之後，雖然也有人持續說西隕的壞話，但因為西隕積極把孤兒和無法動彈的病人、老人接到里家照顧，所以其他里的人也只有說說壞話而已。也許該說慶幸，因為在眼前的時局下，許多官吏都會寄送物資回老家，有些里因為這些物資而遭到襲擊，也有些里因為受到這種優厚待遇遭到嫉妒而被人縱火。

在荒廢的國家，任何悲慘的事都有可能發生。

——標仲不知道第幾次從積了雪的坑洞中爬了出來，在雪地中喘著氣。積雪已經淹沒他半個小腿，融化的雪滲進鞋子裡，冰冷的腳尖宛如刀割般疼痛。

沒關係。他告訴自己。不知道該說幸運還是不幸，標仲是仙，不會輕易凍傷，即使凍傷了，也不容易潰爛。感到疼痛代表血液流動還順暢。

他挺起痠痛的背，抬起頭，雪無情地吹了過來，視野都被雪封閉了，前方好像有好幾道灰白色的幕，遮住了去路。

這條路走對了嗎？他從懷裡拿出指南針確認。當他再度邁開步伐時，在灰幕前方看到了隱約的亮光。

5

亮光是一個老翁守著的篝火。山麓的斜坡上，有開鑿山石後形成的階梯，和被常綠樹圍起的空地，空地上的篝火燒得很旺。

終於穿越平原了，來到了在暴風雪之前看到的那個山麓。

「——你穿越那片荒地走過來的嗎？」

老翁驚訝地問，標仲點了點頭，搖搖晃晃地走到篝火旁坐了下來。

幹道旁的斜坡開鑿後形成了階梯，一片常綠的低矮樹木擋住了風。雖然只是巴掌大的空地，但中央圍著燒焦的黑石，裡面正燒著篝火。空地後方有兩間簡陋的小屋，其中一間似乎有爐灶，屋頂的煙囪冒著煙。這裡應該是為旅人供應熱水的小店，所以在篝火旁取暖也要支付木柴的錢。

「看到篝火真是太好了。」

標仲準備拿錢，問話的老翁搖了搖手。

「不用了，不用了，這種天氣不收錢。」

老翁說，在有生命危險的天候日子都不收錢。他焚起篝火代替燈光，和旅人分享溫暖，為旅人提供熱水，有時候甚至出租床位。其中一間小屋是只有柱子和屋頂的矮房，再用帳篷圍了起來，形成一間泥地的房間，但蜷縮在小屋內睡覺，至少不會凍死。

「但是……」

「我只向想要進來休息的客人收錢，先來暖和一下，把石頭拿出來吧。」

聽到老翁這麼說，標仲滿懷感激地從懷裡拿出石頭。老翁把石頭丟進篝火中，這時，一位老嫗遞給他一個裝了熱水的竹筒。

「你不是來自讚容，而是從余箭來的嗎？竟然穿越那片荒地過來。」

老嫗驚訝地說。

「我已經習慣了。」標仲用竹筒暖著手說。

標仲的工作就是穿梭在各地的山野，經常在惡劣天候中，靠著指南針和風向走在沒有路的地方。在這次的旅途中，他經常覺得，幸好自己早就習慣了。

「從這裡到讚容的路好走嗎？」

標仲問，老嫗露出傷神的表情說：

「比之前的路況好一點……但如果用走的話，可能太辛苦了。道路兩側都是山毛櫸樹林，根本無法擋風。」
標仲聞言，忍不住有點緊張。
「山毛櫸……」
「我和老頭子在這間小屋周圍種了可以擋風的樹木，所以不至於太冷。」
「最近……有沒有在山毛櫸樹林內看到變色的樹木？」
標仲問。
「喔，的確有。」老嫗回答。
老翁也點著頭。
「好像褪色一樣變白了，是不是快枯死了？」
「還沒有枯死嗎？」
「目前還沒看到枯死的樹，聽說北方有不少樹都枯死倒下了，而且那些褪色倒下的樹木還可以賣高價。」老翁笑著說：「所以我還在期待這裡能不能找到兩、三棵倒下的樹。」
「別說傻話了。」老嫗嘆著氣笑了起來。
「最近只要有樹倒下，那些徭役馬上就趕到了，他們要自己拿去賣錢，如果先下手的話，還會挨罵。」
老翁皺著眉頭。
「那些人只有在這種時候動作特別快。前面的山路有好幾個地方都崩塌了，走路的話還不至於太危險，但如果馬和貨車就很難通過。請他們來修，卻遲遲沒有動靜。」

老嫗也嘆著氣說：

「如果一催再催，就會被他們盯上，說我們未經許可就在這裡做生意。」

老夫妻以前住在如今已經淪為荒地的里，因為堤防潰堤，河水氾濫，廬家和耕地都被淹沒了。他們三餐不繼，求助無門。里府和里家之前就已經無法發揮正常的功能，堤防潰堤後，里人也都離鄉背井，里內幾乎已經無人居住。無奈之下，他們只好前往他里，但那時候無論哪一個里的人，都會把他里的人拒之門外。

「因為大家的生活都很吃緊，根本沒有餘力幫助其他人，況且，一旦人口增加，妖魔就會出現。」

標仲默然不語地點著頭。妖魔都會攻擊人口密集的地方，但人煙稀少的寒村也未必能夠躲過劫難。標仲的哥哥住在西隕，在廬內節衣縮食地過日子，沒想到仍然遭到妖魔的攻擊，全家都送了命——那是標仲剛開始找藥草後不久所發生的事。

「即使跪求他們收留，也會遭到嫌棄，所以乾脆在這裡建了小屋，開始在這裡生活。」

這裡冬天供應熱水，夏天供應涼水和少量食物，也會在城門關閉後，將小屋借給旅人留宿。老夫妻兩人以此維生，然後在小屋附近開墾了農田，去山裡燒炭，這些生意事先都未經官府許可，因為官府喪失了正常的機能，所以等於默認了他們就地合法，但如果經常找官府的麻煩，很可能被趕離這裡。

「但是……住在這裡真的沒問題嗎？聽說山毛櫸枯死的地方都出現了山崩，野獸會攻擊人類。」

老夫妻聽了標仲的話，同時笑了起來。

「這和山毛櫸沒有關係。」

標仲不再爭辯——這就是百姓普遍的反應。即使標仲和其他人提出忠告，人們仍然繼續住在山邊。他們也無可奈何，因為除此以外，並沒有其他地方可以居住，一旦離鄉背井，就失去了收入。標仲的妹妹和哥哥就是如此，住在西隕的人都一樣，但除了離開危險的地方，並沒有其他解決的方法。

只有一個例外。標仲抱緊了放下的籮筐。

這裡裝著唯一的救贖。

在標仲的妹妹他們死去的翌年，在他們開始尋找藥草的第四年，包荒為大家帶來了希望之光。

「絕對沒錯，這就是藥。」

包荒告訴大家。標仲他們仍然無法成功培育幼苗。包荒把無數枯死的幼苗集中起來，試驗是否能夠治療山毛櫸的病。最後將植物葉水煮後，將汁液兌水稀釋，讓山毛櫸的根吸收，確認怪病消失了。

「只要能夠阻止樹根繼續惡化，把枯枝連同健全的部分一起砍下，就可以解決問題。成功繁殖後，就可以拯救山野。」

這固然是好消息，卻也是令人痛苦的消息。因為他們至今仍然無法培育幼苗。野樹執拗地結出幼苗的卵果，好像在不斷告訴他們，這就是解藥，也頻繁看到群生的草叢。雖然群生的草叢數量很多，但還是無法應付為數龐大的病樹。如果無法讓藥草生根、開花結果，自然繁殖，就無法超越疫病蔓延的速度。

隔年才終於看到一線曙光，又隔了一年的春天，第一次看到藥草開了花。

清澈的藍色花朵看起來像蘭花，花心像鈴鐺，花瓣微微外翻，花瓣根部是帶了一抹綠色的白色，但花瓣前端是漂亮的藍色。花形也和用來當作藥物使用的白條很像，只是葉片比較厚實，花朵是清澈的藍色，因此包荒取名為青條。

青條的外形和白條很像，但性質完全不同。白條生長在陽光充足的地方，溪流沿岸等水源豐富的土地上，但青條不喜直射陽光，喜歡寄生在樹上。必須將幼苗的泥土撥掉，種在樹上，而且無法在樹齡太年輕的樹上寄生，最好是樹齡超過一百歲的古樹，尤其喜愛像山毛櫸這種樹皮不易剝落的樹木。

既然是治療山毛櫸的藥，為什麼沒有更早發現這種藥草喜愛山毛櫸？興慶感到自責，但標仲他們並不是沒有發現，他們曾經用山毛櫸樹林的泥土試驗過無數次，尤其因為山毛櫸的根會發出毒素，猜想這種藥草或許喜歡這種毒素，所以曾經用樹根周圍的腐葉土試了好幾次，有時候還把樹根切碎後混在土中，或是讓樹根腐爛後做成堆肥，和普通的泥土相比，效果的確比較好，但因為白條喜歡含水量豐富的泥土，所以他們之前並沒有想到把這種藥草種在樹上。

多年的努力終於有了成果。包荒終於確認了藥草的藥效，而且種了藥草的山毛櫸樹枝上並沒有感染疫病。

青條並不是容易種植的植物。雖然開了花之後就會結果，果實可以種植，但幼苗生長的環境很嚴苛，並非能夠生長在所有的山毛櫸樹上，只有在樹枝折斷，形成樹瘤的地方，或是樹枝分岔、受了傷的地方，附著的苔蘚和黴菌腐爛，變成像軟土般的地方，才能吐芽、生根，即使生了根，如果泥土在根深入山毛櫸樹皮之前掉落，幼苗也會一起掉落、枯死。

如果等待青條自然繁殖就為時太晚了，繼州北部的山毛櫸樹林以異常的速度倒下，不斷消失。

到底該如何繁殖？在他們為此煩惱不已的初夏，終於傳來了捷報。

新王踐祚。

新王終於登基了。

「如此一來，終於可以繁殖了。」

包荒露出欣喜的眼神。

「只要請新王祈願就好，當王向路樹祈願，全國的里樹就會在翌年結出果實，結出果實之後，我可以向他們傳授培育的方法。」

如果只是作為藥物，只要把健康的山毛櫸砍倒，讓樹木腐朽，將幼苗種在樹上。

雖然無法活到開花、結果，但因為可以大量栽培，所以就可以有足夠的藥草。

標仲他們欣喜萬分，然而，事情絕對沒有他們想像得那麼簡單——

標仲在不知不覺中陷入了沉思，也許沉思的樣子看起來很消沉，老夫婦以為是因為他們沒有接受標仲提出的忠告而感到沮喪，所以圍在篝火旁安慰他。

「知道了……我們會注意山上的情況。」

老翁說道，老媼也點了點頭。

「是啊，你也看到了，萬一發生意外，這裡甚至沒有可以求救的鄰居。」

「兩位沒有其他地方可去嗎？」

老翁苦笑著搖了搖頭。

「我們既沒有親人，也沒有親戚，如果無法繼續住在這裡——只能投靠某個里。現在和以前不一樣，大家都不再那麼排斥他里的人。」

標仲點了點頭。新王登基後，百姓都相信日子會越來越好過，雖然實際生活還沒有任何改善，但是對新王的期待讓他們變得寬容。

「很快就會改善……一定會越來越好。」

老翁自言自語般地嘀咕著。至少目前災害減少了，雖然今天下著暴風雪，但在這一帶，算是冬天的正常現象。當王位上沒有王時，不時發生意想不到的災害，之前堤防潰堤也是如此。據說並不是因為上游下大雨，而是下游下了令人難以置信的豪雨，導致河水逆流所致。

「在生活改善前，我們就在這裡守著幹道。」

老翁的語氣很平靜。雖然命運多舛，但仍然為些許安寧感到滿足的樣子令標仲感到心痛。他滿懷歉意，做好了別人不領情的心理準備說：

「但是，山毛櫸倒下真的是不好的徵兆。山崩之後，野獸就會出沒，熊會攻擊房子，也會有很多老鼠。」

標仲說完，老嫗笑了笑。

「這一帶也有老鼠出沒。那是新王登基後，收成增加的關係，這是好兆頭。以前連老鼠都看不到。」

標仲不知道該說什麼，和山野無緣的人很難瞭解山上的問題有多嚴重，標仲和其他人曾經多次提醒民眾，但民眾總是一笑置之，既沒有認真聽進去，也無法一起體會這種危機感。更何況隨著新王登基，民眾內心充滿希望，很難說服他們理解並非即時的危險。

新王登基後，事態也許比之前更加糟糕了。

標仲心裡想著這些事，從老翁手上接過石頭放進懷裡，然後站了起來。老夫婦一臉訝異地看著他。

「怎麼了？」

「你該不會還要繼續趕路？」

老翁慌忙制止他。

「我勸你打消念頭，今天沒辦法上路。雖然這棟小屋很簡陋，但你還是住下吧。」

「我必須走。」

標仲向他們道謝。

「謝謝，你們真的幫了大忙——或許是我杞人憂天，如果看到斜坡上流泥水，就要特別注意山上的安全，也許是山崩的徵兆，尤其在冰雪融化的季節，要特別注意。」

標仲說完，拖著還在發痛的腳離開了。兩個老人追了上來，試圖說服他留下，但標仲婉拒了他們的好意，繼續上山。經過小屋前的空地時，風立刻呼嘯吹來。幸好雪變小了，可以看到遙遠的前方。

——務必小心謹慎，因為災難才剛開始。

標仲在內心叮嚀道，握緊了籮筐的背帶。

6

風夾帶著雪，刺骨般地吹來。

雖然勝過在平地行走，但山路上的風仍然很大。即使懷裡抱著剛燒熱的石頭，吹來的風仍然無情地帶走了體溫。雪雖然變小了，但並沒有停，剛積起的雪很柔軟，每踩一步，腳都陷下去。他正走在上坡道，費力地把雙腳從雪地裡拔出來時，身體自然前傾，強風更吹得他無法直起身體。一旦抬起頭，根本無法呼吸，也無法張開眼睛。但是，當身體前傾走路時，無法確認前方的路，只能一路被風吹著走，好幾次都不慎走偏了路，每次都慌忙走回來。

——幸好沒有懸崖。

山路兩側都是樹葉已經落盡的山毛櫸樹林，因為積了雪，所以看不清到底有多少樹木發生了病變。

他沿著山路蛇行而上，中途出現了岔路。一條是蜿蜒向上的小路，另一條是寬敞的下坡道。

——終於越過了山頂。

他吐了一口氣，正打算走向下山的路，後方傳來一個聲音。「喔咿！」他聽到叫聲一回頭，看到積雪的山路上有一個黑色人影快速上山。

「不行，不可以走那裡。」

標仲走近一看，原來是山麓小屋的老翁。標仲驚訝不已，老翁跑上前來。

「幸好追上你了——不可以走那裡，那裡是坍塌的道路。」

老翁喘著氣告訴他，如果地面沒有被雪覆蓋，或是可以看清楚遠方，就可以清楚知道是坍塌的道路。

「雪下這麼大，我很擔心你萬一走錯了路。」

「所以特地來追我嗎？」

標仲不聽老翁的勸阻，執意要出發趕路，所以老翁一定急忙做了出門的準備，一路追了上來。

「真的……很抱歉。」

標仲道歉，老翁笑了起來。

「不客氣。你的腳程很快，可見經常走山路。」

老翁說完，率先走在繼續上山的小路上。

「既然已經走到這裡了，繼續前進比折返更快。再稍微走一段路就下山了，只要一下山，山麓就是讚容。」

雖然標仲很感激老翁願意和他同行，但這樣未免太麻煩老人家了。標仲困惑地停在原地，老翁回頭看著他說：

「對我來說，也是走去讚容更輕鬆。今晚我會住在讚容，買一些需要用的東西再回去。」

「不好意思……太感謝了。」

標仲深深地鞠躬，跟在老翁身後邁開步伐。

遇到這種事，他就會覺得背上的負擔很沉重。雖然只是附著了青條的一截原木，但這截原木上承載了太多東西。

為他擔心的旅店少年，把少年留在身邊照顧的旅店老闆，還有為像標仲一樣的旅人提供篝火的老夫婦，累得倒下的愛馬，以及六年來，不眠不休地尋找藥草的包荒、興慶和包荒手下的那些胥徒。

他尤其感謝興慶。無論是標仲、包荒，還是包荒手下的胥徒，都是為了自己國家面臨的危機而奔走，但興慶是獵木師，是不屬於任何一個國家的遊民，對任何國家都沒有責任和義務，他完全可以丟下這種麻煩事一走了之。

以前曾經問過興慶在哪一國出生。

那是在終於成功地讓青條生根，大家舉杯慶祝的夜晚。他們在府第附近的山毛櫸樹林內搭設的園圃小屋內，包荒和他的徒弟都醉得倒頭大睡，只有標仲和興慶還醒著，慢慢喝著剩下的酒。回想起來，那是他和興慶之間唯一的一次閒聊。

「我出生在芳國——但我對祖國的事毫無記憶。」

「你和父母一起逃離祖國嗎？」

「應該是吧。」興慶這麼回答。

興慶出生時，芳國因為發生政變而走向荒廢，他的父母可能因為這個原因無法繼續留在祖國。聽到標仲的分析，興慶說，他也不太清楚當時的詳細情況，也許即使他知道，也不願意多談這些事。總之，興慶的父親在他剛懂事時，就帶著他前往恭國，把剛滿四歲的他賣給獵木師的頭目，然後就消失不見了。

「原來是這樣，那你一定吃了不少苦。」

標仲說，興慶輕輕笑了笑說：
「我完全不記得了。我的父母——應該吃了不少苦吧。」
「你恨他們嗎？」
「恨他們也沒用。即使要恨，也應該恨國家的荒廢。」
「也對。」標仲嘀咕道。
之後，興慶就成為獵木師周遊列國。
「之後就成為頭目獨立了嗎？」
「我沒有徒弟，所以不能稱為頭目，但至少已經允許我離開頭目了。」
「但是，你以後會成為頭目吧？」
「不知道，」興慶冷淡地回答，「因為我已經和夥伴分開了。」
獨立的獵木師似乎必須要和夥伴共同行動，但興慶為了協助包荒，告別了在各國流浪的夥伴，一直留在繼州。
「所以，你以後也不能回去當獵木師了嗎？」
標仲驚訝地問，興慶苦笑著說：
「雖然外人覺得我們瀟灑自在，但我們也有自己的規矩。我破壞了規矩，所以恐怕……」
標仲不知道他付出了這麼大的犧牲。
「為什麼你願意這樣義無反顧？」

「因為我不忍心看到山野就這麼毀了。」
「我以為你討厭當官的。」
「我沒認識幾個當官的，所以也無法一概而論。雖然我和其他人一樣，對當官的抱著偏見，覺得他們只顧明哲保身，中飽私囊，但不至於心胸狹窄到在瞭解對方之前，就認定對方是這種人。」
「原來如此。」標仲苦笑著。
「況且，無論去哪裡都有好人，也有壞人。包荒是最典型的例子，包荒很照顧我們獵木師，他深諳山野的情況，比我們獵木師更瞭解。」
「包荒是山神的兒子。」
標仲笑著說道，興慶也笑了起來。
「沒錯——他很瞭解去哪裡可以找到什麼上天的恩惠，哪裡有野樹，有什麼特性，也很瞭解山上的危險，最重要的是，他不吝和我們分享。」
他告訴標仲，第一次是在山裡遇見包荒。興慶和夥伴一起上山時，剛好遇見包荒下山。興慶他們打算假裝沒看見，包荒主動向他們打招呼，問他們是不是樵夫。興慶他們沒有回答，包荒可能從他們的沉默中猜到內情，問他們是不是獵木師，然後告訴他們前方山脊的野樹上有很多果實，還叫他們注意中途的斜坡上有蜂築的巢。
「在地下築巢的蜂都很凶猛，只要一靠近，就會遭到攻擊，而且一旦被叮就完蛋了，甚至可能因此送命——他在蜂巢附近豎了旗幟，所以我們就繞開了，真的很感激他。」

在那之前，他們曾經受過完全相反的對待。進入山裡的徭役，或是當地的樵夫都認為獵木師是竊取大地恩惠的小偷，對這些遊民竟然大搖大擺地走在公地，簡直當成了自家後院感到不滿，但因為獵木師經常發現珍奇的作物和藥物，所以只能基於無奈，容許他們存在。

然而，包荒把興慶他們當作是同樣靠山吃飯的百姓，每次只要遇到，就會主動提供各種消息，只要向他打聽，他知無不言，言無不盡，天候不佳時，還會為他們安排留宿的地方。

「我也曾經去包荒位在西隕的老家打擾過，每次去附近，我們都會上門去看看，他的家人都很客氣。」

「原來是這樣。」

包荒就是這種性格。標仲為有這樣的朋友感到驕傲。

「西隕附近的山上不是有一大片山毛櫸樹林嗎？所以我不能袖手旁觀。」

「謝謝——萬分感謝。」

標仲鞠躬道謝，興慶把臉轉到一旁說：「別這樣。」

標仲知道，自己的危機意識遠遠不如包荒，包荒的視野很廣，他很擔心山野遭到破壞，為這些山野和靠山吃飯的人擔心。對包荒來說，人也是山的一部分。相較之下，標仲的視野很狹隘，他只擔心西隕的山毛櫸林毀於一旦，擔心那個斜坡一旦崩塌，整個里都會被吞噬，更擔心山上的野獸會攻擊里，導致里人鬧饑荒，深陷痛苦，甚至因此失去性命。所以，他也不希望其他里遇到相同的災難，因為也有人會為其他里的百姓擔憂，為了這些百姓，為了那些為百姓擔憂的人，必須阻止疫病繼續擴散。

每次感受到別人的善意，他肩上的責任就越來越重。

「——你為什麼這麼急著趕路？」

老翁突然開口問道，把標仲拉回了現實。老翁吐出的呼吸都變成了白色，和標仲並肩走在山路上。

「因為必須急著送一樣東西。」

「這樣啊。」老翁說道，突然停下了腳步，標仲也停下了腳步。前方有一棵大樹倒了下來，擋住了他們的去路。

「被風吹倒了嗎？但倒地的方向太奇妙了。」

老翁說完，看了看山，又看了看樹。標仲一眼就知道，那是山毛櫸。山毛櫸石化枯死，連根碎裂倒地。

「這得去通知讚容的人，否則馬車過不去。」

那棵樹並不算太粗，所以可以跨過去，但如果不把樹木移開，貨車無法通行。

標仲和老翁兩人跨了過去。

「你剛才說的就是這個嗎？」

老翁問道，標仲點了點頭。

「枯死的情況很奇妙，這種樹木真的可以賣高價嗎？」

「聽說是。」

「是喔。」老翁笑了笑說：「那就在當官的發現之前，找讚容的朋友把它拖下山。你……」

標仲瞭解老翁的意思，點了點頭說：

「別擔心，我不會說出去。」

「是嗎？」老翁又笑了，「這也是託新王登基的福。以前天上掉下來的都是災難。」

標仲沒有回答，他當初也這麼以為，得知新王踐祚的消息時，也曾經感到高興。尤其標仲當初曾經期待，山毛櫸的怪病可以從此終結。

但興慶說，不可能有這種事。這並不是因為王位無王所發生的災難，所以即使新王登基後，事態也不可能有所改變。

事實上，新王登基後，其他災禍立刻停止，山毛櫸的怪病始終不見改善，反而緩慢地，但確實地逐漸擴大。

而且，事態越來越複雜。

原本國官都必須前往王宮謁見新王，但標仲和其他下官並沒有進宮謁見。應該是那些高官擔心被派到各地的小裔役集中在國府時，會說一些不必要的話。高官在新王踐祚後整天提心吊膽，很怕失去目前的地位。雖然他們一直以來都怠忽職守、專橫跋扈，但新王登基後，他們為了自保，理所當然地做一些不合理的事。有人想要保住目前的地位，有人想要趁此機會踩在別人頭上往上爬。有人認定國府必定會改革，所以在失去官位之前大撈私財。

雖然新王已經登基，但國情非但沒有改善，反而比之前更糟。

標仲他們終於找到了藥草，新王也登基了，既然如此，只要新王祈願，就可以拯救山毛櫸樹林。標仲積極向上級報告，卻遲遲沒有得到答覆。

難道是長官不瞭解事態的嚴重性嗎？標仲這麼認為，所以遞交了書狀，書狀中寫下了事情的來龍去脈，詳細報告了山毛櫸倒下的危險性，和目前已經出現的異常變化。目前藥草在節下鄉的鄉府，希望可以獻給新王，由新王向路樹祈願。

然而，還是沒有得到國府的任何回應——新王踐祚至今已經四個多月，仍然杳無音訊。

既然沒有回覆，就只能親自送去國府。雖然很想這麼說，但這又是一大難題。青條長在古樹上，一旦根深入樹皮內，就無法再移植。一旦離開樹木，就會立刻枯死。如果可以生長在年輕的樹上，就可以將樹挖起，運送到國府，但樹齡超過百年的樹木，根本不可能運送。雖然可以砍下青條生長的部分運送，只不過如果那截原木枯死，青條也會跟著枯死。

如果標仲有腳程快的騎獸，就可以順利解決問題，但標仲只是小徧役，那匹名叫娃玄的馬是他唯一的座騎，所以他一直提出要求，希望國府派人來取，或是借騎獸給自己，卻完全沒有得到任何回應。標仲坐立難安，包荒和興慶不辭辛勞，全力以赴找到了藥草，標仲卻無法發揮任何作用。

為什麼？到底是什麼原因？即使包荒他們這麼問，標仲也無法回答。多年的辛苦終於有了成果，包荒內心充滿了期待，所以也感到極度失望。

「我已經催促了好幾次，不知道報告卡在哪裡……」

也許是覺得徒有其名的跡人遞交的報告根本不值得一聽，或是無法理解標仲所說的危機，或是有人基於某種原因把這件事壓了下來。

「……對不起。」

標仲只能道歉，包荒和胥徒也只能嘆氣。

「不意外。」

興慶低聲說道，他說話時的輕蔑語氣刺進了標仲的心裡。

即使被興慶輕視，也是無可奈何的事。標仲只是跡人，他的工作是從野樹上蒐集果實交給國家，他基於自己的職責向上報告，但照理說，上面的官吏不可能對他置之不理。

然而，這種事已經成為這個國家的常態。

無視百姓的聲音，請求救濟的訴求也被壓了下來。官吏只求自保，無視國家，也無視百姓，只想著如何榨取財富。尤其在新王登基後，這種傾向在那些擔心自己的地位維持不久的官吏身上更加嚴重。對百姓和國家不屑一顧的官吏也會被百姓唾棄，甚至可能遭到敵視。正因為如此，標仲總是把代表身分的綬帶藏在行李中，無法掛著綬帶旅行，如今的局勢已經不允許他這麼做了。

這也是不得已的事。標仲心想。余箭位於幹道的重要位置，為什麼這麼大規模的街上也不見人影？雖然因為下雪，冷得連骨子都發冷，但家家戶戶的煙囪並沒有冒煙。答案很簡單——因為無人居住。

以前曾經有足夠的人口支撐這麼大規模的城市，然而，這個城市已經變成了空洞，這代表已經失去了這麼多條人命。

沒有人住的房子越來越荒廢，沒有人走的路上到處長滿草叢，積著厚厚的雪。圍牆坍塌，門戶歪斜，周圍的平原上也沒有像樣的農地，更不見廬，連里家都無法維持，國家無法為百姓做任何事。全都是標仲和其他國官的責任，只會向百姓榨取稅收放進自己的口袋，完全不回饋於民。百姓當然痛恨官吏，恨得想要用石頭丟官吏。標仲覺得這也是無可奈何的事。

正因為如此，標仲非去不可。

他身上背著青條，要把青條送去王宮——送給新王。在青條枯死之前，必須趕快送到。

7

標仲頂著風，不時和老翁牽著手，站穩在雪地上打滑的腳步，終於爬到了山路的頂端。來到山頂後，沿著和緩的下坡道而下，看到了前方讚容的街道。當他們終於頂著雪來到讚容的城門前時，老翁露出了笑容。

「太好了，終於順利抵達了。」

標仲聽著老翁的說話聲，仰頭看著天空——太陽還沒有下山。

他問準備走向門闕的老翁：

「前面的路怎麼樣？」

「再往前走一小段就是隧道，之後就一路向下，到了山麓後，有一個不大的里。」

「要走多久？」

標仲問，老翁驚訝地轉頭看著他。

「多久？如果天氣好的話，將近一個小時就可以走到了，你該不會現在要去？」

標仲隔著厚實的雲層尋找太陽的位置，然後點了點頭。

「謝謝你陪我這一段，至少請你收下這個，當作今晚的住宿費用。」

標仲拿著錢遞給老翁。

「不要，我不能收，但你繼續趕路太魯莽了。」

「我必須分秒必爭，真的很感謝你。」

標仲握著老翁的手，硬是把錢塞進他的手裡。為了你，我也要盡快趕到下一個里——他在內心說道。

老翁想要制止他，他掙脫了老翁的手，快步沿著幹道繼續往前走。幸好從山上吹下來的風推著他前進。

他當然很想休息，但是無法預計青條能夠撐到什麼時候。一旦枯死，一切都完了，即使抵達王宮，也不再有任何意義。

他踩著雪奮力前進，前方是一個緩和的上坡道。他的雙腳沉重，腰背也疼痛不已，但是，只要加快腳步，就可以趕到下一個里。運氣好的話，還可以再多走一個里。

他知道這樣會累壞身體。之前已經累壞了，但是青條可能明天就枯死了，這份恐懼推動著標仲繼續往前走。

——沒有退路了。

青條開花之後，上天似乎對標仲他們的成功感到安心，不再賜予野樹青條的果實。雖然並不是完全斷絕，但幾乎很少再看到青條的幼苗。標仲他們手上有十三株種植成功的藥草，其中有兩株在結果後枯死了，種植果實後又得到六株幼苗，所以目前總共有十七株。

這十七株是背負國家未來的希望。

即使是現在，山毛櫸樹林仍然持續枯死，有些樹林中，一大半山毛櫸已經枯死倒地了。

沒有時間了。包荒越來越焦急。

「春天冰雪融化時最危險，融化的雪會滲入地面，地盤深處都會變得鬆軟，很可能很快造成山崩，搞不好整座山都會變形。」

包荒命令各地的府第在山毛櫸倒下的地方種植樹根抓地力強的樹木，沿著谷川修建堰堤，並蓄水為夏天做好準備，以防萬一山崩時發生嚴重的土石流。同時要求修理城牆，整修義倉，但各地的府第既沒有預算，也缺乏人手，所以遲遲沒有進展。雖然同時向上級提出建言，但山師的意見也同樣遭到了忽略。

藥草是唯一的希望。並不是只要用藥，就立刻藥到病除，即使里樹上結了青條的果實，種植、長出藥草也需要一段時間。幸好青條種子的生命力比較強，在找到完善的條件之前，可以維持種子的狀態休眠等待時機。人為繁殖時，只要種在老樹上，無論任何季節都可以生根，但並不是今天得到果實，明天就可以作為藥物使用。

「希望可以趕快得到藥草。」

但年關已近。

「希望可以在年內送到，只要王在年內向路樹祈願，明年就會在里樹上結果。」

向里樹許願卵果有固定的日子，但這是里祠為了管理祈願者所設置的日期，並不是非要哪一天許願，才能長出哪一種卵果，是里祠只在這一天接受祈願者入內祈願。

路樹也一樣。向路樹祈願時應該有某種儀式，所以習慣上會設定祈願日，但並不是非那天不可。然而，某些上天的法則無法更動，王祈願新動物時，當上天收到祈願後，會在祈願的十五天結果，在路樹結果的翌年相應時節，全國的里樹上也會結出相同的果實。

這似乎和月齡有某種關係。王在滿月的日子祈願，下一個滿月的日子就會長出卵果，翌年滿月的日子就會在里樹上結果。植物的種子有播種的適當時機，如果是適合春天播種的種子，就會在春天滿月的日子結出內有種子的卵果。

青條沒有所謂的播種適當時機，如果王能夠在年內得到卵果，就可以期待翌年在里樹上結果。如果王能夠趕在十二月中旬之前祈願，明年初，全國各地的里樹都可以結出青條的卵果。如果錯過這個時機，等到明年再祈願，全國各地的里樹恐怕得到後年才能結果。包荒說，無法等那麼長時間，他已經掌握至少有三個地方可能會在春天發生大崩塌。

從節下鄉的府第徒步前往王宮不需要兩個月，如果有馬或馬車，就能夠趕上在年內祈願——問題在於青條是否能夠活到那個時候。

王向路樹祈願卵果時，必須要有實物才能祈願，但是青條只要離開生長的樹木，就會立刻枯死，唯一的運送方法就是以種子的狀態運送，或是截取種了青條的樹木，在原木狀態下運送，但即使是原木的狀態，也無法維持太久。一旦原木乾燥枯死，青條也會跟著枯死。

「沒有種子，必須等到明年開花結果。」

那就為時太晚了。標仲他們手上只有從野樹上得到的十一株活下來的幼苗，以及用種子培育的六株幼苗。犧牲了兩株珍貴的幼苗做實驗後發現，種在原木上的青條最多只能存活半個月，短則六天。氣溫較低時，也許有助於延長生命，但也只能延長數天而已。這些都是賭博，幼苗隨時可能枯死。

「真希望有騎獸。」

如果可以，希望可以有腳程快的騎獸，但是，以標仲他們的資金和節下鄉山師的微薄預算，根本沒有能力張羅到，而且也無法臨時找到。

有沒有可以代為送去王宮的人？他們動用了所有關係，卻沒有人認識目前仍然生活富足、還有騎獸的人。正因為如此，他們再三要求國府派人來取，卻始終沒有得到任何答覆，甚至不知道國府有沒有聽到標仲的要求，不知道有沒有人能夠傳話給高官。

標仲他們拚命找關係。為了攀交情，從微薄的財產中籌錢準備了賄款，標仲甚至變賣了之前從來沒有住過的、位在王都的自宅。

十一月時，才終於找到願意為他們牽線的高官。繼州地官少府同意向國府提出要求。跡人的長官果丞歸部丞所管，少府則是部丞的長官，少府之上就是輔佐州司徒的小司徒，在國府內算是中大夫，在州內的位階是下大夫，對標仲來說，簡直是雲端上的人。

標仲拜訪了州少府，說明了相關情況。那個看起來很聰明的男人熱心傾聽後向他保證，會透過州侯直接向王稟報，也會派人去節下鄉的園圃拿藥草。標仲他們的努力終於即將有成果了。

——沒想到標仲此舉反而自招其禍。

州少府應該派人來取藥草，在此之前，州侯應該約好謁見王，並帶著藥草直接上奏，標仲他們則負責準備藥草。為了能夠安全將藥草苗送達，他們特地請人製作了籮筐，選好送去王宮的幼苗，並在準備砍伐的樹枝上做了記號，做好了萬全的準備，只要使者一到，就可以立刻砍伐、包裝。但是，前一天來到園圃的男人要求一臉訝異的標仲帶他參觀園圃，檢查了所有的幼苗後，突然命令帶來的下官用斧頭砍下種了幼苗的樹木。

「你們在幹什麼？」

標仲驚叫道。

「當然是為了運送藥草苗，這些都是本州的果實，這個府第是在州的管轄範圍內，從鄉送到州，完全沒有任何問題吧。」

「住手！」包荒大叫道：「你們這麼做，幼苗都會枯死！」

「只要在枯死之前，移植到新的樹上，不就沒問題了嗎？」

這個自稱是州果丞的男人說道。

「州少府也準備了園圃，由本州獻給國家。」

「真是異想天開。」胥徒說道。

標仲制止了胥徒，問果丞說：「你確定會獻給國家嗎？」

只要能夠確實交到新王手上，不管是誰的功勞都無所謂。

「由不得你來發號施令，不要以為自己是國官就指手畫腳。什麼時候、如何處置，得由州少府決定。」

「原來如此，」興慶語帶嘲諷地說：「枯死的山毛櫸可以賣出高價，這些藥草根本是擋人發財——還是說，你們打算等山上更加荒廢時高價出售？」

果丞一時語塞。

「但是，沒有任何經驗的人，有辦法順利移植幼苗嗎？」

聽到興慶的問話，果丞看向幾個胥徒。

「那就命令有經驗者和我們同行。誰有能力移植？你行嗎？」

果丞問身旁的胥徒，他搖了搖頭。

「我不會。」

所有胥徒都紛紛回答，事實上，只有廢寢忘食地照顧幼苗的包荒和興慶有能力移植。

「那就只能命令山師同行了。」

「但是……」果丞的下官小聲地向他咬耳朵，隱約聽到下官說：「山師歸夏官……」山師歸夏官所管，地官無法擅自決定山師的去處。

果丞咂著嘴，但立刻說：

「誰管得了那麼多，就說山師侵入地官的領地，要帶回去鞫訊。」

他試圖捏造罪行，謊稱包荒對地官做出了犯罪行為，所以要押回去調查。標仲察覺了他的意圖，忍不住感到反胃。包荒甩開了試圖抓他手臂的下官，但並不是為了逃避自己的危機，他不停地看向園圃內的樹木。即使在這個時候，他仍然惦記著拯救寶貴的幼苗。

另一名下官上前抓住包荒，把想要掙扎著逃開的包荒推倒後，正準備撲上去，突然蹲了下來，彎腰按著肚子。包荒推開下官逃開了，興慶跑到他身旁，果丞的下官倒在興慶的腳邊，下腹部一片鮮血。興慶冷冷地看著他，手上拿著開山刀。

「這些當官的就是這等貨色。」

興慶用不屑的語氣說道，露出殺氣騰騰的眼神看著標仲。

「什麼國家，什麼官吏，都是這副德行，所以才無法相信。」

我不一樣。標仲很想這麼說，但自己真的能夠很有自信地說這句話嗎？標仲為大家帶來了這場災難，甚至還愚蠢地把自己的財產投了進去，簡直就是引狼入室。

「住手！」這時，傳來一個聲音，包荒和手拿斧頭的下官扭打在一起。興慶瞥了標仲一眼，轉身離開，毫不猶豫地舉起開山刀，揮向果丞的下官。下官的手臂中了刀，斧頭掉落在地，慘叫著在地上打滾。

其他下官見狀，立刻停下了手。一個人、兩個人紛紛放下手上的斧頭，想要拔腿逃走。果丞也不例外。

「抓住他，叫士兵來。」

果丞說完，自己步步後退，留下不知所措地東張西望的下官，搶先逃走了。其中一名下官戰戰兢兢地向興慶的方向踏出一步，興慶舉起開山刀走上前去，下官立刻慘叫著逃走了。其他下官也紛紛跟著逃走。

園圃內只剩下標仲、興慶、愣愣地擠在一起的包荒胥徒，還有一臉茫然地抬頭看著樹木的包荒。

不知道該說幸運還是不幸，山毛櫸並沒有被那些下官砍倒，但其中有四棵被砍了很大的缺口，顯然已經回天乏術，恐怕會慢慢枯死。另一棵樹上較低的位置種了三株幼苗，但因為剛才的搖晃，有兩株已經掉落了。

「趕快移到其他樹上——」

包荒撿起掉落的幼苗向胥徒指示道。

「還有被砍的山毛櫸上的幼苗，試著移植。」

說完，他回頭看著興慶說：

「你快逃，你沒有理由留在這裡等著被抓。」

興慶一臉嘲諷地笑了笑。

「這怎麼行？那個傢伙很快會帶兵回來。」

包荒不理會興慶，跑去帳篷拿自己的行李，從裡面拿出錢囊，然後看著標仲說：

「你也快拿出來。」

「包荒，我——」

標仲還沒有說完，包荒對他點了點頭說：

「我知道，你只是被利用了，眼前要讓興慶趕快逃走，沒必要讓不受任何國家束縛的黃朱捲入這種事。」

黃朱是指像獵木師一樣，不屬於任何國家的人。

標仲點了點頭，從自己的行李中拿出錢囊。包荒接了過去，和自己的錢囊一起塞到興慶的手上。

「對不起，目前只有這些，你趕快逃走，逃離這個國家。只要越過邊境，就不會有人繼續追你。」

興慶注視著包荒，然後回頭用冷漠的眼神看著標仲。不知道是蔑視遭到利用的標仲，還是懷疑標仲和果丞勾結。即使遭到懷疑，標仲也無話可說，如果被他蔑視，也是自己咎由自取。標仲只能移開眼神。

「但是，這裡該怎麼辦？」

興慶問，包荒笑了笑。

「我會想辦法，到時候就說是我幹的——事實上，這麼說也沒錯，如果你不動手，我可能也會動手。」

興慶點了點頭，抬頭看著傷痕累累的山毛櫸。

「幼苗……」

「別擔心，你快走。」

包荒再度催促，興慶抓起自己的行李衝了出去。他鑽過隔開山毛櫸樹林的繩子，跑向樹林深處。

標仲目送著他離去，包荒催促說：

「趕快救幼苗，你也一起幫忙。」

標仲立刻和正在拯救幼苗的胥徒一起忙了起來——但是，這場風波導致原本僅剩的十五株幼苗中，有八株枯死了，標仲他們手上只剩下七株而已，為了能夠順利繁殖，連一株也不能浪費了。

不一會兒，州兵就趕到了。但在此之前，有聰明的胥徒跑去鄉府召集了人手，鄉官反過來指責果丞，州地官不該侵犯鄉夏官的管轄範圍。標仲的國官身分在這時勉強發揮了作用，他質問果丞，州地官憑什麼逮捕受到國官的委託，基於善意提供協助的鄉夏官？

果丞原本就理虧，但他不甘示弱，所幸包荒沒有被他帶走。如此一來，他們只能把所有的希望都寄託在剩下的唯一方法上。雖然不知道是否來得及，但標仲要親自把青條送去王宮。

送去王宮——雖然無法得知結局。即使順利把青條送去王宮，真的能夠交到新王手上嗎？他有國官跡人的綬帶，可以進入王宮，但以標仲的身分，王位對他而言，是有著天壤之差的距離。標仲提出的訴求可能被中途的官吏阻擋，而且他之前曾經聽說，新王對政務並不熱心，所以新王可能對他的訴求沒有興趣。

即使如此，他也只能這麼做。為了能夠讓新王在年底之前向路樹祈願，已經沒有充足的時間了。包荒鋸下了長了寶貴幼苗的原木，標仲帶著原木騎上娃玄的背。半個月前從節下鄉的園圃出發，今年最後一個月已經逼近在眼前。

無論如何都一定要趕到——標仲仰望著天空，鉛色的厚雲在暮色籠罩的天空中聚集，強風吹拂著無數雪花飄落。

所以，在此之前，青條絕對不能枯死。

8

標仲爬上了緩和的上坡道，那裡是鑿山而成的隧道。隧道擋住了風，他稍微喘了一口氣，當他走出隧道時，夾著雪的風立刻襲來。

沒關係，這裡是下坡道，只要移動雙腳，就可以走到山麓，到時候一定可以看到里。

他好幾次都被雪絆倒，被風吹得跌跌撞撞，沿著坡道往下走。兩腳順著坡道的傾斜，自然而然地小跑著，每次快要跌倒，每次跪在地上時，他都仰望著天空，隔著烏雲確認太陽的位置。

多走一程，再多走一個里——某天早晨醒來，發現青條枯死了。他不希望到時候再來後悔，早知道當初應該多走一點。

如果一開始就一路奔跑，如果沒有停下來烤火取暖，如果那時候也不停地趕路……這種後悔產生了椎心的疼痛。好幾次在惡夢中體會這種痛楚的剎那，好像變成了曾經經歷的事，牢牢地烙在腦海中揮之不去。

他一路衝下坡道，彷彿要逃離這份痛楚。前方的小里閭敞著門，標仲衝了進去，立刻仰望天空。太陽還在天上，還可以再走一程。他才閃過這個想法，腿就癱軟了。他雙手撐在雪地中，不停地喘著粗氣。

——站起來！太陽還沒有下山，還可以再走去前面那個里。

他激勵著自己，但雙腳發抖，完全使不上力。抬起撐在雪地中的雙手，直起身體——為什麼這麼簡單的動作都無法做到？

「你怎麼了？沒事吧？」

聽到問話的聲音，標仲抬起頭。一個高大的男人彎下腰，探頭看著標仲的臉。

「前面還有里嗎？」

「有……」

「還有多久？」

男人眨了眨眼睛說：

「大概一刻鐘吧。即使去了，那裡什麼都沒有。以前那裡還算是大城市，但現在都沒人了，房子也幾乎都沒了，更沒有旅店。」

男人說完，向標仲伸出了手。

「況且，下這麼大的雪，你沒辦法在關城門之前趕到。這裡也是什麼都沒有，但我看你今晚就住這裡吧。」

「城牆呢？」

「啊？」男人瞪大了眼睛。

「城牆還在嗎？」

如果城牆還在，一旦過了關城門的時間，就無法再進城了。但現在有很多城市的城牆都毀壞了，即使在日落之後，也可以進城。最糟糕的情況，就是露宿在屋簷下，只要能夠找到棲身的地方就好。

「不，」男人困惑地搖了搖頭，「城牆幾乎都坍塌了。」

那就沒問題了。標仲將雙手撐在腿上。不會有問題的，昨天和前天，還有更早之前，都是用這種方式趕路。

但是，撐在腿上的手突然無力地滑落，標仲一頭栽進了雪地裡。

「喂，喂，你不要硬撐，先進去休息再說。」

男人拉著標仲的手臂，當標仲被他拉起來時，肩膀感受到一股暖意。

抬頭一看，原來是一匹馬。那匹馬垂著頭，一雙清澈的大眼睛探頭看著標仲。

「這是——你的馬嗎？」

標仲被男人拉起來時問道，男人點了點頭。

「是啊……」

「拜託你，這匹馬借我。」

「開什麼玩笑！」男人叫了起來。標仲費力地站了起來。

「我會付你錢，也可以請你送我過去，只要到下一個里就好，只要到那裡就好。」

「不行，別開玩笑了。」

「是嗎？」標仲嘀咕道：「那就算了，這也沒辦法。」

標仲甩開男人的手，邁開步伐。

「喂！」男人在身後叫著他，他又踏出一步時，再度癱在地上。兩條腿像鉛一樣沉重，腳尖沒有感覺，重得根本無法抬起來。

「你已經不行了，這又是何必呢？」

「沒關係，不要管我。」

反正你不會瞭解，而且我也不知道如何說明，別人才會瞭解。

標仲無法讓別人瞭解眼前的危機，即使他費盡了口舌，也沒有人能夠理解，沒有人把他的訴求當一回事，不知道是因為別人輕視他，還是故意無視他。

就連善良的民眾也都一笑置之，西隕的閭胥也是如此，妹妹也一樣，哥哥也是。不知道他們是不瞭解，還是想要抱持樂觀的期待？或是只能抱著樂觀的期待。就連剛才在山路上遇到的老夫婦也一樣，每個人聽了標仲說的話，都只是笑著搖搖頭——就這樣而已。

如何才能讓別人瞭解他背上東西的重要性？必須分秒必爭——在希望枯死之前抵達王宮。別人不可能瞭解這種迫切的想法，即使很幸運遇到能夠瞭解的人，那必定是小偷。他們覺得既然是這麼重要的東西，就會試圖從標仲手上搶走。他曾經無數次做過這樣的惡夢。有人看到他如此呵護背上的東西，認定是貴重物品，搶走之後打開一看，忍不住破口大罵。原來只是一截木頭。然後就丟在一旁——當著標仲的面丟在一旁。或是得知標仲是國官後對他動粗，既然是小衙役這麼珍惜的東西，丟了才痛快，然後把原木丟進火裡。

就是這種貨色。興慶輕蔑的聲音至今仍然留在他耳邊。

反正我就是這種貨色。

「喂……」

「別管我，跟你無關。」

標仲說完，再度站了起來。他雙手撐地，努力掙扎著站起來。

「你夠了沒有！」

聽到男人怒吼的聲音，標仲抬起頭。男人一臉很受不了地看著標仲，他的周圍不知道什麼時候聚集了人群，臉上都露出很受不了的表情看著標仲。

「你要不要說明一下到底是怎麼回事？光是逞強有什麼用？」

標仲沒有說話，他咬緊牙關，努力想要站起來。

「你還真頑固，但要不要說句話？你身上好像背著什麼東西，你一個人能夠背負起來嗎？」

身上的負擔——很沉重，太沉重了。

標仲看著那個男人。

「……我。」

嗯？男人看著標仲的臉，好像在發問，標仲伸出因為疲勞而顫抖不已的手。

「……救我。」

男人溫暖的大手握住了標仲的手。

「我必須去王宮。無論如何——無論如何，無論如何。」

男人驚訝地張大了眼睛。

「你嗎？」

「我要把這些東西送去給新王，沒有時間休息，要分秒必爭，拜託你，至少請你送我到下一個城市。」

男人拍了拍標仲的手。

「你不覺得勉強撐到下一個城市，然後在那裡休息，和在這裡休息之後，明天再打起精神上路沒什麼不同嗎？」

「不行，這樣不行，無論如何都要現在去。一旦枯死，就什麼都完了，就真的無法拯救了。」

「拯救？拯救什麼？」

——拯救山野。拯救國家，拯救百姓，拯救還在荒廢的國家，拯救未來。

真希望可以從頭說分明，讓眼前這個男人也瞭解，但是，他沒有時間，無論如何，都必須繼續趕路。他無法忍受有朝一日看到藥草枯死，後悔為什麼當初沒有奮力奔跑。

「新王這麼位高權重，願意收下嗎？」

標仲點了點頭。應該沒問題。他如此深信。籠筐內有他的綬帶，即使標仲累倒在王宮門前，籠筐裡的綬帶和文書應該可以傳達他的訴求。只要有人願意打開籠筐，只要有人願意交給有良心的官吏。

……只要新王願意收下。

「是嗎？」男人點了點頭，撐著標仲的身體，把籠筐從他背上拿了下來。

「這可不行。」

「你別管那麼多了。」

男人把籠筐背在自己肩上，瞇眼笑了起來。

「不是要分秒必爭嗎？我知道了。」

他抱著標仲坐上馬背，標仲用力抓著馬鞍，男人把自己的上衣披在標仲身上。

「抓緊了，小心別著涼了。」

說完，他握著韁繩，邁開了步伐。

「喂！」人群中響起叫聲，「你瘋了嗎？」

「沒辦法，能走多少就走多少吧。我馬上就回來。」

男人語氣開朗地說完，立刻跑了起來。

男人牽著馬奔跑，終於來到下一個里。雪已經停了，太陽也下山了。星星俯視著被白雪覆蓋的大地，男人讓標仲坐在馬鞍上，衝進城門後，雙腿一軟，跪了下來。他放下籮筐，用力喘著氣，躺在雪地上。在城門前圍著篝火的一群人叫了起來。

「怎麼了？」

「我、一路、跑過來。」男人說：「——你們呢？」

「我們是朱旌，正在取暖，準備出發前往下一個地方。」

「太好了，」男人站了起來，「可不可以把他和東西託付給你們，他分秒必爭在趕路。」

那群朱旌驚訝地聽完男人說的話，答應讓標仲坐馬車。

「雖然不太清楚是怎麼回事，但如果只有一個人，可以和行李一起載上路。」

「可以拜託你們嗎？」

「反正我們要連夜前往州境，現在也沒有可以讓我們住宿的旅店。」朱旌笑著說。

「來這裡。」一個宏亮的聲音說道，伸手去拉標仲的身體。標仲緊抓著馬鞍的手凍僵了，男人只能硬掰開他的手指。

標仲坐在馬車上的行李堆中，蜷縮著身體抱著籮筐。如果這些朱旌把自己載到沒有人煙的地方，搶走籮筐──想到這裡，就感到坐立難安。他用力抱著籮筐，提高警惕，打算一有意外狀況，就要立刻跳下馬車。

但是，隨著馬車的搖晃，他的體力達到極限。標仲漸漸墜入朦朧的睡眠中，被人搖動肩膀時，才猛然驚醒，頓時臉色發白，慌忙東張西望，看到有一碗熱湯遞到他面前。「你能喝嗎？」一個女人的臉被熱氣模糊了。標仲緊緊抱著籮筐。

他們花了兩天的時間越過了州境。一旦休息後，標仲的雙腳再也無法動彈了。他的腳底因為繭和皸裂而破了皮，腳踝腫得像膝蓋一樣粗，腰和腿也都僵硬，連膝蓋都無法彎曲。即使如此，他仍然沒有忘記每天三次確認籮筐裡的東西，確認原木的狀態，確認青條的情況。樹枝已經失去了生機，漸漸開始枯萎，但青條仍然維持著鮮豔的色澤。

「不能移植嗎？」和標仲一起向籮筐內張望的一名朱旌問道，標仲搖了搖頭。

不屬於任何一個國家的朱旌對標仲的綬帶毫無興趣，他們只是很懷疑新王真的願意收下籮筐裡的東西。

「幾乎沒有聽到任何關於新王的傳聞，可能沒什麼能力吧。」

「聽說新王不熱衷政務。」

「希望還有熱心的官吏，願意接下東西交上去。」

標仲不發一語地抱著籮筐。即使如此——也必須去，必須在荒廢的山野繼續毀滅之前趕到王宮。

翌日來到一個大城，位在幹道要衝的這個大城竟然還維持著城鎮應有的容貌。也許可以在這裡找到馬。標仲雖然這麼想，但他已經無法站立。朱旌為他去找別的馬車，他們塞錢給卸下貨後，正打算往相反方向回去的年輕人，請他載標仲去下一個城鎮。年輕的車夫勉強答應，載著標仲到了下一個城鎮，總算在城門關閉之前，來到城鎮的門前，讓標仲下了車。標仲也終於累癱了，無論如何都無法站起來。他用顫抖的手撐在地上，努力想要讓自己站起來，卻怎麼也站不起來，兩隻腳像木棒般無法彎曲，動彈不得。

「你不行了啦。」

聽到年輕的車夫這麼說，標仲忍不住哭了起來，他像小孩子一樣重複著：「不行、不行。」不可以放棄，不可以不去。這樣太對不起興慶，太對不起包荒了，也對不起載自己跑了很久的馬，更對不起向自己提供協助的所有人——對不起百姓。

「一個大男人！」

一個粗獷的聲音很受不了地說道，從標仲手上拿起籮筐。

「不行——」

「別再鬧了。」

從人群中出現的男人說道，在標仲被淚水模糊的視線中背起了籮筐。

「只要送去就行了吧。交給我，你去休息。」

說完，他把標仲託付給妻子，在向晚的幹道上跑了起來。標仲只能看著籮筐漸漸遠去。

——竟然讓藥草離開了我。

那是唯一的希望。

當男人一路奔跑，消失在幹道的起伏下方後，標仲再也無法保持意識清晰，墜入了深沉的睡眠，聽到山毛櫸樹木碎裂的聲音宛如悲鳴般不絕於耳。

男人在幹道上奔跑。剛才看到一個大男人放聲大哭，他無法袖手旁觀。那個人說要分秒必爭，但現在在走夜路，仍然很危險，所以只能在體力耗盡之前用力奔跑。累了，就放慢速度走一段，走了一段後，再繼續奔跑。他跑了一整晚，在精疲力竭地衝進城門時，看到一群閒來無事，聚在城門附近的年輕人。

「如果你們沒事，能不能幫忙跑一段路？」

——那個時候，標仲在一棟搖搖欲墜的小房子內熟睡。昏睡的夢中，有無數樹木倒地碎裂，同時發生了山崩。斜坡雪崩掉落的砂石變成無數老鼠，吞噬了里和廬。

那些年輕人輪流奔跑。雖然他們也搞不清楚是怎麼回事，只知道是為了國家。從小在荒廢殆盡的國家中生長的他們，不瞭解為國家工作到底有什麼意義，只是他們閒著無聊，覺得奔跑、比賽體力很有趣。反正他們沒有工作，也沒有事可做，只是為了每天的溫飽打零工。他們的生活中沒有樂趣，也缺乏緊張感，即使如此，聽到是為了國家，讓他們覺得好像在做有意義的事。

不一會兒，有一個人跑不動了，又有一個人停下了腳步，最後一個人跑了五個城鎮，年輕的體力終於耗盡。

「雖然我也搞不清楚是怎麼回事，但好像是為了國家，必須送去王宮，而且越快越好。」

他把籮筐交給坐在馬車上的母子時說道。

——天空再度飄著雪。標仲終於醒來，不發一語地讓心地善良的婦人為他的腳換上新的毛巾，想著那個籮筐的事。不知道籮筐目前的下落如何，會不會被丟在某個山野？這個婦人的丈夫說，他把籮筐交給年輕人，但他瞭解那個籮筐的重要性嗎？即使他不知道，而且那個籮筐被丟掉，標仲也沒有資格說任何話。標仲——已經扛不動了。

想到這裡，他忍不住流下眼淚。他一直碌碌無為地領俸祿，卻無法完成唯一的一次義務和責任。

不知道包荒在幹什麼？不知道興慶目前人在哪裡？不知道在做什麼？想什麼？是否想過會變成這麼糟糕的結果？

對不起。他小聲說完後閉上了眼睛。兩條腿腫到了大腿，既無法彎曲，也無法活動，兩隻手也一直腫到手肘，通紅的手指僵硬，好像努力想要抓住什麼。

——女人對著同樣紅透的手指吐著氣，握緊了轠繩。

她轉頭看向後方，兩個兒子小心翼翼地抱著籮筐，坐在撿來的木柴中間。丈夫為了養活這兩個兒子出門賺錢，之後就失去了音訊。今年秋天的連日多雨引起了山崩，吞噬了丈夫最後出門工作前往的城鎮。不知道他在那裡遇難了，還是拋下妻兒，去了某個地方。她只能拚命耕種荒地，冬天在兩個年幼的兒子協助下，去山野撿木材，駕著馬車載趕路的旅人，賺一點小錢過日子。

她的境遇並不算太糟，至少她還可以和兩個兒子共同生活。她賣了在里內的房子後買了馬，兩個兒子個子瘦小，卻毫無怨言地一起工作。雖然很冷，雖然很餓，但兩個兒子沒有哭鬧，乖乖坐在馬車上抱著籮筐，依偎在一起注視著山野。

荒廢殆盡的國家、不再結出果實的大地，這兩個孩子會有怎樣的未來？新王雖然登基了，但真的能夠拯救百姓嗎？她一個女人家無法瞭解這些事，只知道日子並沒有變得好過，街道仍然一片荒蕪，到處都感受不到任何生機。

「只要把這個交給王，日子就會慢慢好起來吧？」長子問。

「是啊。」女人心情複雜地點了點頭。雖然她很希望如此，但無法相信，只是不願在孩子面前提這些事，至少要讓孩子擁有希望，不要讓他們對未來、對世界感到絕望。

「王一定會幫助我們。」

聽到大兒子對小兒子這麼說，她握緊了轠繩。

雖然她不知道到底是怎麼回事，只知道要分秒必爭，相信籮筐中裝著希望。

——籮筐中。

標仲在深夜猛然醒來。隔著沒有紙，也沒有玻璃的小窗戶，看到半個月亮凍結在天空中。

這個國家。

將會走向何方？新王能夠拯救這個國家嗎？自己是否為拯救這個國家做了該做的事？是否為了迎接新時代，做了自己該做的事？

山野能夠讓我們生存下去嗎？還是對國家和百姓都不抱任何希望，從此走向毀滅？

他突然想起動物溫暖的感覺。娃玄在離開繼州後就倒下了。娃玄和他一起在各地旅行，不知道是否就這樣死了？牠從節下鄉的園圃走到那裡，已經鞠躬盡瘁了。如果——如果還有機會回到那個城市，希望可以去打聽牠的下落，如果牠已經不幸身亡，一定要厚葬牠。

他的腦海中浮現出一個又一個熟悉的身影。包荒、興慶，和那些不辭苦勞，努力工作的胥徒。西隕的人，目前仍然住在山中的年邁母親。

真希望有朝一日，所有的人都能夠得救。

標仲祈禱著，一整晚都沒有闔眼，迎接了早晨的來臨。相同的時候，駕著馬車的母親來到岔路，把籮筐託付給一位遠親。雖然並沒有深交，但女人記得以前曾經聽他說，他因為做生意的關係，曾經去過王宮。

遠親的男人接過籮筐，兩個小孩一次又一次拜託他。雖然男人接過籮筐時，內心感到困惑，但還是語氣開朗地說：「不必擔心。」然後摸了摸他們的頭，跳上了馬車。他不想讓老馬太累，這匹馬是他唯一的財產。然而，兩個孩子真摯的眼神打動了他，他無法背叛他們的眼神。

無論如何，先去王宮再說吧。到時候該要求見誰呢？

男人以前曾經去過王宮，但只是去送貨而已，並不認識當官的，更沒有和當官的有任何私交。現在那些當官的，如果不賄賂買通，會願意見平民百姓嗎？能不能找到在王宮內當下人的熟人？

他絞盡腦汁思考，想到大部分人都已經離開國府，有些人甚至死了。政變、暴動，王都也同樣發生了災害或是遭到妖魔的襲擊，死亡的人數遠遠超過邊境的里、廬所失去的人口。先王的殘暴，和之後多年王位無王，導致國土極度荒廢。他的父母也被先王殺了，他十歲出頭就成了孤兒，雖然有一個妹妹，但有一天，年幼的妹妹也被一群男人帶走，從此沒有再回來。辛苦多年後終於有了家人——他的妻兒也被暴徒攻擊，離開了人世。

這個國家真的能夠重新站起來嗎？

隨著這些痛苦的記憶，他突然想到一件事。之前出入王宮時，曾經聽一起做生意的朋友說，新王任命的新地官遂人很通情達理。

男人不瞭解國府官吏的職掌範圍，既然同樣有地官的綬帶，應該可以把籬筐交給遂人。至少不會推說不屬於他的管轄吧。

——叔叔，拜託你。

沒問題啦。他在心裡嘀咕著，鞭策著老馬在幹道上狂奔，一路駛向關弓。離玄英宮還有兩天的路程。

＊

好不容易迎接新年的這一天，仍然下著雪。節下鄉的山毛櫸樹林也飄舞著雪花，包荒守著青條。

不知道標仲是否順利抵達了王宮。

標仲離開後，又有兩株幼苗枯死了，他不抱希望地去各處的野樹巡視，好不容易又找到四株幼苗。

——必須好好保護。

正月中旬，新月的夜晚也下著雪。

邊境這個荒廢的里沒有為新年慶祝的聲音，今天一如昨天般到來，然後離開。又有一個里人死了，如今，整個里只有八個人。這天晚上男人靠著的里樹樹枝幾乎都是黑色的。

男人——興慶默默抱著膝蓋，心不在焉地凝視著飄落在腳下的雪花。

他原本打算逃離這個國家，但無論如何都無法放棄。興慶沒有故鄉，也不記得自己出生的祖國，對之後到達的各個國家也幾乎沒有記憶，他甚至想不起父母的容貌。

他在各國流浪，從未在任何國家落腳，他從來不在任何一個國家、任何一片土地停留，也向來不受任何束縛。正因為如此，他無法忽略包荒和標仲對故鄉的那份感情。

如果可以像他們一樣深愛、疼惜某一片土地，不知道該有多好。

他對不存在的故鄉充滿望鄉之情，基於這份情感，他離開繼州後，穿越光州，來到通往柳國國境附近的地方，然後就留在那裡。

興慶感到依依不捨，無法就這樣離開邊境。

不知道包荒之後怎麼樣了。雖然應該不至於有什麼大問題，但應該不會代替自己被捕吧——還有標仲呢？

標仲雖然徒有國官的頭銜，卻是什麼都做不了的小衙役，但他想要拯救家鄉的心情如此真切。他對自己無能為力感到焦急，當州府的官吏衝進園圃時，興慶原本以為他和州官狼狽為奸，但他現在應該仍然在為拯救家鄉——拯救包括家鄉在內的百姓而努力不懈。

他的努力是否能夠改變什麼，就不得而知了。

來到這個里之前，興慶看過許多里、廬。已經荒廢至此的國家，只因為新王登基，就可以拯救整個國家嗎？

他無法放棄最後一線希望，繼續留在偏僻的寒村，白天幫里人做一些打雜的工作，一直在這裡等待。

當他吐出一口氣時，水珠滴落在他的鼻尖。

抬頭一看，拂曉的天空下，暗銀色的樹枝在他的頭頂上伸展，樹枝中間結出了黃色的小果實。

飄舞的粉雪落在指尖般大小的果實上，緩緩融化成水滴。水滴沿著果實的弧度滴落。

又一滴水珠落在興慶的鼻尖。

興慶站了起來，用凍僵的手包住那顆小小的果實。

風信

1

兒時的玩伴明珠說，她對當時的事情記不太清楚了。蓮花感到羨慕不已。

蓮花這輩子恐怕都無法忘記那年春天的事。

那年春暖花開時，蓮花剛滿十五歲。清晨灑下耀眼的陽光，天空萬里無雲。空氣中已經有了夏天的味道，母親身上的白色麻質上衣感覺格外清爽。為了準備迎接夏天，母親把屏風搬到院子裡清洗。屏風放在石板上，在蓮花的記憶中，母親一直很珍惜這個花梨木雕刻屏風，花朵形狀的大小雕花有規律地排列在屏風上，冬天的時候，母親都會糊上紙擋風。過了一個冬天後，屏風都被火盆的煙燻成了淡灰色，看起來有點髒。於是就攤在院子的地上，從水井汲水灑在屏風上清洗。

母親挽起袖子，白皙豐腴的手臂被水淋溼後閃著光。蓮花從母親灑水淋溼的地方開始把屏風上的紙撕下。當天氣漸漸轉暖之後，就會撕下屏風上的紙透風，每次撕下屏風上的紙，蓮花就知道，夏天要來了。

撕下泡軟的紙，再用稻草擦拭屏風。溫暖的水摸起來很舒服，黏在屏風上的紙好像汙垢般擦了下來，漸漸露出花梨木富有光澤的木紋。蓮花用稻草用力擦拭，年幼的妹妹在她身旁撕紙玩耍。蓮花輕聲斥責把紙戳了一個又一個洞、發出歡聲的妹妹——

妳戳破之後，我很難撕啊。

妹妹聽到她的斥責，用手指撕下一小片溼掉的紙遞給蓮花。不知道她打算拿來送姊姊，還是要告訴姊姊，自己也在幫忙。蓮花忙著擦拭，不理會妹妹，妹妹用紙屑丟她，但溼紙屑黏在手指上，甩也甩不掉。甩了半天之後，紙屑黏到她鼻子上，母親見狀笑了起來。

真是的。蓮花又好氣，又好笑地嘀咕時，前院傳來有人用力敲門的聲音。坐在通往大門的穿堂內，滿臉笑意地看著院子的老僕人臉色大變地看向身後。之前在穿堂前加裝了一道門，老僕人坐在那道門前。他猛然站了起來，從門上的窺視孔向外面張望，同時向蓮花她們揮著手掌，示意她們趕快逃。

趕快離開院子躲起來。

母親倒吸了一口氣，立刻抱起年幼的妹妹，向蓮花伸出手。白皙豐腴的手臂仍然沾了水，柔軟的手掌和纖細的指尖。蓮花正想牽母親的手時，母親的手突然彈開，漸漸離她而去。啊。蓮花聽到一聲短促的呼吸聲。抬頭一看，母親和手上抱著的妹妹都中了標槍。

蓮花嚇得說不出話，只見頭頂上有一個陰影。回頭一看，黑色的妖獸懸在空中。妖獸上的士兵面無表情地看著蓮花。母親倒地時傳來沉重的聲音，影子在蓮花頭上拍動翅膀，迅速飛向北方。

——她清楚記得到此為止的每一個細節。水的溫度和摸起來的感覺，水滴反射陽光的樣子。還有母親的聲音、氣味、妹妹的頭髮打了結，被風吹動的樣子，還有笑的時候，臉頰像桃子一樣紅。

然而，接下來的一切就像隨著急流所看到的景色。母親倒在石板上，鮮血漸漸流了出來。老僕人和父親趕了過來，鄰居家也傳來了慘叫聲。父親跪在母親身旁，老僕人摟著蓮花，帶她來到屋後。蓮花很想繼續留在那裡，但身體好像不屬於自己般不聽使喚。她被老僕人推著一路奔跑來到後院，和鄰居家之間圍牆上的小門打開了，鄰居明珠搖搖晃晃地從小門出現。

她和蓮花一樣，身穿男兒服裝，面無血色，雙眼空洞。明珠的祖父把她推出小門，摟著蓮花的老僕人用另一隻手牽著明珠，雙手分別摟著她們，跳進了後院基臺的拉蓋內。

拉蓋下是昏暗的通道，將地下的泥土挖空後，再用原木和木板擋住泥土。地上很溼，汙水發出臭味。

這時，蓮花才終於發出聲音。她呼喚母親、呼喚妹妹，呼喚著父親。蓮花不停地叫著，老僕人捂住了她的嘴，拉著她走向通道深處。蓮花拚命掙扎，但還是被拉著走向前，突然頭頂上又有一個人跳了下來。那是住在屋後那戶人家的妻子和女兒。她前一年才嫁給住在後面的年輕教師，她們和蓮花一樣，從拉蓋跳了下來。「快去吧。」頭頂上傳來年輕教師的聲音，然後用力蓋上了拉蓋，但是，年輕的妻子站在原地不動，伸手推著拉蓋，呼喚著丈夫的名字。老僕人沒有理會年輕的妻子，拉著蓮花和明珠逃向通道深處。

前進了一段路，來到用原木架起的階梯前，沿著階梯往下走，是一個用石頭建起的空間。那裡已經有三個男人，拉起角落的拉蓋，下面是漆黑的地洞。蓮花和明珠被推進洞內，蓋子蓋上後，上面傳來移動物品的聲音。

蓮花和明珠在黑暗狹小的空間內緊緊抱在一起。明珠很安靜，蓮花甚至懷疑她沒有呼吸。腳下是泥濘，還積著水。蓮花緊緊抱著明珠——也可能只是自己想要抱著明珠尋求慰藉——拚命忍著嗚咽。因為什麼都看不到，也什麼都不想看，所以用力閉上雙眼。

女人必須離開這個國家。聽說之前頒布了這樣的命令，但是，蓮花和母親都不想離開父親，也不想離家，所有的女人都不希望離家。像蓮花那樣年輕的少女都打扮成男孩的樣子，更年長的女人都躲在家裡。為了以防萬一，家裡裝了好幾道門，後院裝了小門，挖了地下室和地下通道。

——但是，沒有人想到真的會因此受罰。

大家都以為只要躲在家裡就好，只要悄悄地從祕密通道去找鄰居的小孩子玩，除了不出門，只能在房子和院子裡玩耍，就可以和之前一樣過日子。母親雖然不再出門買東西，但平時和之前一樣在家裡忙進忙出，打掃家裡、做三餐，照顧蓮花、妹妹和父親。蓮花雖然不再去學校上課，但也和之前一樣和隔壁的明珠一起玩，幫忙媽媽做事、照顧妹妹。父親和老僕人看到蓮花她們不能出門，每次出門回來，都會帶各種禮物給她們。河裡撈到的小魚、當季的花卉、不起眼的玩具和一些漂亮的小東西。雖然有些不方便，但這種被人守護著、足不出戶的生活有一種奇妙的安心感，就好像暴風雨的日子，在安全的家裡被家人守護的感覺。

——完全忘記外面的狂風暴雨。

完全沒有想到因為那是暴風雨，只有外面有災難，所以才能夠安心在家裡。

對不起。蓮花一次又一次道歉，卻不知道在向誰道歉。我誤會了。對不起，下次我一定好好做，一定會很認真、賣力地做好，所以，讓時間回去，讓我可以重來，至少回到今天早晨醒來的時候。

蓮花抱著明珠的背，一次又一次祈禱著。明珠似乎感染了蓮花的嗚咽，也無聲地啜泣起來。明珠一次又一次地小聲說：「這不是真的吧。」蓮花沒有回答，不一會兒，明珠發出均勻的呼吸聲睡著了。蓮花也昏昏沉沉地打起了瞌睡。明珠好幾次問：「妳在嗎？」蓮花在半夢半醒中回答：「在啊。」

不知道第幾次醒來時，頭頂上傳來咕咚咕咚的聲音。那是拉蓋上方的東西移動的聲音。蓮花倒吸了一口氣，用力抱緊明珠。明珠醒了，想要發出驚叫，但慌忙吞了下去。拉蓋打開，微弱的光照了進來，同時有人問：「沒事吧？」蓮花這才鬆了一口氣回答說：「沒事。」打開拉蓋的是一個有點年紀的陌生男人，他把蓮花和明珠從地洞裡拉了出來，來到充滿陽光的世界。

來到戶外後，蓮花和明珠相擁而泣。外面什麼都沒了。

為了把躲在家裡的女人逼出來，士兵放火燒了房子。火災把蓮花和明珠家的那一排房子，和住在房子裡的人全都燒了。從地洞裡被救出來的蓮花和明珠哭著走在燒毀的廢墟中，撿了好幾塊不知道是誰的屍骨——這就是和家人的告別。

父親和老僕人都被士兵殺了。明珠的母親和姊姊也被殺了。空行師突然出現，毫無預警地射箭殺人，士兵衝破大門闖進屋內。明珠的父親和哥哥想要掩護明珠逃走，也一起被殺了，她的祖父在付之一炬的房子內無處可逃，被活活燒死。但是，明珠說她完全不記得這些事，也不知道那一天到底是怎麼開始的，只記得和蓮花一起被關在漆黑的地方，然後有人把她們救了出來。

「雖然我應該和媽媽、姊姊在一起，但完全不記得自己做了什麼。」

明珠這麼說道，很羨慕蓮花對很多細節都記得一清二楚。

但是蓮花不記得母親的笑容，只記得母親對著妹妹笑，只記得那是無憂無慮的開朗笑容，卻無法清楚回憶起笑容的樣子。她只記得從母親手肘滴落的水滴，和屏風在灑水、擦拭之後發亮的木紋。

為什麼無法記住該記的事？早知道應該好好端詳母親、父親和妹妹的臉龐，至少該仔細觀察從那天早晨醒來之後，到宛如惡夢般為止的瞬間，將那段平淡無奇而又平靜的時間，好好牢記在心裡。

蓮花滿懷著後悔，和明珠牽著手走在路上。她們無法繼續留在從小長大的地方。這裡的大人決定隱匿所有的女人，結果遭到懲罰示眾。原本應該保護百姓的州師襲擊民宅，士兵只要見到女人就格殺勿論，抵抗的男人也都成為刀下亡魂，僥倖活下來的男人只能送倖存的女人離開家園。

蓮花和其他人——從年邁的老婦人到年幼的女孩——結伴沿著幹道走去南方。她們從征州越過州境進入建州，然後繼續前往麥州的港口，離開這個國家。這是她們活下去的唯一方法，她們只能不停地往前走。

剛到建州時，蓮花在旅店內醒來，發現身旁的明珠不見了。大家立刻分頭尋找，結果發現明珠浮在旅店旁的排水溝裡。老婆婆安慰蓮花說，一定是不慎失足滑了下去，但蓮花知道並不是這麼一回事。因為前一天晚上睡覺前，明珠把她心愛的戒指送給蓮花。明珠說她越來越瘦，戒指一直掉落，所以要送給她。

「萬一遺失的話，不是很蠢嗎？所以我想送給妳，妳要好好保管。」

這種感覺就像離別，真讓人難過。蓮花當時這麼想，沒想到一念成讖。

在陌生的土地埋葬了兒時玩伴，蓮花和其他人再度上路。旅途上，有一半的人消失了，也有人因為生病無法繼續前進，還有人死在路上，或是不知道什麼時候消失了，可能有幾個人做好了被殺的心理準備回頭了，或是和明珠一樣，不願意繼續往前走了。

蓮花和其他人鬱悶而行，好像葬禮的行列，在麥州附近一個叫攝養的街頭看見了弔旗。奪走了蓮花一切的王死了。

那天是蓮花踏上旅程後第一次放聲大哭。既然王這麼輕易死了，父母和妹妹不就死得很冤枉嗎？還有老僕人、明珠的家人以及左鄰右舍——還有明珠，如果他們再多撐一段時間，就不必死於非命。

蓮花哭得傷心欲絕，發高燒臥床不起，當燒退了之後，覺得整個人都空了。世界的一切就像舞臺布景般失去了厚度，一切都像夢境般失去了真實，自己的記憶和感情也好像變成了別人的事。照顧蓮花的那些女人欣喜若狂地說，這下子終於可以回家了，但蓮花說，她不想回去。即使回去也沒有意義，因為那裡已經沒有任何人了。

「但是——」

周圍的女人想要說服她，卻不知道該說什麼。

「我要留在這裡，不再去任何地方。」

她決定不再前進。雖然無法像明珠那樣拋開所有的一切，但她不願意繼續隨波逐流。

蓮花決定留在攝養。女人們為她在攝養尋找住處，因為她並不是在攝養出生的，所以無法進入攝養的里家，但女人們為她找到一個正在招募下人的家，她獨自留了下來。

當時即將進入盛夏季節，但攝養也是一個冷清的城市，雖然不見戰亂的痕跡，但人口很少，周圍的很多農田也都荒蕪。蓮花跟著一個有點年紀的老人，來到近郊的園林，卻看不到房子，只有一片濃密的樹林，蟬聲如雨，綠樹之間有一個大水池。

她跟著老人走進巨大的松樹樹枝遮頂的大門，經過寬敞冷清的前院，來到前門的門廳時，有一個五十多歲的男人等在那裡。

男人自我介紹說，他名叫嘉慶，是郡春官的保章氏。蓮花不知道名為保章氏的官吏是幹什麼的，只是感到納悶，為什麼要住在這座郡城內？為什麼要住在近郊這個好像廢棄的園林內，還是說，這裡只是嘉慶的別墅？

蓮花茫然地想著這些，嘉慶帶她去見了一個老人，用平靜的聲音告訴她，老人會教她所有工作上的事。

「我猜想妳需要一段時間適應，不必著急，慢慢來，先把身體養好。」

蓮花知道嘉慶在關心她，所以回答說：「謝謝。」同時漠然地想道，這裡的工作應該不會太辛苦。

2

蓮花投靠的地方名叫槐園，那裡更像是苑囿。庭院和房子圍繞著大池塘，農田和畜舍點綴其間，也有負責耕種、照顧家畜的人居住的、和廬差不多的小村落。這裡原本是郡太守的別墅，如今已經沒有當年的影子，每棟房子都破舊冷清，大部分都無人居住。

只有保章氏嘉慶、他的三名下屬，以及協助他們的幾名胥徒住在這裡。除此以外，就只有老僕人和蓮花。池塘對岸的小型廬內住了好幾個男人和女人，但他們獨立生活，並不是嘉慶的僕人。

「那些人在幹什麼？」

蓮花問，名叫長向的老人回答說：

「平時在這裡耕田、照顧家畜，他們都是攝養的人，所以把這裡當成廬居住。」據說是受春官府的委託，這些人不必去近郊的廬，而是在槐園的廬內生活，他們似乎對保章氏的工作有幫助。

長向說，保章氏是掌管祭祀的春官之一，負責編撰黃曆。雖然蓮花之前曾經想到，應該有人印刷黃曆，但完全沒有想過有人在編撰黃曆，甚至完全不知道原來每年的黃曆都是由人編撰的。

蓮花目前的工作是協助長向做三餐，以及把茶和飯端去給嘉慶他們，長向告訴她說，嘉慶吩咐，她可以自由支配其他時間。

「聽說妳離鄉背井，經歷了漫長的旅程。妳吃了不少苦，所以就先好好休息。嘉慶大人很寬容仁慈。」

蓮花很感謝嘉慶的關心，但覺得既然沒有太多事情需要張羅，根本不需要特地僱人，難道是同情自己的遭遇，所以才僱用自己嗎？有一天早上，她問了長向這件事。

「那我就不知道了，如果有人對他說，有一個可憐的女孩需要幫忙，他應該會幫忙。」

「郡官很有錢嗎？」

所以才能發揮慈悲心，照顧素昧平生的女孩。聽到蓮花這麼問，長向笑了起來。

「應該不至於貧窮，但嘉慶大人的生活也不奢侈，應該說，嘉慶大人和其他人在衣食上都不講究。」

長向停頓了一下。

「也不光是發揮慈悲，最近嘉慶大人可能上了年紀，經常腰痛，這種時候就會請人幫忙做事。原本這裡還有兩個女僕，但那個命令頒布後，她們都離開了。即使沒有她們，家裡也都安排得很妥當，所以我對是否真的需要僱人存疑，但也可能是因為我快退休去里家的關係。在我離開之前，妳慢慢學會這裡的事就好。」

說完，他把一包早餐遞給蓮花。蓮花點了點頭，帶著早餐去建在小坡上的高樓。雖說是高樓，其實只是比較高的小房子而已。兩個樓層都只有一個房間，三樓是一個狹小的瞭望臺。來到高樓時，蓮花沒有打招呼，就直接走了進去。她按照老人的吩咐，穿越空蕩蕩的一樓，沿著不時發出聲音的樓梯來到二樓。嘉慶的下屬——候氣清白在這個四面窗戶都敞開的房間內。

「我送早膳過來了。」

蓮花說道，看著窗戶的清白「嗯」了一聲。清白是一個又矮又胖的年輕人，他是郡官，已經昇了仙，所以實際年齡無法靠外表判斷，但看起來像是三十歲左右。他一隻手拿了一塊細長的玻璃板，不時放在眼前，然後又拿開，不停重複做相同的動作，好像在比較肉眼看到的風景，和隔著玻璃所看到的風景。

他在幹什麼？蓮花感到納悶，在書桌上挪出空位，把早餐放在上面。高樓的二樓放滿了各式各樣的東西，從來沒有整理得井然有序，書桌和架子上也從來不會空著。或許是因為這個原因，送給清白的三餐都不用餐具，都是可以一手拿在手上吃的食物。

「請問我可以放在這裡嗎？」

即使蓮花發問，清白只是心不在焉地「嗯」了一聲，把玻璃板拿起又放下，看著窗外，不知道他到底有沒有聽到。蓮花看著清白片刻後問：

「請問……你在幹什麼？」

她誠惶誠恐地問道，清白把玻璃放了下來，回頭看到她，驚訝地眨著眼睛，好像現在才發現蓮花在那裡。

「如果我問了不該問的事，請你原諒。」

蓮花向他道歉，他再度眨著眼睛，好像在記憶中搜尋，眼前這個人是誰。蓮花已經連續三天為他送三餐了。

「不是……呃，妳是新來的胥嗎？」

「不是，我只是僕人。」

「喔，原來是這樣。」清白說完，指了指窗外說：「我在觀察空氣的清澈度。」

蓮花聽了他的解釋還是不太瞭解，但內心忍不住感到驚訝，他果然沒有注意到每天來這裡送三餐的自己。「是嗎？」蓮花回答道。第一次介紹時，清白看著放在書桌上的圓筒，心不在焉地應了一聲，蓮花就懷疑，他可能連自己的名字都沒記住，現在發現他真的沒記住。

好奇怪的人。蓮花在心裡嘀咕道，向他鞠了一躬。清白從天亮之前到深夜都一直守在這裡，只有睡覺的時候才回去嘉慶和其他人住的正院，而且經常不回去睡覺。但是，這棟高樓並沒有臥室，只有簡單的胡床可以用來睡覺。胡床是用竹子做成的折疊躺椅，蓮花難以想像郡官會在這裡睡覺，但除此以外，這裡並沒有其他可以睡覺的地方。

這個人真的很奇怪。蓮花這麼想著走回正院時，看到園路旁的草叢內有一個瘦長的身影。原來是候風支僑，和清白一樣，他也是嘉慶的下屬。支僑又瘦又高，和清白剛好相反，年紀看起來四十多歲，但有時候看起來更年輕，有時候又覺得他更老。支僑和清白一樣，幾乎很少回到正院，除了晚上和吃飯時會回到正院，其他時間幾乎都在戶外，現在也蹲在草叢內，不知道在找什麼。

「早安。」

蓮花向他打招呼，他的身體彈了起來，回頭看著蓮花。

「喔喔……早安。」

打完招呼後，他看著蓮花剛才離開的高樓。

「原來妳剛才去清白那裡，辛苦了。」

他笑著說完，提著一個小籃子從草叢中走了出來。他剛才摘了什麼東西嗎？蓮花忍不住問：「你剛才在幹什麼？」他笑著遞上籃子，蓮花探頭一看，忍不住倒退了幾步。裡面有好幾個蟬的空殼。

「這是……」

「很厲害吧，我從剛才一直在找，找到這麼多。」

支僑總是很開朗，說話彬彬有禮，但和清白一樣，蓮花不太能夠理解他們說的話。

「……是蟬嗎？」

「是蟬殼。」支僑說完之後又問：「咦？妳會覺得噁心嗎？」

「呃……至少、不會喜歡。」

「是嗎？」支僑似乎有點失望。

「你撿這些幹什麼？」

「我在蒐集。」

蒐集這種東西幹什麼？蓮花茫然看著支僑的臉。

「我一直在蒐集，把這些蟬殼排在木板上。」

「排在木板上？」

「對，按順序排成一排。」

「是喔。」蓮花應了一聲，她真的無法理解為什麼要把蟬殼排成一排。

「那個……剛才清白大人拿著一塊玻璃板看來看去，他在幹什麼？」

蓮花問道，但她並不是特別想知道，只是不想再談噁心的蟬殼而已。

支僑嘀咕著「玻璃板」，抬頭看著高樓，從這裡也可以看到清白在高樓的二樓看著窗外。

「喔，他在調查空氣有多清澈。」

「是喔。」蓮花小聲應了一聲。支僑的回答和清白一樣，她當然同樣聽不懂。

「那塊玻璃板上黏上了有點模糊的玻璃，把幾塊長度不同的玻璃板黏在一起。如果最左端只有一片，逐漸往右時，就會變成兩片、三片，逐漸增加。」

原來如此。蓮花心想。剛才的確看到是這樣。

「隔著那塊玻璃板——」支僑指著高樓，「觀察裝在欄杆上的目標，然後再不用玻璃，看池塘對面角樓上的目標，比較兩者的感覺，確認空氣的清澈程度相當於幾塊玻璃。」

蓮花點著頭，看向池塘的相反方向。池塘不遠處有一座角樓，外牆中間有一塊圓形白板。之前就很納悶那是什麼，原來是這個用途。

蓮花雖然瞭解了，但並不是很在意，聽了支僑的說明後，也沒有太大的興趣。

「是嗎？謝謝。」

蓮花鞠了一躬。支僑也讓人搞不太懂。確認了這件事後，她轉身匆匆離去。

那天在花廳吃晚餐。那是池畔兩層樓的樓閣，面向池塘方向有一個露臺，夏天晚上坐在那裡很舒服。建築物內所有的門戶都敞開著，到處點了燈火。蓮花和長向把料理排放在大餐桌上時，嘉慶和另外三個人難得一起進來吃晚餐。

嘉慶最先走進來，腋下夾著一疊資料，看到正在張羅晚餐的蓮花時問：

「身體有沒有好一點？」

「有，已經完全好了。」

然後，她又說了聲「謝謝」，但她不知道自己的身體是否真的好了，如果身體已經好了，是否在為此道謝，只是目前的身體並沒有任何不舒服，也不覺得工作辛苦。

「是嗎？」嘉慶說完，注視著蓮花的臉。雖然蓮花沒有說謊，但覺得嘉慶似乎識破了這並非她的真心話，所以忍不住低下了頭。

「我相信妳有時候會感到難過，記得要說出來。」

蓮花倒吸了一口氣。他是指工作的事？還是指其他事？

蓮花沒有回答，隨著一陣倉促的腳步聲，掌曆醉臥走了進來。醉臥是一頭白髮的年邁老人，瘦弱矮小，總是忙得團團轉。他是嘉慶的第三個下屬。

醉臥也很少來正院，平時整天窩在書房內，和堆積如山的書堆、資料打交道。雖然嘉慶也一樣，只是嘉慶總是氣定神閒地坐在書桌前，醉臥卻一下子翻這本書，一下子找那份資料，很少安安靜靜地坐在那裡。吃飯的時候，手上也總是拿著資料，時坐時站，或是忙著說話，一刻都停不下來。

「喔，蓮花今天精神也很好嘛。」

醉臥每天見到蓮花都這麼說，但每次不等蓮花回答，他就轉身離開了。今天也一樣，蓮花還來不及回答，他就把手上的資料放在餐桌上，從裡面抽出一本書，匆匆走到嘉慶身旁。

「我果然說對了，我找遍了資料，都沒有你說的紀錄。」

「不可能。」

「不對不對，你記錯了，要算總和、總和。」

醉臥用「你」稱呼上司，把書放在嘉慶面前時，清白和支僑聊著天走了進來。清白也抱著一大疊資料，支僑抱著一塊木板。

看到支僑放在餐桌上的木板，蓮花嚇得往後退。比書大一倍的木板上排列著蟬殼，用線固定在木板上。

——他真的把蟬殼排成一排了。

「哪有人把這種東西帶來這裡，」醉臥突然說道：「把年輕姑娘嚇壞了。」

「這個嗎？」支僑眨著眼睛問。

「當然啊，女人和小孩都討厭蟲子。」

「這不是蟲子，這是脫下的殼。」

「一樣，一樣。把這種東西放在食物旁，別人會覺得你沒教養。把蟬殼排在木板上有什麼好高興的？真是讓人無法理解。」

醉臥說完，快步走了過來，把木板從餐桌上拿下來，放在空椅子上。然後就像頓時失去了興趣般，快步跑回嘉慶身旁，繼續滔滔不絕說了起來。

醉臥也讓人難以理解。蓮花在內心嘆著氣。

「有這麼可怕嗎？」

支僑有點難過地看著木板，蓮花慌忙搖著頭。

「呃……沒有。只是、這些蟬殼有什麼用處？」

「比較啊。」支僑回答：「像這樣按不同的種類分類，放在一起就可以比較大小，也可以比較殼的狀態。」

「喔，」蓮花點了點頭，「比較——之後呢？」

支僑驚訝地回答：

「就這樣而已啊。」

蓮花愣了一下，吐了一口氣，覺得的確難以理解。

醉臥坐在那裡一陣狼吞虎嚥後，起身對嘉慶、清白說話。清白只有在醉臥和他說話時才抬頭，其他時候都一邊吃飯，一邊在資料上寫東西。嘉慶應付著醉臥的同時，看著蟬殼，和支僑說話。

——這幾個人都很奇怪。

蓮花這麼想道，突然覺得胸口好像有一團冰冷的東西。

這些人很奇妙，好像遠離塵世的一切。蓮花之前生活的世界那麼悲慘，家人遭到殺害、明珠跳河身亡，王頒布了不合理的法令，讓百姓過著悲慘的生活。王遭到報應駕崩了，這個國家沒有王。在蓮花住的城市遭到襲擊之前，這個國家就已經開始荒廢，每個大人都在嘆息，從來沒有過上安穩的日子。王崩殂後，日子比以前更加辛苦。

這些人怎麼看待苑囿外面的世界？

至少從來沒有聽他們談論過外面的世界。蓮花心想。也許對他們來說，苑囿外的荒廢和國家的未來，比蟬殼更沒有價值。

蓮花有點生氣地在一旁服侍著。他們吃完飯，拿著酒杯聊天時，蓮花默默地收拾了碗盤。

「妳不必這麼生氣。」

長向在廚房洗碗時說。

「支僑大人並沒有惡意。」

「不，」蓮花慌忙擠出笑容，「我並不是為蟬殼的事生氣……我聽不懂大家說的話，所以有點累了。」

「是嗎？」

「嘉慶大人他們每天在幹什麼？」

「在調查很多事。」

「調查？」

「對啊，因為他們的工作就是編撰黃曆。」

長向在說話時，俐落地洗著碗盤。

「每天都要觀察天氣和風向，觀察生物和草木的生長，全都要紀錄下來，和過去的紀錄進行比較。」

「為了編撰黃曆嗎？」

「對啊，」長向說完之後笑了笑，「妳家以前做生意嗎？沒有種過田？」

蓮花點了點頭，她的父母把廬家和農地都借給別人，自己在城鎮做生意。

「馮相氏決定了黃曆的基本，尤其是國家的馮相氏，根據日月星辰的狀況計算出日和月。黃曆上不是有冬至、夏至之類的節氣嗎？曆註上還標了凶吉，這些都是馮相氏根據日月星辰的情況計算、預測後決定的。」

「決定？日和月也是決定的？」

「是啊，比方說，今年沒有閏月，是因為馮相氏判斷今年不需要。黃曆完成後，交給各郡，再由各郡的保章氏補充曆註，再發給各鄉進行調整，所以黃曆不都是由各鄉發行的嗎？」

蓮花想起從里府領回來的黃曆上的確有鄉的名字。

「蓮花，妳有沒有看過正統的黃曆？」

蓮花偏著頭。

「黃曆還有不同種類嗎？」

「當然有啊，像我這種人，每年年底領了翌年的黃曆，就不會再多看一眼。」

「我家也是。」

「對吧？但是，農民都會領到這種黃曆。」

長向說著，拿出一本書。蓮花眨了眨眼，父母平時從里府領回來的黃曆都是一大張紙，住在附近的老人還會同時領到一本小冊子，上面有很多曆註等占卜的內容，但長向手上的黃曆比小冊子厚好幾倍，封面上寫著「薦引曆」。

「這裡是薦引鄉嗎？」

「對。比方說——立秋過後，很快就是處暑。妳看這裡，在處暑的這裡寫著『禾乃登』。」

蓮花看著長向指的地方，點了點頭。

「這就是稻子開始結穗的時期。」

「禾乃登就是稻穀都成熟的意思……」

長向點了點頭。

「我的黃曆上也有這些內容，但是……」

長向指向密密麻麻的小字。蓮花探頭看了起來。

「放田水，雀勝豬，落雨徵兆搶收割……」

「嗯，在這個日子之前，一定要把水田裡的水放掉。比起野豬，今年更要注意麻雀造成的危害，如果水氣充沛，有可能連續下雨。如果感到不安，最好還是搶先收割。這些都是家公大人他們做了很多調查的結果。」

蓮花聽得目瞪口呆。

「國土遼闊，有寒有熱，所以各郡的保章氏必須根據實際情況，預測今年的氣候，寫成曆註加以補充。各鄉再根據各郡保章氏所寫的曆註加以調查，發行黃曆。農民根據黃曆進行農務作業。」

蓮花翻閱著長向遞給她的黃曆，發現上面寫著詳細的曆註。該播種的作物、該收成的作物、農田和水田的照顧方法、照料家畜的注意事項，以及打漁時的注意事項，預防災害的警戒事項。

「我們看的黃曆省略了這些內容，所以稱為抄曆或抄本。黃曆和抄曆不同，會一次又一次修正。通常會在每個季節修正，請民眾去領取。以後應該會有更多修正內容，黃曆越來越重要了──因為畢竟現在王位無王。」

蓮花驚訝地抬頭看著長向，長向重重地點著頭。

「……即使是那樣的王，有沒有在王位上還是大不相同。之後的氣候會出現異常，災難頻傳。一旦農民耕種失敗，百姓就會挨餓。」

蓮花緊緊抱著黃曆。

「原來家公大人他們做的事這麼重要。」

3

翌日，蓮花和往常一樣去為清白送早餐，清白就像第一次見到他時一樣，看著書桌上圓筒狀的東西。

「這是——什麼？」

蓮花問，清白告訴她，那是可以把小東西放大觀察的工具。清白看著圓筒狀的東西得意地說，那是從範國帶來的。清白在說話時，一隻手不停地移動著圍棋的棋子。他並不是在下圍棋，而是把盒子裡的棋子移到另一個盒子裡。蓮花很想問他在幹什麼，但清白沒有抬頭，蓮花鞠了一躬，只好離開了。

回去的途中，看到支僑和昨天一樣蹲在草叢裡，八成又在找蟬的空殼。

「早安。」蓮花打著招呼，支僑抬起頭，笑著回答：「早安。」然後有點害臊地把手上的籃子藏在身後。

「你今天也在找蟬殼嗎？」

蓮花問，支僑點了點頭。支僑的年紀和蓮花的父親差不多，雖然是大人了，卻像小孩子一樣容易害臊，蓮花覺得他很滑稽。

「要不要我幫忙？」

蓮花問。支僑立刻笑容滿面地問：

「妳真的願意幫忙嗎？」

「對啊，只要找蟬殼就行了，對嗎？」

支僑用力點頭，興奮地告訴蓮花，要在草叢的哪裡找，找到了要怎麼撿起來。

將近半個小時後，支僑的籃子裡裝滿了蟬殼，草叢裡的蟬殼都被撿光了。

「這個草叢已經搞定了。」

支僑得意地自言自語，蓮花再度覺得他很有趣。

「這對觀察氣候有幫助嗎？」

一起走回正院時，蓮花問支僑。支僑偏著頭說：

「不太清楚，雖然我覺得可能有幫助，所以這幾年持續蒐集。」

這麼不確定嗎？蓮花內心有點驚訝。

「這座山的半山腰有一棵野樹。」

支僑指著池塘北側的小山。

「這些蟬應該都是在那棵野樹上結果的，因為這附近並沒有其他野樹。結出卵果後掉落，裡面有很多幼蟲。妳有沒有看過蟬的幼蟲？」

蓮花搖了搖頭。

「有點像毛毛蟲，這些幼蟲鑽入地下，花好幾年的時間在地下移動，最後來到那片草叢。」

蓮花忍不住回頭看著草叢，然後又看向那座山。

「從那麼遠的地方？」

蓮花太驚訝了。人走路到那裡，恐怕也要花半天的時間，小毛毛蟲要爬那麼長的距離？而且是從地下鑽過來？

「對幼蟲來說，的確是遙遠的距離，牠們從樹根吸取樹液，以年為單位移動，在那片草叢終於爬出地面，變成了蟬。」

支僑說完，用充滿犒慰的眼神看著籃子裡的蟬殼。

「蟬會在泥土中生活數年到十數年，所以，只要看蟬的空殼，就可以想像牠們在地下期間，過著怎樣的生活。」

在氣候良好的環境下，只要能夠吸到樹液，幼蟲就會很快長大。否則就會延緩變成蟬的速度，蟬殼也會很小、很脆弱。

「既然已經瞭解這種情況，想必和地下的氣候有密切的關係。地面上的氣候由清白負責調查、紀錄，還不太瞭解地下的情況，也不知道和地面的情況是否相同，但地下的情況對靠土地生長的植物狀態有很大的影響。」

「喔，」蓮花低聲說道：「所以觀察蟬殼，可以瞭解地下這幾年的狀態嗎？也能夠知道樹木和草木的生長狀況嗎？」

支僑笑了起來，「沒錯。」他用力點了點頭，又害臊地低下了頭，「我希望能夠瞭解，所以拚命蒐集。同時請求各地的候風協助，這一陣子都在做紀錄，只是不知道能不能總結出結果。」

支僑說，最好的方法，就是實際培育蟬，然後加以觀察，但養蟬似乎比想像中更加困難。麥州有州候風熱心培育蟬，但結果並不理想。

「真希望可以像清白一樣使用工具，紀錄下確實的數據。」

「對了，今天清白大人看著一個圓筒，移動著棋子。」

「大概在計算花粉吧。可能沒答理妳吧，對不起，真是失禮了。」

「他回答了我，只是沒有抬起頭。」

支僑笑著說：

「一旦移開視線，就會不知道數了多少花粉。真對不起。」

支僑根本不需要道歉，但他還是微微欠身向蓮花道歉。他果然很奇怪。蓮花這麼想著，但心裡暖洋洋的。

他們並沒有忘記塵世，為了幫助生活在艱困時代的百姓而努力工作——蓮花這麼想道。

夏去秋來，在秋意漸深時，蓮花已經學會了所有的工作，可以取代長向完成大部分工作。長向經常笑著說：「接下來就交給妳，我可以退休了。」只是遲遲不見他退休，他反而很樂意和蓮花一起做雜務。蓮花也感到很高興。在寒風吹起之前，一個年長的女人回來了。蓮花很擔心自己會失業，但嘉慶似乎無意辭退她。多了一個人手後，蓮花的工作減少了，自然而然地開始幫忙支僑和清白做事。

實際協助他們的工作後，蓮花覺得原本以為他們在幫助百姓努力工作的評價似乎太誇大了。支僑和清白——包括嘉慶在內，他們都很熱衷於自己的工作。他們很喜歡調查各種事物，但只熱衷於自己的工作。正如長向以前所說的，除了自己有興趣的事以外，衣食玩樂都不在他們的眼裡，也幾乎不在意塵世的事。正確地說，是他們根本忘記了外界的事。

即使瞭解到這一點之後，蓮花也不再像以前那麼冷眼看他們。因為嘉慶他們熱衷於製作準確度很高的黃曆，也知道為什麼要製作值得信賴的黃曆。正因為牢記這件事，所以才會有強烈的責任感和自豪。蓮花觀察他們之後，清楚瞭解到這一點。

聽說出現了新王的傳聞時也一樣。

雖然先王崩殂了，但那是因為先王主動退位，宰輔平安無事，所以新王就相對比較早出現。聽說秋天的時候出現了新王，但又有人說，那是偽王。新王控訴國官勾結，排斥自己；國官則稱新王是偽王。因為這個原因，導致各地出現了紛爭。長向帶回消息說，恐怕將面臨真正的戰亂。

吃飯的時候，長向提起這件事，醉臥和清白聽了目瞪口呆。

「喔喔——」醉臥驚訝得說不出話，「——對喔，王之前駕崩了。」

蓮花發自內心地感到驚訝，長向似乎也有同感。

「我知道各位不諳世事，但以為至少知道這件事。」

「當然知道啊，只是一時忘記而已。」

醉臥說，清白也點著頭。「是這樣嗎？」長向嘆著氣。
「我說的是可能要打仗了，戰火搞不好明天就會飛來這裡。」
「我們又不是士兵，」說話的是支僑，「我們的工作並不是打仗。」
「我說的是要做好心理準備。」
長向語氣強烈地說道，嘉慶用帶著勸戒的語氣說：
「即使開戰，百姓還是照樣得過日子。」
「如果像蓮花的家鄉一樣付之一炬，百姓就無法生活了。」
蓮花聽了，心裡一沉。
「我不是這個意思，而是說，即使打仗，百姓還是得吃飯，還是得每天過日子。」
支僑聽到嘉慶這麼說，也立刻補充說：
「即使所有人都去打仗了，老人、小孩和身體不便的人還是會留下來。」
嘉慶點了點頭。
「現在的確沒有王，國家將面臨各種災難，百姓必須和災害、妖魔與戰亂這些會帶來苦難的眾多敵人奮戰，但是，只有和苦難對峙奮戰，才是唯一的正道嗎？」
長向聽了，沒有說話。
「奮戰是正道，支持百姓的日常生活不也是正道嗎？」
「是，」長向點了點頭，「所言甚是。」
看著長向誠惶誠恐的樣子，蓮花在內心重複了這句話，支持百姓的日常生活也是正道。的確，即使烽火連天，百姓也必須每天過日子。既然這樣，就必須有人支持百姓的生活，協助百姓能夠每天好好過日子。雖然這不是什麼英雄的行為，但確實需要，也很重要。

4

秋意越來越深。苑囿的農地也都收割完畢，在苑囿旁的山丘上放牧的牛羊也都被帶回畜舍旁的牧場。

在協助支僑和清白後，蓮花經常去廬。這裡主要由胥徒在和民眾一起生活的同時，進行各項調查工作，但支僑、清白和嘉慶也經常去廬。

負責廬的胥徒每個月都會在花廳聚會，每次都會邀請在廬生活的民眾一起參加，好像舉行宴會般熱鬧。每當廬內舉行小型的祭典或是有喜事時，有時候也會邀請嘉慶和其他人參加。

在廬生活的人按照嘉慶他們的指導做各項紀錄，同時挑戰各種嘗試，所有人都充分瞭解氣候和農務的關係，或許因為這樣的關係，他們也經常提出各種提議和建議，嘉慶和胥徒也都虛心接受。

跟著嘉慶他們出入廬之後，廬裡的人也越來越疼愛蓮花。和踏實工作、生活的人之間的交流，讓蓮花感到極度懷念。要把夏天的衣服收起來、該換厚衣了，這些平淡無奇的家常話滲入了蓮花的內心，連她自己都感到驚訝。蓮花剛來這裡時，幾乎都只有男人，隨著秋意漸深，出現初霜之後，有幾個女人、孩子回來了。

「我帶著這個孩子逃亡，」前幾天才剛回來的女人說：「外面真的太亂了。」她在麥州的港口等待前往雁國的船隻時，聽到王崩殂的消息，所以急忙趕回來了。

「雖然我丈夫拿了錢給我，嘉慶大人也給了我盤纏，但因為不知道這種逃亡的生活要過多久，所以也不敢隨便花錢，只不過即使省吃儉用，商人看到還在喝奶的孩子，就會趁機敲詐。」

女人嘆著氣，抱起孩子。

「說什麼那裡有妖魔，那裡又有內亂，都是一些不好的傳聞，根本搞不清真假，完全不得安寧。」

女人說完，抱著孩子巡視著池塘周圍的風景。

「真的很慶幸回到這裡，終於可以安心呼吸了。」

蓮花點著頭。苑囿內的生活很平靜，這裡雖然是廬，但還是苑囿的一部分，和外面的世界隔離。郡保障了住在廬內的人的日常生活，在各方面都提供了方便。

「雖然知道外面的人仍然過得很辛苦，但旅途上整天擔心不知道什麼時候會被士兵追趕，什麼時候會被草寇襲擊，真是累壞了。現在終於回到這裡，真是太好了。」

「我能夠體會。」蓮花點了點頭，支僑剛好來叫她。支僑似乎已經和廬裡的男人談完事情了。

「那就走吧。」

聽到支僑催促蓮花，女人搖著孩子笑著說：

「妳協助支僑大人工作真辛苦，今天要去哪裡？」

「要去山上，找老鼠的寶物。」

「是喔。」女人笑了笑，蓮花向她揮了揮手，說了聲：「改天見。」跟在支僑的身後離開。

「那裡的斜坡似乎不錯。」

支僑指著池塘北邊那座山的西側說道。今天一大早就吹起了冷風，但跟在支僑身後爬上斜坡時，身體開始流汗。支僑來到斜坡後，在一棵大樹旁停下腳步，仔細檢查地面後，終於開口說：

「啊，是這個。」

蓮花順著支僑所指的方向看去，發現盤在地上的樹根之間，有一個很小的洞。

「這是森鼠的巢穴，但在這裡尋找，會驚擾到好不容易安定下來的森鼠，我們去洞穴的附近找一找。」

「附近？洞穴嗎？」

「有時候會埋起來，有時候會藏在樹葉或石頭下方，還有像這種落地的樹枝下面。」

「寶物就藏在那裡嗎？」

「那是森鼠眼中的寶物。」

「喔。」蓮花應了一聲，蹲在地上翻動巢穴周圍的石頭和樹枝，撥開落葉。她邊找邊移動，翻動倒在岩石旁的朽木時，發現朽木下方的落葉之間有什麼東西動了一下。仔細一看，是渾身長了毛，身體圓滾滾的大蜂。

她輕輕尖叫一聲，立刻向後彈開，巡視周圍後，抓起一塊石頭，正準備砸過去，支僑慌忙從蓮花的手上搶走了石頭。

「不行，不可以。」

「別擔心，牠現在很弱。」

大蜂動作很緩慢，也不像要飛起來，現在應該不會被牠叮到。

「不行，不能殺牠。」

「但是……」蓮花指著大蜂。

「牠會叮人啊，很危險。」

「這種蜂不會叮人，牠是最後倖存下來的，不要打死牠。」

「倖存」這兩個字打動了蓮花，她看著支僑。

「這是熊蜂，因為個頭很大，所以看起來很危險，但其實只吸花蜜，蒐集花粉，是很乖巧的蜂。」

——乖巧？

蓮花看著在枯葉之間爬動的大蜂。牠有著黑色透明的翅膀，身體長滿了毛，有像老虎般的斑紋，比經常看到的蜜蜂大了好幾倍，看起來也很凶猛。

「這種蜂不會像虎頭蜂或是長腳蜂一樣隨便攻擊人類——當然，如果覺得自己面臨危險時，還是會叮人。」

「但是……」

「雖然牠看起來很大，但是和蜜蜂屬於同類，既溫和，又勤快。」

「真的……不叮人嗎？」

「別擔心，更何況現在天氣冷了，牠動作也很遲鈍。」

「是喔。」蓮花在支僑身旁蹲了下來。

「既然和蜜蜂同類，其他蜂群呢？」

「沒有了，都死了。」

「啊！」蓮花看著支僑，支僑好像小孩子一樣，把手撐在蹲地的腿上托著腮，看著蠕動的大蜂出了神。

「熊蜂和蜜蜂一樣成群築巢，但無法像蜜蜂一樣一起過冬，只留下女王蜂，其他熊蜂都死了。只有女王蜂能夠過冬。」

「只有牠一隻而已？」

「對啊，牠只能孤獨地過冬，克服寒冷，到了春天，就會去野樹上摘素卵。」

「……素卵？」

「素卵就是卵的材料。雞蛋無法生小雞，不是嗎？必須向里樹祈禱，才能有小雞和小鵝，但是，野鳥和昆蟲不一樣，野樹上會結出素卵。」

雖然不同種類的素卵大小不同，但據說是像珍珠般顏色的小顆粒。

「相較於蜂的身體，蜂的素卵很大，差不多是小顆的珍珠那麼大。女王蜂在春天醒來後，就去野樹帶素卵回來，然後一直抱著產卵，接著就孵出工蜂，擁有新的蜂群，重新築巢。」

支僑說完，輕輕把倒地的樹木放回原位。

「熊蜂很勤快，也很歡快。如果牠們不辛勤工作，樹上就無法結果。我們是靠熊蜂工作帶來的恩惠才有樹果可以吃。咦？」

支僑在樹木旁落葉隆起的地方翻找著，找到了橡子，在冬天的陽光下閃著光。

「原來寶貝在這裡。」

「這就是老鼠的寶貝？」

「是啊，森鼠為過冬準備的。牠們真的很努力啊。」

支僑計算了橡子的數目後，又放回了原來的位置。蓮花按照支僑的指示，將數字紀錄在帳冊上。確認完畢後，又去其他地方尋找。花了一下午的時間，在附近發現了好幾個蒐集了橡子的地方。

「這些森鼠在今年秋天很勤奮，也許今年的冬天會特別寒冷。」

蓮花納悶地偏著頭，支僑微笑著說。

「人類以外的動物對氣候的變化比人類敏感多了。」

5

支僑說得沒錯，那年冬天特別冷。春天的腳步也姍姍來遲，好不容易迎接了春天，也因為持續多雨，很少見到晴朗的日子。廬的作物生長緩慢，結出的果實也很小，原本打算再等一陣子、再等一陣子再收割，結果那些果實還沒熟透就腐爛了。

「今年的春天真不舒暢。」

長向好幾次都忍不住這麼說。只要這種陰雨天氣持續，他的腰腿就很疼痛。雖然蓮花很想幫他的忙，但最近她都得協助支僑和清白的工作，很少有時間幫長向的忙。每天送早餐給清白之前，都要在固定時間測量水井的水溫。為了計算時間，蓮花也負責為範國製的昂貴時鐘上發條。每天為時鐘上發條，在早上固定的時間去正院旁的角樓敲鐘。然後送早餐給清白，在那裡協助他工作之後，再去幫支僑做事。長向曾經笑著說，她簡直變成了支僑的徒弟。

偶爾會在長向出門採買或辦事時，跟著他一起出門。蓮花剛到攝養時，這裡很冷清破落，但這一陣子的氣氛和以前稍有不同。原本逃離攝養的女人紛紛回來，街道上漸漸有了活力，但也同時看到很多滿臉疲憊的旅人身影，他們為了躲避內亂和災難離鄉背井，來到了攝養。

有了新王的傳聞似乎不假，只不過至今仍然無法確認到底是真王還是偽王。各州、各郡對這件事抱著不同的態度，像攝養這種沒有明確表明態度的城市難免整天提心吊膽。

「鄉城應該很煩惱，不知道該站在那一邊。」

長向說。不知道是否因為初春陰雨不斷的關係，作物的價格上揚。因為今年的冬天特別冷，社會底層的百姓把為數不多的儲蓄都用來買了木炭。也因為這個原因，每次去街上，就覺得治安越來越差，空氣中瀰漫著荒亂不安。

「你真的認為是真王嗎？」

「這個嘛，我就不知道了。麥州的人說不是，征州很早就支持新王，迎接新王進了州城。」

聽說建州的州侯也支持新王，但攝養這種偏遠的郡還沒有表明立場，尤其靠近麥州的三郡偏向認為是偽王。

「是喔。」蓮花小聲嘀咕。每次離開苑囿，就覺得外面的空氣很凝重，而且覺得外面的世界和以前一樣不安、憂鬱和動蕩，和之前並沒有太大的改變。脫離常軌的詔令高掛，也因為這些詔令在街道四處放火——那個時代的空氣一直持續到今日。

——真是受夠了。

蓮花發自內心感到厭倦，所以回到苑囿時，心情就格外輕鬆。她瞇起眼睛看著久違的陽光，長向說：「今天沒什麼事，妳可以四處去逛逛。」雖然支僑或清白很快就會來叫她幫忙做事，但她想在此之前，好好享受燦爛的陽光。

蓮花離開正院，走在池塘邊的園路上。住在廬裡的人在池塘北側種了花，從昂貴的觀賞植物，到隨處可見的草花應有盡有，設置成階梯狀的區域開滿了鮮花。

蓮花在園路旁的一塊石頭上晒太陽，看著暖風吹來，池塘表面泛起的漣漪。蓮花的前方有一片開闊的圓形草原，她突然發現草原的半空中出現了一個點。

那個像是黑色豆粒般的東西停在空中。蓮花納悶地看著，發現一直停留在原地微微搖晃的黑點突然動了起來，飛向空中，飛向旁邊放工具的小屋，然後又飛了回來，停在半空中。

蓮花定睛細看，發現好像是昆蟲。一隻很大的昆蟲停在半空中，好像在等待什麼，然後好像突然想起似地飛向小屋，不一會兒，又飛了回來。牠在幹什麼？蓮花好奇地走向小屋。

那是一間很普通的簡陋小屋，在這個季節卻美得如同夢境。爬上小屋屋頂的薔薇綻滿了潔白的鮮花，覆蓋了整個小屋。去年秋天時結了滿滿的紅色果實，許多鳥都來吃這些果實。

來到小屋旁，發現許多大蜂在花叢中飛來飛去。蓮花有點害怕地停下腳步，忍不住輕聲叫了起來。

身上有像老虎般條紋的大蜂。

「……熊蜂？」

她戰戰兢兢地走了過去，薔薇的香氣撲鼻而來，好幾隻熊蜂在薔薇花叢周圍飛來飛去，即使蓮花靠近，牠們也不以為意，繼續在花叢中飛舞。

蓮花蹲在從小屋屋頂垂下來的薔薇枝旁，枝頭綻滿了白色鮮花，宛如白色的瀑布，也有幾隻熊蜂聚集在那裡，身體鑽進了白色花中。

「太好了……原來有了這麼多同伴。」

還是應該說，牠們是家人？這代表在倒地的樹木下忍受著冬天的女王蜂獨自克服了寒冷。

在花叢中飛舞的熊蜂一刻也不停，飛進宛如伸出手掌掬著陽光的花瓣，把身體鑽進花蕊中。身上黑色和茶色相間的毛又短又蓬鬆，沾滿了金色的薔薇花粉。牠們抖動著黑色透明的翅膀，用腳蒐集在花中飛舞時、沾在身上的花粉。腳的根部有一個金色圓形的花粉球，牠們忙碌地蒐集花粉，花粉球越滾越大。

這些熊蜂似乎也有個性，有的默默蒐集花粉，有的太貪心，花粉球因為太大而掉落，也有的機靈地撿起其他熊蜂掉落的花粉球，沾在自己的腳上。

呵呵。蓮花笑了起來，突然發現自己流下了眼淚。她並不是感到難過，而是對這些在馥郁的芳香中，把身體埋進白色美麗花朵辛勤工作的熊蜂充滿了愛憐。閃閃發亮的翅膀、柔亮的體毛、鮮豔的金色花粉，翅膀拍動的嗡嗡聲隨著風聲，和鳥啼聲一起，奏出令人慵懶入睡的安逸音色。
——但是，這些辛勤工作的熊蜂，到了秋天就會全部死去。
大自然的無情。
即使如此，生命仍然持續誕生，生生不息。
蓮花小聲地說：
「……加油。」

6

然而，沒多久之後，就發生了那件事。當時，蓮花正在高樓的三樓協助清白。高樓最上方的狹小空間差不多只有一個小房間那麼大，四周只有柱子和窗戶，只能發揮瞭望臺的作用。清白在窗戶外放了一個平臺，上面放了各種觀測風向、風力、雨量、雪量的工具，以及吸附花粉和沙塵的工具。清白都會定期保養這些工具，蓮花那天正在幫忙保養。

除了這些工具以外，地上也放了好幾個工具和架子，雖然只有清白和蓮花兩個人，但也沒有足夠的空間移動身體。當蓮花坐在擠出來的空間擦拭工具時，清白突然叫了起來。

「那是什麼？」

蓮花聽到聲音猛然回頭，清白的身體探出窗外，看向東方——攝養市區的方向。

蓮花驚訝地站了起來，同樣看向東方，注視著像熊蜂般停在市區上空的黑點。

可怕的記憶頓時在蓮海的腦海中甦醒。那不是熊蜂——並不是勤勞溫和的動物。

「……空行師。」

她小聲嘟噥著，立刻抓住了清白的手臂。

「完了，趕快躲起來。」

「發生什麼事了？」

蓮花想要告訴他是州師，但全身發抖，說不出話。恐懼讓她牙齒打顫。

趕快躲起來，不要讓他們看到。

黑點在市區上空時上時下地移動著，蓮花很熟悉眼前的景象。

「快、快下樓，這裡很危險。」

她拉著驚訝的清白來到二樓，立刻想到不知道支僑人在哪裡，他像平時一樣在苑囿內走動嗎？

她衝到一樓，戰戰兢兢地打開門向外張望，在不遠處的水邊，看到了支僑細長的身影。

「支僑大人，趕快躲起來！」

蓮花叫了起來。支僑可能聽到了她的聲音，轉過頭來。蓮花拚命向他揮手。

——快逃，拜託你快逃。
支僑納悶地偏著頭跑了過來，蓮花迫不及待地衝了出去。
「快一點！」
正當她伸出手時，頭上被陰影遮住了。看起來像馬一樣的動物從頭頂飛過，投下了陰影。
「支僑大人，趕快趴下！」
蓮花撲向飛奔而來的支僑，拉著他的手臂。掠過頭頂的影子轉眼之間就飛過池塘的上空，在對岸繞了一個大圈，改變了方向。
「那是——」
支僑彎下身體，仰頭看著天空。在對岸改變方向的影子順手持續向盧射出好幾支火箭，宛如疾風般飛越池塘後，又向正院射了火箭，接著飛向市區。
「啊！」支僑和蓮花同時叫了起來。他們慌忙起身，同時拔腿奔跑，但奔跑的方向並不相同。
「支僑大人，你要去哪裡？」
「妳要去哪裡？趕快去書房，必須先滅火。」
「但是，那裡也……」
蓮花指著池塘對岸，盧家旁冒起了縷縷煙霧。
支僑驚訝地看向那個方向後說：

「那妳去那裡，小心點。我去正院，書房內有紀錄資料，至少要先把那些東西搬出來。」

「要先搶救資料？」蓮花很想大吼，看到清白連滾帶爬地從高樓衝了出來，直奔正院。「動作快！」聽到清白的叫聲，支僑也追了上去。蓮花瞥了他們一眼，跑向池塘的對岸。

當蓮花上氣不接下氣地衝進廬內，廬內的角落已經燒了起來。人們四處逃竄，在廬和池塘之間來回奔跑，有幾個人躺在地上。

「爺爺——」

蓮花跑向一位認識的老翁，老翁拿著水桶跑了過來，舉起一隻手對她說：

「妳沒事嗎？那裡有人受傷，拜託妳了。」

「哪裡著火了？」

「畜舍，不必擔心。」

蓮花點了點頭，跑向老翁手指的方向，看到有幾個人聚集在廬家前。

「沒事吧？」蓮花衝過去問道，不久之前才剛回到廬內的老婦人抬起被淚水濡溼了的臉龐，順著老婦人手指的方向看去，發現那裡躺了一個嬌小的身體。一個女人抱著地上的屍體放聲大哭。

「……火箭突然從上面射下來……」老婦人抓住蓮花的手臂，「到底是怎麼回事？

真的太突然了，毫無預警，火箭就射了過來，那孩子……」

老婦人說到這裡，再度哭了起來。蓮花看著緊緊抱著屍體哭泣的女人，空氣中瀰漫著像是頭髮被燒焦時的味道。

——外面是暴風雨。

蓮花咬緊嘴脣，想起以前也曾經有過相同的想法。生活在苑囿內的安寧中，忘記了外面狂風肆虐的暴風雨。世界可以輕易地背叛人類。

我錯了。蓮花擦著淚水。我誤會了，對不起。這一次——這一次我一定會做好該做的事，絕對不會再忘記暴風雨，不會忘記災難，所以，希望時間可以倒轉。

她很清楚，那是絕對無法實現的祈禱。

「……還有沒有其他人受傷？」

蓮花吞下內心的痛苦，問了周圍的女人，確認他們是否受傷。當她正在為一個滅火時受了傷的少年檢查身上的傷勢時，有人叫了起來：

「你們看——」

那個方向冒著好幾道黑煙。是攝養市區發生了火災。

「聽說建州州侯投靠了新王，」站在蓮花身旁的老人說：「攝養的太守說，那是偽王，所以……」

所以打算用武力逼迫投靠新王嗎？蓮花咬著嘴脣，聽到了說話的聲音，嘉慶和其他人跑了過來，其中一名胥徒跑過來問他們：
「你們都沒事吧？」
「我們都平安，正院著了火，幸好火勢並不大。這裡的情況怎麼樣？」
胥徒默默搖著頭，看向蓮花和其他人的方向，地上躺著小孩子和年輕男子的屍體，上面蓋著布。小孩子中了火箭，那名年輕男子被燒垮的畜舍壓死了。
「蓮花，妳沒事吧？」
支僑跟在嘉慶身後，跑到蓮花身邊問道，蓮花推開支僑伸向她的手。
「你們都錯了！」
支僑停下腳步，嘉慶和其他人轉頭看著她。
「怎麼可以忘記塵世的事？這個世界就是如此！」
蓮花指著兩具屍體大叫著，然後又指著冒著硝煙的市區。
「即使悠然地關在苑囿內，只專注於自己的興趣，外面的世界還是在變化，在災難中搖擺，災害和戰爭都隨時蓄勢待發，對人露出青面獠牙。你們視而不見，所以才會造成眼前的結果！」
支僑和其他幾個人低下頭，不敢正視蓮花。
「請你們看著我！我失去了家人，失去了一切，這就是現實！」
市區有越來越多地方冒著硝煙，許多人將死在那片硝煙下。雖然空行師已經離開了上空，但遠處傳來怒吼般的聲音，那裡可能仍然戰況激烈。目前並沒有人來攻擊這裡，因為這裡是郊區，離鄉城有一段距離。

「……但是，我們沒有能力做其他事。」支僑幽幽地說：「就好像我們無法讓妳的家人起死回生，也無法讓戰爭停止，更無法保護被戰亂和災害破壞的世界。」

即使現在趕去市區，也無法向那些士兵報一箭之仇。

「我們很無力，因為這是我們的工作，所以每天都做這些事，但其實除此以外，我們並沒有能力做其他事，只不過——」

支僑抬起頭，注視著蓮花的臉。

「大家需要黃曆，正因為在這樣的時代，所以更加需要，這點毋庸置疑，必須有人製作黃曆，所以由缺乏其他能力的我們來做這件事。」

那天，很多房子遭到燒毀、破壞，也死了很多人，但災情並不算太嚴重。因為太守立刻宣布投降，投入新王的麾下，攝養就這樣莫名其妙地加入了新王的陣營。

蓮花和嘉慶的胥徒和廬裡的人一起去市區協助救援，搬送傷者、協助照料，並幫忙整理遭到摧毀的房子，憑弔死去的人。嘉慶等人仍然和之前一樣守在苑囿內，像往常一樣調查天氣，並加以紀錄。

當市區漸漸恢復平靜後，蓮花他們也恢復了正常的生活。雖然聽說新王是偽王的傳聞有誤，新王並非偽王，而是真正的王，國府的官吏妨礙了新王登基。果真如此的話，等於之前白白承受那些災禍。蓮花心想，如果一開始就支持新王，就不會有任何人死於非命。

她在花廳準備午餐時思考著。嘉慶走進來後，向她點頭打招呼，但並沒有多說什麼。跟著進來的醉臥看到蓮花後，停下了匆忙的動作，嘴裡嘀咕著打了招呼。

蓮花恭敬地向他們行了一禮，雖然無法認同他們的行為，但她沒有其他地方可去，如果不在這裡工作，她也無法生存。

把餐盤都擺上餐桌後，正準備離開，支僑從另一扇門衝了進來。支僑直直跑向嘉慶。

「燕子回來了。」

他興奮地說道，好像這是天大的喜訊。他似乎並沒有發現蓮花在那裡。

「燕子飛回盧家屋簷下的鳥巢，也有燕子在市區一些破房子的屋簷下築巢。」

「是嗎？牠們回來了！」

嘉慶與醉臥也喜出望外。

「真是太好了，太好了。之前市區遭到襲擊時，剛好是孵卵之後，」醉臥說：「這麼一來，就有足夠的時間讓雛鳥長大離巢。」

「是啊。」支僑笑著說完，看到停下腳步的蓮花，立刻收起笑容，低下了頭。蓮花不發一語，走出花廳。

——這些人完全沒有改變。

他們一直遠離塵世，始終沒有長大。

也許其他人知道蓮花內心有這種想法，所以和她相處時都很小心翼翼。蓮花覺得他們的這種態度也很幼稚。

蓮花默默完成自己的工作，長向好幾次都忍不住嘆氣，但並沒有說什麼。雖然有時候露出欲言又止的樣子，之後又改變心意住了嘴。也許是嘉慶曾經下令，叫他們什麼都別說。

既然認為自己的行為沒有錯，就應該像以前一樣理直氣壯地做事。這些人真的很幼稚。

——我以後才不要當這種大人。

蓮花暗自想道，平時的行為舉止努力當作沒有發生任何事。不久之後，清白戰戰兢兢地像以前一樣請她幫忙做事。嘉慶和醉臥也有點不安地向她打招呼。支僑這一陣子可能經常外出，所以很少見到他，即使偶爾遇見，他也總是一臉歉意地移開視線，但是有一天，他下定決心抬起頭，迎面走向蓮花。

「蓮花——」說到一半，他又改變了主意，「……不，沒事。」

蓮花在內心嘆著氣。

「什麼事？你可以像以前一樣叫我幫忙，我會做好，這也是我的工作。」

蓮花說完，支僑露出有點哀傷的表情。

「……好，那就麻煩妳了。」

支僑請蓮花和他一起去苑囿外，確認燕巢內雛鳥的數目。

「我負責數這一側的雛鳥，蓮花，馬路對面的就拜託妳了。」

他們每天帶著小梯子走出苑囿的大門，在大緯上走來走去，確認屋簷下的燕巢，如果有燕子，就趁母鳥不在時，確認巢內的鳥卵和雛鳥的數量，然後紀錄在帳冊上。

雖然和整天戰戰兢兢的支僑一起行動心情很沉重，但觀察燕巢很有趣。站在小梯子上探頭向燕巢內張望時，蹲在巢內的燕子有時候會用一雙漆黑的眼睛看著她。在其他燕巢內，已經孵出來的雛鳥以為母鳥回來了，排成一行，張大了嘴巴啼叫催促的樣子令人莞爾。

「──姊姊，妳在幹什麼？」

她在二手衣店門口準備站上小梯子時，突然有人問道。

低頭一看，一個男孩納悶地張大眼睛。蓮花也在內心自問，自己到底在幹什麼，但還是回答說：「在數雛鳥的數目啊。」

男孩的母親站在一旁，看起來滿臉疲憊。她抬頭看著燕巢，輕輕「啊！」了一聲。她手上拿著二手衣的包裹，可能是來買小孩子穿的衣服。

「對了──燕子不知道什麼時候飛回來了……」

「是啊。」蓮花點了點頭，憔悴的母親茫然地看著頭上。蓮花沒有理會她，站上了小梯子。半毀的屋簷下築起了新的燕巢，蓮花探頭向裡面張望，那些雛鳥以為母鳥回來了，紛紛張嘴歡迎她。蓮花確認數量後，走下小梯子，在帳冊上紀錄了數目。然後收起帳冊，回頭一看，發現那位母親站在那裡仰頭看著燕巢，眼淚撲簌簌地流了下來。

「請問……妳怎麼了？」

「啊？」母親輕輕叫了一聲，好像終於回過神地摸著自己的臉頰，慌忙擦去淚水。「真是的，我這是怎麼了。」

說完，她擦著自己的臉。

「媽媽，妳怎麼了？」

男孩不安地抬頭看著母親。「沒事。」她撫摸著兒子的頭。

「這根本沒什麼好哭的，小燕子張大嘴巴嘰嘰叫，我覺得很可愛。」

「妳很難過嗎？」

「沒有，只是覺得有這些雛鳥真好。」

母親對兒子說完，再度擦了擦淚水，看著蓮花，憔悴的臉上露出幸福的笑容。

「即使在這樣的時代，燕子仍然築巢培育雛鳥。」

看到那位母親的笑容，蓮花想起了春天的事。不是一年前，她失去一切的那個春天，而是不久之前，看到熊蜂辛勤工作時的事。當時，自己也曾經熱淚盈眶，應該和這位母親此刻的心情相同。

「……是啊。」

「希望牠們順利長大。不知道能不能順利離巢……」

那位母親說完，再度抬頭看著燕巢時，支僑走了過來。
「怎麼了？數完了嗎？」
「數完了。」蓮花點了點頭，支僑詫異地看著她，又看了看那對母子。
「她怎麼了嗎？」支僑問。
「不，沒事。」那位母親搖著手回答，「不是你想的那樣，我也不知道為什麼，看到那些燕子，竟然忍不住哭了。想到發生了戰爭，房子毀了，但燕子還是築巢，就覺得牠們很勇敢。」
她難過地說完，再度撫摸了兒子的頭。
「燕子在戰爭發生之前，應該也築了巢。我家附近也有燕巢，但是火災把房子燒了……我猜想那些小燕子也……」
她沒有繼續說下去。
「活在這種時代，真是太可憐了……但是，牠們又回來了，這次希望牠們可以順利長大、離巢。」
「是啊。」支僑點了點頭。
那個男孩拉著支僑的手，指著頭頂上說：「有很多小燕子。」
「是啊。」支僑對男孩笑了笑。
「還會因為打仗被破壞嗎？」
「不。」支僑把他抱了起來，讓他可以看到燕巢。

「你可以看到有幾隻小燕子嗎？」
「一、二……五、六隻。」
蓮花點了點頭，這個燕巢內的確有六隻。
「真多啊，」支僑把男孩放了下來，「馬路對面有一個燕巢裡有八隻，比去年多了很多。」
「很多嗎？」
支僑點了點頭，然後看著男孩的母親斷言：
「新王終於出現了。」
「啊？」蓮花和那位母親都驚叫起來，支僑再度點頭。
「我不知道是不是之前被認為是偽王的，其實是真正的新王，但新王出現在這個世界的某個地方，所以開始風調雨順，燕子開始孵育很多小燕子。」
蓮花緊緊抱著帳冊。
「支僑大人，真的……？」
「我可以斷言，千真萬確。雛鳥比往年更多，而且增加了許多。」
「是嗎？」母親緊緊抱著兒子，抬頭看著支僑。
「燕子告訴我們，痛苦的時代即將結束，所以，」支僑笑了笑，「我們要向燕子學習，努力振作起來。」
「好。」母親點著頭，紅著被淚水溼了的臉頰笑了起來，她恭敬地鞠了一躬，轉身消失在人群中。支僑目送他們離開後，拿起小梯子邁開步伐。

蓮花慌忙追了上去。

「支僑大人……」

蓮花不知道該說什麼，支僑轉過頭，放慢了腳步，和她並肩走在一起。

「燕子在孵育小燕子的時候，如果燕巢遭到破壞，就會再度產卵，但是數量通常比第一次少，然而現在的數量比第一次更多，而且也比往年更多，這代表野樹上結了很多素卵。」

「野樹……」

「上天告訴燕子，可以安心孵育小燕子，燕子用這種方式告訴我們。」

一隻黑色的鳥飛過支僑的頭頂。支僑回頭看著鳥，目送修長的尾巴消失在半倒的小店屋簷下。

「——再忍耐一下。」

蓮花點了點頭。

不知道為什麼，淚水不停地滴落到緊緊抱在胸前的帳冊上。

「蓮花，妳吃了不少苦，但美好的時代即將來臨。」

「是。」蓮花回答後，終於忍不住低下了頭。支僑摟住她的肩膀，摸了摸她的頭，就像剛才那位母親摸她兒子一樣。

——希望如此。

八成錯不了。因為支僑是候風，他的工作就是製作正確的黃曆。

蓮花在這初夏之際想起已逝的雙親，想起了妹妹，終於放聲哭了起來。

解說

辻真先

我決定從於公、於私的角度寫這篇解說，與其問我這句話是什麼意思，不如繼續看下去。

本書是完整版的《十二國記》系列的短篇集，是鑲嵌在壯觀而精緻的《十二國記》奇幻世界的四個珠玉短篇。

我不打算在此贅述《十二國記》是一部結構多麼完整的巨大長篇，用一句話來說，這就是「小說」。

徹底發揮故事的力量，打動讀者的心──不，這部作品並沒有這種刻意的強制，而是像陽光慈愛綠樹般，慈雨滲入大地般，讀者在不知不覺中，就被吸進了《十二國記》的異境世界。

每一集故事開始之前，就有一張十二國的地圖。這些國家多麼人工化，包括人類在內的所有生命都來自里樹的卵果，麒麟奉天意選定一國之王，並效忠君王。當王的治世走下坡時，妖魔開始跋扈。即使是低階官吏，只要加入仙籍，就可以長生不老。十二國和讀者身處的現實有著天壤之別，是徹徹底底的奇幻世界。

在閱讀過程中驚訝地發現，雖然所有的故事都是想像力的產物，但細部充滿了精心雕琢的真實性。為了將巨大的謊言現實化，作者處處小心謹慎，創造出這個異世界，可說是造化之神所創造的偉業，帶給讀者徹底的新鮮感。這個故事中完全感受不到坊間小說的那種虛假，「只要寫到這種程度就好，不足的部分，讀者會根據自己的經驗進行補充」……《十二國記》中完全排除了這種懈怠。

我認為，這才是真正的小說。

沒有讀者會注視著書本上印著的「愛」這個字，就感受到原來這裡有愛，想要靠文字的羅列讓讀者發現「愛」，根本是天大的謊言，姑且不說英文字等表音文字，就連象形文字等表意文字，也只不過是符號而已。

小說應該藉由這些文字排列激發出某些東西，訴諸讀者的感性，這正是閱讀不同於美術和音樂的樂趣所在。說得極端一點，小說就是「建立在謊言基礎上的真實」。我已經在撰文時經常提到，優秀的推理作家都是大騙子，優秀的科幻作家都是吹牛高手，優秀的奇幻小說作家就是將謊言和誇大之詞巧妙結合。

毫無疑問，《十二國記》是小說的一種典型。

短篇集更能夠將細膩的細節描寫發揮得淋漓盡致。第一篇的〈丕緒之鳥〉這個故事以掌管射儀的羅氏丕緒為中心，和政治、軍事無關的射儀是祭祀時舉行的一種儀式，「射儀就是將陶製鳥形標靶丟向空中，舉弓箭射向標靶的儀式」。或許是無知，也可能是我孤陋寡聞，我並不知道中國或是日本有類似的儀式，更何況成為標靶的陶鵲——「陶鵲本身要有鑑賞之趣，能夠循著優美而複雜的路線飛向空中，一旦被射中，必須發出動聽的聲音碎裂」，「甚至可以運用碎裂時的聲音演奏出一首樂曲」，我猜想是作者發揮無限想像力虛構的儀式。讀了這段文字，我不由得對作者盡情張開想像的翅膀感到陶醉。

然而，陶鵲只是為了描寫十二國世界人際關係的道具而已。丕緒用身為工匠的透徹眼光，洞悉了這個世界的構造。在他眼中，啄食樹果的喜鵲是民眾的象徵，是隨處可見的平民百姓，是專心過日子的人民，所以，他們不應該是被箭射中碎裂的陶鵲，「王用掌握的權力射向百姓，百姓中箭而落」……這種事不應該發生。

很多異世界的奇幻小說都將焦點集中在英雄救難的威風這件事上，歌頌英雄的言行，讀者也感到心情暢快。因為虛構的英雄完成了自己絕對無法做到的事。

然而，《十二國記》都將焦點集中在百姓身上。〈丕緒之鳥〉雖然從另一個角度看百姓，在《月之影　影之海》中，從蓬萊（日本）漂流過來的慶國女王──女高中生陽子拒絕居高臨下地執行國政，而是走入民眾之間，確認自己的位置。

這個系列為讀者帶來的興奮並不是暫時的，藉由閱讀，瞭解到不要著眼於「自己做不到的事」，必定有「自己力所能及的事」──這是一種自我發現的喜悅，所以可以持續打動讀者的心。

之後兩篇是新完成的內容。〈落照之獄〉所描寫的也是投入民眾之間的一個痛切而又根本的問題，討論了死刑的對錯問題，以人心漸漸走向荒廢的這個國家為舞臺，討論是否該恢復死刑。司法官瑛庚（年邁的我不由得聯想到戰前的治安維持法，到底為政府提供了什麼武器，這個問題將在之後「私」的部分討論）認為「現在恢復死刑，等於把百姓的生殺大權交到荒廢的國家手上」。

除了司法官之間的問答很值得一看，這個短篇一開始，年幼的少女問瑛庚：「爸爸，你會殺人嗎？」這個問題有著千鈞的分量，囚徒嘲笑司法官的聲音，令讀者感到戰慄。

〈青條之蘭〉的低階衙役標仲的奮鬥故事令人肅然起敬，這並非誇張，而是真實的感想。山毛櫸樹林感染了疫病，名為青條的藥草是拯救山毛櫸樹林唯一的希望，必須在枯死之前獻給新王。如果王能夠在年內祈願，里樹上就會結果。這些設定的細膩精緻令人嘆為觀止。一旦山毛櫸倒下，山野就會荒廢，妖魔就會肆虐。為了保護這個國家，必須將青條送到新王的手上，為此不惜付出生命的代價。為了完成使命，將體力用到極限的標仲終於倒下了。

百姓繼承了他的意志，將裝了青條的籮筐接力送去王宮。普通的小說中不可能出現破天荒，在這裡卻成為必然的構成。標仲雖然是故事的主人翁，但只是低階衙役，也算是民眾的一部分，即使青條離開了他的手，也由民眾持續接力，青條一步一步接近新王。這份感動深深打動讀者。

籮筐是民眾的祈禱。他們無法瞭解雲端的政治，希望可以從青條之蘭中得到一絲救贖，於是，陌生的民眾接力傳遞。無法加入這些百姓行列的獵木師，最終還是無法捨棄這片土地，在國境前停留的身影，成為這個故事寧靜的結局。讀者必定帶著肅然的心情傾聽這些厚實的生命旋律。

〈風信〉中的少女蓮花因為惡政而失去了家人，但王很快就崩殂，她忍不住放聲痛哭。既然王這麼輕易崩殂，父母和妹妹到底為什麼而死？她來到槐園生活，和一群觀察氣候、編寫黃曆，忘記王已崩殂，遠離塵世的人生活在一起。

槐園的生活極度太平，蓮花幾乎忘了園外的混亂，但遇到空行師──騎著在空中飛行的騎獸攻擊地面的軍隊──的突襲，猛然回想起現實。她大叫著：「失去了家人，失去了一切，這就是現實！」無力的學者回答說：「我們沒有能力做其他事……大家需要黃曆……必須有人製作黃曆，所以由缺乏其他能力的我們做這件事。」

燕子歸巢，開始孵育雛鳥，而且雛鳥的數量比去年更多，於是人們相信，新王登基，才會風調雨順，鳥也開始培育更多雛鳥。

「美好的時代即將來臨。」

製作黃曆的學者說的這句話，讓蓮花放聲痛哭，為〈風信〉這個故事畫上句點。

《十二國記》並不是十二個國家之間競爭的故事，希望讀者能夠從我拙劣的介紹中瞭解到，這是描寫百姓的故事。並不是先有國，才有民，國家是為了讓百姓生存而存在，國家、王和政府絕對不是管理、壓制百姓而存在，雖然有憲法制衡容易脫序的權力，但《十二國記》的世界並不存在所謂的民主主義，突然成為王的陽子無法承受如此巨大的權力，和這份權力的沉重，為此煩惱、迷惘和痛苦，這四個故事背後隱藏著陽子這個少女真摯的成長故事，由我來擔任這部作品的解說實為僭越之舉，謹在此大力推薦。

雖然深知以下的解說實屬畫蛇添足，但還是想談一下「私」領域的部分。

讀完這部作品的讀者應該發現，故事所描寫的並非太平盛世的時代，偽王引發的內亂導致天候變化，人民深受飢餓的折磨。很多讀者對奇幻小說中血腥的戰國圖感到興奮，但其實在現實世界中，媒體也經常報導中東的動亂、大國內部的恐怖活動。

像我這個年紀的日本人可說是戰亂之子。在我出生的前一年，發生了滿洲事變（日本霸占了目前中國的東北部，也成為日本遺華孤兒的悲劇淵源），在上小學那一年，發生了支那事變（當時的日本強辯那並非戰爭），在沒有宣戰布告的情況下，戰爭持續擴大，進而發展為太平洋戰爭，戰局不斷惡化時，我升上了中學，立刻去兵工廠工作，翌年，整個學校都變成了工廠，在我出生的名古屋，受到了最大規模的五百四十架飛機的轟炸，〈風信〉中受到空行師的襲擊，當年的名古屋，則是被美軍P51轟炸。

我對《十二國記》中民眾的感嘆感同身受，但日本人當時的反應稍有不同。那段日子，空襲和死亡都變成了家常便飯，每天去學校，班長會在點名時問：「你家誰死了？房子全燒了？還是只燒了一半？是喔，那下一個。」班上沒有人哭，個個都面無表情，但仍然為了國家，默默低頭生產武器。敗戰那一年，我是二年級，根本沒什麼中二病，而是差點餓死。

很久之後，看了零戰最佳飛行員坂井先生的真實紀錄後大感驚訝。他曾經遠征到中國的戈壁沙漠，看到農夫不顧街上硝煙瀰漫，仍然辛勤耕地。這位名飛行員深有感慨地說：「我們是不是在和強大的對手作戰？」甚至產生了不應該有的想法——雖然同樣是「百姓」，不依賴國家，獨立自主的百姓，和依賴國家而生的百姓不一樣嗎？即使將只想到依附國家的懦弱民眾組織起來，也不是強者的對手。

我在前面提到，奇幻小說是謊言加誇大之詞（小野女士，對不起），但其中存在對現實世界的強烈訴求。《十二國記》這個虛構世界在令讀者聯想到古代中國的基礎上，再加上細部的創作，成為作品核心的神仙思想也和現成的神仙思想有所不同，讓讀者沉醉在作品獨自的世界觀中。

在蓬萊——從日本漂流到十二國世界的「海客」推動故事進行的舞臺上，除了個人的成長故事以外，還可以描寫包括王、麒麟、官吏和百姓在內的國家變化。據我個人的推測，這個系列將會進一步描寫異世界的盛衰，成為無論在質和量上都名副其實的巨大長篇，讓讀者感到嘆為觀止。

真讓人期待。

（二〇一三年四月，作家）

奇炫館

十二國記　丕緒之鳥

（原名：十二国記　丕緒の鳥）

著　　者／小野不由美
執 行 長／陳君平
榮譽發行人／黃鎮隆
協　　理／洪琇菁
總 編 輯／呂尚燁
譯　　者／王蘊潔
美術總監／沙雲佩
美術編輯／陳又荻
執行編輯／洪琇菁
封面及內頁插畫／山田章博
企劃宣傳／洪國瑋
國際版權／黃令歡、梁名儀
文字校對／施亞蒨
內文排版／謝青秀

出　　版／城邦文化事業股份有限公司 尖端出版
台北市中山區民生東路二段一四一號十樓
電話：（〇二）二五〇〇－七六〇〇
傳真：（〇二）二五〇〇－二六八三
E-mail：7novels@mail2.spp.com.tw

發　　行／英屬蓋曼群島商家庭傳媒股份有限公司城邦分公司　尖端出版
台北市中山區民生東路二段一四一號十樓
電話：（〇二）二五〇〇－七六〇〇（代表號）
傳真：（〇二）二五〇〇－一九七九

中彰投以北經銷／楨彥有限公司（含宜花東）
電話：（〇二）八九一九－三三六九
傳真：（〇二）八九一四－五五二四

雲嘉以南／智豐圖書有限公司
（嘉義公司）電話：（〇五）二三三－三八五二
傳真：（〇五）二三三－三八六三
（高雄公司）電話：（〇七）三七三－〇〇七九
傳真：（〇七）三七三－〇〇八七

香港經銷／城邦（香港）出版集團有限公司
香港灣仔駱克道一九三號東超商業中心一樓
電話：（八五二）二五〇八－六二三一
傳真：（八五二）二五七八－九三三七
E-mail：hkcite@biznetvigator.com

新馬經銷／城邦（馬新）出版集團 Cite（M）Sdn. Bhd.
E-mail：cite@cite.com.my

法律顧問／王子文律師　元禾法律事務所
台北市羅斯福路三段三十七號十五樓

二〇一五年六月一版一刷
二〇二二年九月一版十二刷

JUNIKOKUKI - HISHO NO TORI
by ONO Fuyumi
Illustrations by YAMADA Akihiro

Originally published in Japan by SHINCHOSHA Publishing Co., Ltd., Tokyo.
Chinese (in complex charater only) translation rights arranged with
SHINCHOSHA Publishing Co., Ltd., Japan
through THE SAKAI AGENCY.

■中文版■

國家圖書館出版品預行編目(CIP)資料

十二國記 : 丕緒之鳥 / 小野不由美作 ;
王蘊潔譯. — 1版. — [臺北市] : 尖端出版 :
家庭傳媒城邦分公司發行, 2015.06
冊 ; 公分
譯自 : 丕緒の鳥
ISBN 978-957-10-5994-5(平裝). —

861.57 104004633